Maarten 't Hart
Unterm Scheffel

PIPER

Zu diesem Buch

Alexander Goudeveyl ist angesehener Pianist und blickt auf eine
ordentliche Karriere zurück. Eines Abends wird der verheiratete
Musiker nach einem Konzert von einer jungen Frau angesprochen.
Unüberlegt und voller Leidenschaft stürzt sich Alexander in eine
Affäre mit der jungen Tierärztin. Doch während seine Liebe inten-
siver wird, kühlt die seiner Geliebten allzu rasch ab. Verzweifelt
versucht Alexander, die Kluft zwischen ihnen zu schließen. Mit
wem aber hat er es überhaupt zu tun – mit einem weiblichen Don
Juan, mit einem unentschlossenen Mädchen oder einer leichtferti-
gen Frau, deren Liebe so schnell verlischt, wie sie aufgeflammt ist?
Alexanders Verzweiflung wächst, während er versucht, dieses Rätsel
für sich zu lösen und wieder Halt unter den Füßen zu bekommen.

Maarten 't Hart, geboren 1944 in Maassluis bei Rotterdam, stu-
dierte Verhaltensbiologie, bevor er sich 1987 als Schriftsteller in
Warmond bei Leiden niederließ. Nach seinen Jugenderinnerungen
»Ein Schwarm Regenbrachvögel« erschien 1997 auf Deutsch sein
Roman »Das Wüten der ganzen Welt«, der zu einem überragenden
Erfolg wurde und viele Auszeichnungen erhielt. Seine zahlreichen
Romane und Erzählungen machen ihn zu einem der meistgelesenen
europäischen Gegenwartsautoren.

Maarten 't Hart

Unterm Scheffel

Roman

Aus dem Niederländischen von
Gregor Seferens

Piper München Zürich

Mehr über unsere Autoren und Bücher:
www.piper.de

Von Maarten 't Hart liegen bei Piper vor:
Das Wüten der ganzen Welt
Die Netzflickerin
Ein Schwarm Regenbrachvögel
Die schwarzen Vögel
Bach und ich (mit CD)
Gott fährt Fahrrad
Das Pferd, das den Bussard jagte
In unnütz toller Wut
Die Sonnenuhr
Die Jakobsleiter
Mozart und ich (mit CD)
Der Psalmenstreit
Der Flieger
Der Schneeflockenbaum
Unterm Scheffel
Unter dem Deich

Ungekürzte Taschenbuchausgabe
1. Auflage November 2012
2. Auflage Juli 2013
© 1991 Maarten 't Hart
Titel der niederländischen Originalausgabe:
»Oder De Korenmaat«, 1991, De Arbeiderspers, Amsterdam
© der deutschsprachigen Ausgabe:
2011 Piper Verlag GmbH, München
Umschlaggestaltung: Cornelia Niere, München
Umschlagmotiv: Monet / Houses on Zaan River at Zaandam / akg-images
Satz: Kösel, Krugzell
Gesetzt aus der Adobe Garamond
Papier: Munken Print von Arctic Paper Munkedals AB, Schweden
Druck und Bindung: CPI – Clausen & Bosse, Leck
Printed in Germany   ISBN 978-3-492-30115-2

I

September. Hester und ich traten beim Voorhoutfestival auf. Nach unserem letzten Stück sagte sie: »Ich kann dich nicht nach Hause bringen, ich muss noch weiter nach Schiedam.«

»Das macht nichts«, sagte ich, »es fahren Straßenbahnen, Züge und Busse.«

»Doch, das macht was«, sagte sie, »das Mindeste, was ich für dich tun kann, ist, dich wieder nach Hause zu bringen, du trittst mit mir auf, damit ich mir etwas dazuverdienen kann. Du selbst brauchst das Geld überhaupt nicht.«

»Nebenverdienste brauche ich nicht, aber deine Gesellschaft ist unbezahlbar«, sagte ich.

»Ja, darum bin ich so arm.«

Sie küsste mich auf die linke Wange. Eilig ging sie zum Parkhaus.

Das strahlende Spätsommerwetter hatte etwas Trügerisches. Es schien, als wäre Frühling. Der Himmel war hellblau. Im Westen, in weiter Ferne, schwebte ein Wölkchen, das aussah wie eine Männerhand.

Die Sonne schien auf mein Gesicht; ich schloss die Augen. Einen Moment lang war mir, als wäre ich noch jung. Dann dachte ich: Ich bin jetzt genauso alt wie Schumann, als er in Endenich eingewiesen wurde.

In der Nähe erklangen Mädchenstimmen. Fast widerwillig öffnete ich die Augen. Nicht weit entfernt von der improvisierten Terrasse, auf der ich saß, standen zwei junge Frauen.

»Sind Sie Alexander Goudveyl?«, fragte die kleinere der beiden.

»Leugnen hat keinen Zweck«, sagte ich, »aber sagen Sie es nicht weiter.«

War ich witzig? Die kleine Frau lachte lauthals, die größere lächelte. Vorsichtig schaute ich sie an, vorsichtig schaute sie zurück. Sie war ein eher dunkler Typ mit vielen widerspenstigen Locken. Unerschrocken sah ich sie weiter an. Was mich eigentlich bezaubert, ist klein, hat langes, glattes Haar und trägt einen Rock. Diese mädchenhafte Frau war groß. Sie trug eine Hose, eine blassgrüne Windjacke, und sie hatte Locken. Sie hatte ein hübsches ovales Gesicht mit fast feuerroten Wangen. Ihre Lippen waren kräftig. Unter ihrem Mund ragte ein kleines, aber unbeugsames Kinn hervor. Sie hatte eine zierliche kerzengerade Nase. Sie war bildschön, wobei Hester allerdings sagen würde: »Schöne Frauen? Ach, davon gibt es so viele.«

In ihrem Gesicht gab es etwas, das nicht zu ihrem Liebreiz passte. Die ein klein wenig zu schräg stehenden Augen? Oder die allzu roten Wangen? Oder der kräftige, fleischige Kiefer? Ganz gleich, was es war – erst diese Kleinigkeit machte sie unwiderstehlich. Es war, als gäbe ihr Gesicht ein Rätsel auf.

Sie nahm sich zusammen, wollte etwas sagen, doch mehr als ein Lächeln bekam sie nicht zustande. Ihre Verlegenheit übertrug sich auf mich. Auch ich wollte etwas sagen, mit zwei Scherzen beruhigen. Doch auch ich schaffte nicht mehr als ein Lächeln.

Sie gingen. Die Sonne schien noch immer auf mein Gesicht. Erneut schloss ich die Augen. Feurige Streifen und Kreise erschienen auf der Leinwand meiner Augenlider. Warum war mir plötzlich so schwindlig? Ich zitterte, als hätte ich Parkinson. Hastig öffnete ich die Augen; die Sonne war schuld, die viel zu warme Herbstsonne. Ich stand auf. Ich zitterte am ganzen Körper. Rasch setzte ich mich wieder hin. Ich hatte ein

Gefühl, als machten sich unter meinem Zwerchfell Zahnschmerzen breit. Es war, als wäre ich in mir selbst gefangen. Vorsichtig versuchte ich aufzustehen. Es ging, aber es schien, als wären meine Arme und Beine eingeschlafen. In allen Gliedern spürte ich ein Prickeln. Als ich den Plein überquerte, bekam ich unvorstellbare Bauchschmerzen. Mir war, als hätte ein Schornsteinfeger einen Stoßbesen in meinen Magen geschoben, den er jetzt hin und her bewegte.

Das Gesicht der anderen Frau, die über mich gelacht hatte und die ich kaum angesehen hatte, konnte ich mir mühelos ins Gedächtnis rufen, doch das Gesicht der großen Frau schien radikal aus meiner Erinnerung gelöscht zu sein.

Was ich zu tun hatte, war klar. Ich musste sie wiederfinden. Einmal noch musste ich sie anschauen. Dann würde ich mir ihr Gesicht mit der zierlichen Nase, den erstaunlich roten Wangen, dem kräftigen Kinn einprägen. Um es mir zu jedem gewünschten Zeitpunkt wieder vorstellen zu können. Und dann wäre alles in Ordnung.

Stundenlang schlenderte ich an den Marktständen vorbei. Es war Ende September, und es herrschte strahlendes Spätsommerwetter. Trotzdem kommt es mir, wenn ich an diesen Samstagnachmittag zurückdenke, so vor, als wäre es, als ich meine vergebliche Suche begann, bereits Winter gewesen. Mühelos kann ich mir das Bild des Mannes, der im gleichen Alter wie der zu Unrecht in Endenich eingewiesene Schumann war, in Erinnerung rufen, wie er dort an den Ständen entlanggeht. Ich sehe mich selbst gehen, den Rücken noch ein wenig stärker gebeugt als sonst, die Hände noch ein wenig tiefer in den Hosentaschen. Das stimmt zweifellos. Was nicht stimmt, was nicht stimmen kann, ist, dass meine Erinnerung behauptet, dass es von dem Moment an, in dem ich mich auf die Suche nach ihr begab, bitterkalt war. Außerdem behauptet meine Erinnerung, dass es bereits dämmerte. Auch das kann

7

so nicht gewesen sein. So lange bin ich doch nicht an den Ständen auf dem Plein, auf dem Lange und Korte Voorhout sowie am Rande des Hofvijvers entlanggegangen? Was ebenso wenig stimmen kann, was meine Erinnerung aber hartnäckig behauptet, ist, dass in allen Ständen flackernde Petroleumlampen hingen. Es war doch windstill? Dennoch sehe ich mich dort schlendern, und es ist eiskalt und schon dunkel, die Straßenlampen leuchten überschwänglich, die Petroleumlampen flackern ungeduldig, Pferde scharren mit den Hufen. An einer der Buden bleibe ich stehen. Eine Frau, von runden Stoffballen verdeckt, sagt zu einem Mann, dessen eine Gesichtshälfte von einer Petroleumlampe erhellt wird: »Zwischen uns ist es nun endgültig aus.«

»Nur gut«, sagt der Mann verbittert, »dann muss ich auch nicht länger unter all den Spannungen leiden.«

»Es ist aus«, schnaubt die Frau.

»Zum Glück«, ruft der Mann, »endlich!«

»Zwischen uns ist es absolut, endgültig, vollkommen und unwiderruflich aus. Schluss. Aus. Ende.«

Mit einem braunen Zollstock schlägt sie wütend auf die Stoffballen. Dabei wirbelt so viel Staub auf, dass das Licht der Petroleumlampe gedämpft wird.

»Schluss!«, schreit sie. »Es ist aus.«

»Wenn du wüsstest, wie glücklich du mich machst mit dem, was du sagst«, ruft der Mann.

Wütend geißelt die Frau ihre Ballen. Sie packt einen zweiten Zollstock und trommelt damit auf den Stoff. Sie sieht aus wie eine begeisterte Schlagzeugerin. Während ich sie beobachte und das kräftige Niesen höre, das der von ihr aufgewirbelte Staub ihr entlockt, überkommt mich ein Gefühl vollkommener Vergeblichkeit.

Was mich stört, ist meine unzureichende Formulierung. Man kann das Wort »Vergeblichkeit« verwenden. Es kommt dem Ganzen am nächsten. Aber das Wort bringt nicht die bodenlose Hoffnungslosigkeit des Gefühls zum Ausdruck, das mich dort überkam, dort an dem Stand am Hofvijver, mit der niesenden Frau, die zwischen dem Niesen ständig jammerte: »Es ist vorbei, es ist aus zwischen uns«, und dem Mann, dessen Gesicht im Dunkeln blieb und der regungslos dastand und kein Wort mehr sagte. Es war, als würde unter meinem Zwerchfell die Sechste Sinfonie von Schostakowitsch gespielt. Es war, als hätte ich versagt, als hätte ich mein Leben lang versagt und würde es nie wiedergutmachen können.

2

Wenn nichts passiert, vergeht die Zeit wie im Flug. Gut ein Jahr später rief Hester mich an: »Ein Freund von mir hat einen Roman geschrieben, und das Buch wird in der Buchhandlung Maria Heiden in Rotterdam vorgestellt. Er hat mich gebeten, bei der Gelegenheit zu singen. Würdest du mich begleiten?«

»Natürlich, gibt es denn ein Klavier?«

»Das wird organisiert.«

Hester holte mich mit ihrem schmutzigen Audi ab. Wir fuhren in einem langen Stau nach Rotterdam. Unter dem bleigrauen Novemberhimmel kam uns auf der anderen Fahrbahn ein zweiter Stau entgegen. Viele Fahrer hatten bereits das Licht eingeschaltet. Dadurch schien es noch nebliger zu sein, und in dem Nebel kamen die blendenden Scheinwerfer auf uns zu.

»Ich tu das für dich, nicht für den Autor«, sagte ich.

»Ach, aber Job ist wirklich ein netter Kerl.«

»Jeder ist nett, solange es ihm gut geht.«

»Er ist wirklich nett.«

»Ein Schriftsteller?«

»Sind Schriftsteller denn nicht nett?«

»Nein, die hängen alle an der Flasche. Das sind lauter Nachteulen. Die geben sich alle einen Hauch von: ›Sieh nur, wie feinfühlig ich bin.‹ Alle haben sie einen Hang zu hochtrabenden Formulierungen, wo eine einfache Aussage gereicht hätte. Meine Klavierlehrerin hat immer gesagt: »Literatur? Das ist nichts anderes, als mit teuren Wörtern schönes Wetter spielen.«

»Job hat aber ein schönes Buch geschrieben.«

»Worüber?«

»Über die eheliche Liebe.«

»Eheliche Liebe? Die gibt's überhaupt nicht.«

»Er denkt schon.«

»Hat er Händel in seinem Buch verarbeitet?«

»Was faselst du jetzt?«

»Na ja, Händel! Wenn ich über die Ehe schreiben würde, dann müsste ich doch auf jeden Fall etwas über das kurze Duett ›Who calls my parting soul from death‹ aus *Esther* von Händel sagen. In wenigen Takten wird da mehr zum Ausdruck gebracht, als man in einem Buch über die Ehe je sagen könnte. Alles, was ein Autor kann, kann ein Komponist besser. Du glaubst doch nicht, ein Schriftsteller könnte uns mit Barbarina um eine verlorene Nadel trauern lassen, ein paar Takte in f-Moll, damit kann sich nichts messen.«

»Schon, aber wenn du nicht wüsstest, dass Mozart an der Stelle ein Mädchen um eine verlorene Nadel trauern lässt, dann würdest du, wenn du die Musik hörst und kein Italienisch verstehst, meinen, dass sie mindestens ihren Liebsten verloren hat.«

»Um so viel Trauer hervorzurufen, braucht ein Schriftsteller ein ganzes Buch! Wirklich, was ein Schriftsteller kann, kann ein Komponist tausend Mal besser.«

»Du kannst mit Musik niemanden zum Lachen bringen.«

»Das wollen wir erst mal sehen, wobei ich zugebe, dass sich Humor und Musik schlecht vertragen. Wenn du vor Lachen brüllen willst, kannst du dir vermutlich besser einen lustigen Film ansehen, anstatt ein Buch zu lesen. Ich hasse Filme, aber bei *Manche mögen's heiß* habe ich gelacht, bis ich

Bauchschmerzen hatte. Kannst du mir ein Buch nennen, bei dem ...«

»*Die Pickwickier* von Dickens.«

»Das habe ich noch nicht gelesen.«

»Dann beneide ich dich, da hast du das schönste Buch, das es gibt, noch vor dir.«

In Rotterdam brauchten wir für die Parkplatzsuche mehr Zeit als für die ganze Hinfahrt. Hester sang zu spät, zu spät begleitete ich sie. Über das Klavier hinweg sah ich eine junge Frau den Laden betreten. Aus der Ferne sahen wir einander an. Sofort verschwand sie hinter einem Bücherregal.

Hester sang eine Schlussnote, ich improvisierte ein Nachspiel. Die junge Frau kam wie eine scheue Rohrdommel zum Vorschein. Sie trug einen karierten Blazer. Die hohen Buchstapel als Deckung nutzend, kam sie langsam näher. Sie schlug einen Bogen, war plötzlich wieder hinter einem Regal verschwunden, das links von mir stand, tauchte dann schräg neben mir auf und fragte: »Wissen Sie, ob die erste Platte, die Sie aufgenommen haben, noch lieferbar ist?«

»Ich glaube schon, aber hier werden Sie die nicht finden«, erwiderte ich.

Ich erhob mich langsam. Obwohl sie stattlich war, überragte ich sie. Wir begaben uns zu einem Fenster im hinteren Teil des Ladens.

»Möglicherweise hat Dankert noch ein Exemplar vorrätig«, sagte ich.

»Da war ich schon.«

Wir schauten zum Fenster hinaus. Mir kam es so vor, als bildeten wir beide zusammen einen Elektrisierapparat. Wir hätten einander nur die Köpfe zuzuneigen brauchen, und schon wären die Funken übergesprungen.

»Ich glaube, ich habe zu Hause noch ein Exemplar der Schallplatte«, sagte ich. »Das können Sie haben.«

»Vielen Dank!«

»Wenn Sie mir Ihre Adresse geben, schicke ich Ihnen die Platte, falls ich noch eine habe.«

»Oh, meine Adresse ist wertvoll. Rufen Sie mich doch an, wenn Sie noch eine finden.«

»In Ordnung«, sagte ich.

»Ich geben Ihnen die Nummer der Praxis. Wenn Sie noch eine Platte finden, können wir uns vielleicht treffen. Sind Sie gelegentlich in Den Haag?«

»Ja, wenn ich in die Musikbibliothek gehe.«

Sie wickelte die Bauchbinde von Jobs neuem Buch und schrieb ihren Namen darauf: Sylvia Hoogervorst. Darunter notierte sie eine Telefonnummer: 010-5275434. Sie gab mir den Papierstreifen.

KV 527, dachte ich, *Don Giovanni* von Mozart; ich sah sie an, sie erwiderte meinen Blick und verabschiedete sich dann. Mit zitternden Knien ging ich zum Klavier zurück.

»Na«, sagte Hester, »das war aber ein sehr intimes Gespräch, da am Fenster.«

»Wunderbare Frau«, sagte ich.

»Papperlapapp, schöne Frauen, davon gibt es viele, und von der Seite sah sie außerdem aus wie eine strenge Lehrerin.«

Hester musterte mich und sagte spitz: »Du wirst ja ganz blass.«

»Ich darf doch wohl auch mal blass werden«, erwiderte ich und rutschte näher ans Klavier. Mein Rücken sehnte sich nach einer Lehne, aber Klavierhocker haben nun mal keine Lehnen. Meine Finger legten sich schicksalsergeben auf die Tasten. Behutsam schlugen sie einen Akkord an. Neugierig wartete ich auf das, was erklingen würde. Ich hörte ein tiefes es, zwei as und ein g. »Mild und leise«, dachte ich. Vorsichtig bewegten sich meine Finger über die Tasten. Während ich so leise wie möglich weiterspielte, hob ich den Blick. Im schwarzglän-

13

zenden Holz des Instruments sah ich das Spiegelbild ihres Gesichts. Es machte den Eindruck, als wäre sie ganz klein und stünde sehr weit entfernt. Sie fragte mich: »Sie treten doch demnächst wieder in einer Kirche auf?«

»Ja«, sagte ich.

»Braucht man da eine Eintrittskarte?«

»Ich habe ein paar Karten dabei. Wenn Sie wollen, kann ich Ihnen eine geben.«

»Oh ja, gern«, erwiderte sie.

Einen kurzen Moment lang hielten wir beide die Karte fest. Sie ging. Hester sah mich leicht vorwurfsvoll an, und ich sagte: »Ich kann doch nichts dafür, dass sie noch einmal zurückgekommen ist.«

3

Ich hatte den Staub von der Plattenhülle gewischt. Die Bauchbinde hatte ich in das vordere Fach meines Portemonnaies gesteckt. Was hielt mich davon ab, sie anzurufen? Wovor fürchtete ich mich? Was war harmloser als ein kurzes Treffen in Den Haag, bei dem ich ihr die entstaubte Platte überreichen würde?

Trotzdem kam ich irgendwie nicht dazu, die Don-Giovanni-Nummer zu wählen.

Im November machte ich eine Radiosendung über Bearbeitungen von klassischer Musik durch Popmusiker. Zuerst spielte ich »A whiter shade of pale«. »Nun«, sagte ich, »hören Sie das Stück von Bach, das Keith Reid und Gary Brooker ihrem Lied zugrunde gelegt haben, die Kantate ›Ich steh' mit einem Fuß im Grabe‹.«

»Mag sein, aber erst muss ich ein neues Tonband holen«, sagte der Techniker hinter der Glasscheibe.

Er ging los und ließ mich in meiner schalltoten Kabine allein. Es schien fast, als wollte er mir, ein Telefon des Rundfunks in Reichweite, absichtlich die Gelegenheit bieten, sie anzurufen. Trotzdem saß ich auch jetzt erst noch eine Weile mit dem Hörer in der Hand da, ehe ich ihre Nummer wählte. Es klingelte zwei Mal. Eine dezente, leicht schleppende Mädchenstimme sagte: »Sie sind mit dem automatischen Anrufbeantworter der tierärztlichen Praxis Westvest verbunden. Sie können ...«

Erleichtert legte ich auf. Zum Glück, sie war nicht erreichbar. Offenbar arbeitete sie als Assistentin bei einem Tierarzt. Aber warum hatte sie mir ihre Privatnummer nicht gegeben? War sie etwa verheiratet? Oder lebte zumindest mit jemandem zusammen? Wollte sie verhindern, dass ich ihren Mann oder ihren Freund am Telefon hatte? Aber warum? Wie dem auch sein mochte: Ich hatte mich an unsere Verabredung gehalten, ich hatte angerufen. Jetzt war ich von weiteren Verpflichtungen befreit. Ich durfte die Bauchbinde wegwerfen. Ich drehte mich auf meinem Bürostuhl im Kreis und sah mich nach einem Papierkorb um. Es gab keinen. Also konnte ich die Bauchbinde ebenso gut aufheben. Die Nummer kannte ich sowieso auswendig: Vorwahl von Rotterdam, dann *Don Giovanni,* dann Kantate 54 von Bach, »Widerstehe doch der Sünde«, und zum Schluss Kantate 34 von Bach, »O ewiges Feuer, o Ursprung der Liebe«.

Jedes Mal, wenn ich in den darauffolgenden Wochen etwas von Bach oder Mozart hörte, dachte ich mit einem vagen Schuldgefühl an die Telefonnummer. Trotzdem hätte ich sie wahrscheinlich nicht noch einmal gewählt, wenn ich mich nicht mit meinem Freund Frank unterhalten hätte. Er ist Psychiater, was nicht für ihn spricht, er mag Mozart nicht, was unverzeihlich ist, und dennoch kann ich mich, wenn wir im Sommer in seinem Garten sitzen und der Abend dämmert, mit ihm so angenehm unterhalten wie mit niemandem sonst.

Diesmal saßen wir allerdings in seinem Wohnzimmer am offenen Kamin.

»Joanna hat demnächst wieder eine Reihe von Auftritten im Ausland und ist ein paar Wochen unterwegs.«

»Wenn das schlimm für dich ist«, erwiderte er, »dann nimm dir doch so lange eine Freundin.«

»Als ob mich noch eine Frau haben wollte.«

»Du musst nur in deinen Garten gehen und in die Hände

klatschen«, sagte er, »dann kommen sie aus allen Richtungen angelaufen. Wenn du die Frauen abwehren wolltest, die etwas von dir wollen, dann müsstest du eine Frauenwehr bauen.«

Später am Abend stand ich in meinem Garten. Ich klatschte in die Hände. Aus der Wiese am Wassergraben, der meinen Garten begrenzt, erhob sich ein alter Reiher. Mit einem heiseren Schrei flog er durch die kalte Luft.

»Eine Frauenwehr«, rief ich dem Reiher hinterher, »wie kommt er darauf? Eine Frauenwehr!«

Mitte Dezember machte ich eine Sendung über die Streichquartette von Janáček. Wieder musste ich warten, weil das Tonband gewechselt wurde. Eine Digitaluhr zeigte 15:27. Eine Weile betrachtete ich die Ziffern. Sie kamen mir vor wie ein Code für das Wort Frauenwehr. »Mal sehen, ob du recht hast, Frank«, murmelte ich. Erneut wählte ich die Nummer. Es klingelte fünf Mal. Ich wollte schon auflegen, als sich dieselbe schleppende Mädchenstimme meldete: »Tierarztpraxis Westvest.«

»Könnte ich vielleicht Sylvia Hoogervorst sprechen?«, fragte ich.

»Einen kleinen Moment, bitte«, sagte die Stimme.

Die Leitung rauschte wie ein altes Radio.

»Bis 15:30 warte ich«, nahm ich mir vor. »Danach lege ich auf und lösche die Nummer aus meinem Gedächtnis. Frauenwehr, ist das zu fassen!«

Drei Sekunden vor 15:30 Uhr erklang ihre Stimme.

»Hier Sylvia Hoogervorst.«

»Hier Alexander Goudveyl. Ich habe auf dem Speicher noch ein verstaubtes Exemplar der Platte gefunden. Deshalb wollte ich nun gern einen Termin mit Ihnen ausmachen. Sie wohnen doch in Den Haag?«

»Nein, ich wohne in Breukelen.«

»Ach, aber … sind Sie denn öfter in Den Haag?«

17

»Das eigentlich nicht. Ich habe nur Den Haag gesagt, weil ich dachte, dass Sie öfter dort sind, und weil es für mich kein Problem ist, kurz hinzufahren.«

»Aber wenn Sie in Breukelen wohnen und ich einmal in der Gegend bin, dann können wir uns doch dort verabreden?«

»Ich denke, dass es einfacher ist, wenn wir uns in Den Haag ...«

»Ja, aber das ist gar nicht nötig. Dann müssen Sie extra nach Den Haag ...«

»Ich dachte, das wäre für Sie das Einfachste.«

»Ich bin öfter in der Gegend von Breukelen als in Den Haag.«

»Tja, dann ... dann gut. Wann sind Sie ...?«

»Kommenden Freitag.«

»Da kann ich nicht, da muss ich arbeiten.«

»Weiter ... nächste Woche vielleicht, aber das steht noch nicht fest. Soll ich, wenn ich weiß, wann ich in Breukelen sein werde, noch einmal anrufen?«

»In Ordnung«, sagte sie.

»Abgemacht«, stimmte ich zu, »bis bald dann.«

Brav legte ich den Hörer auf die Gabel. Ich starrte eine Weile durch die Glasscheibe in den leeren Raum auf der anderen Seite. Warum hatte sie kein Treffen in Breukelen vereinbaren wollen? Lebte sie dort mit einem schäbigen rothaarigen Tierarzt zusammen, der in Wut geriet, wenn er einen Mann roch? Und warum klang ihre Stimme am Telefon so frostig und sachlich? Frostig? War das der richtige Ausdruck? Oder klang sie kühl, effizient? Oder nur unpersönlich? Mir war, als hörte ich ihre Stimme noch, eine Stimme ohne Wärme, ohne Geschmeidigkeit, ohne Modulation. Das ist natürlich ihre Praxisstimme, dachte ich, da kannst du ihr nicht verübeln, dass sie so kurz angebunden ist und frostig klingt. Den ganzen Tag lang muss sie das Bellen von Bernhardinern übertönen.

Dennoch wog der beinahe mürrische Klang der Stimme den verlockenden Ausdruck »Frauenwehr« mühelos auf, der mir beim Anblick eines Telefons in den Sinn kam. Zum Anrufen kam ich nicht mehr. Vielleicht vergaß ich sie sogar.

Nach dem Ende unseres »Kirchenkonzerts«, wie Hester und ich unseren Auftritt nannten, schlenderte ich im schattenreichen Kreuzgang über die Grabplatten. Oben im Gewölbe flatterte eine Fledermaus: »Du solltest Winterschlaf machen«, murmelte ich. Ein Stück weiter standen Konzertbesucher und unterhielten sich noch. Musste ich mich zu ihnen gesellen? Mir Komplimente über meine routinierte Begleitung anhören? Es war, als sähe ich mich selbst durch die Augen der Fledermaus über die Grabplatten wandeln. Aus großer Höhe schaute ich auf meinen kahlen Schädel hinab. Wie unbedeutend ich aussah. Da stand ich, ein fünftklassiger Komponist. Aber warum sollte ich mich selbst so disqualifizieren? Schließlich konnte es mir genauso ergehen wie Bohuslav Martinů, der sein Leben lang veredelte Nähmaschinenmusik komponiert hatte, bis ihm kurz vor seinem Tod ganz unerwartet eine paar unvergängliche Meisterwerke wie die *Fantaisies symphoniques* und die *Fresques de Piero della Francesca* gelungen.

Würde es mir auch einmal vergönnt sein, mich selbst zu übertreffen? Oder würde ich immer zu den Stümpern und Pfuschern gehören? Und würde ich immer nur wegen meiner Bearbeitungen und semiklassischen Kantilenen berühmt bleiben, die Hester mit so viel Flair und Überzeugung vorzutragen verstand, für die sich Joanna aber stellvertretend schämte, obwohl diese Bearbeitungen ihr und mir ein komfortables Leben verschafften. Schon seit Jahren stand mein Leben im Zeichen des fortwährenden Versuchs zu akzeptieren, dass ich nur ein winziges Talent hatte. Trotzdem wurde ich ständig eingeladen. Und um Hester einen Gefallen zu tun, schlug ich nur selten eine Einladung aus, weshalb ich immer wieder mit meinen eigenen armseligen harmonischen Einfällen, meinen glatten, ausgetüftelten, banalen melodischen Formeln und meiner eingängigen Rhythmik konfrontiert wurde. Es war ein Elend, nur ein Talent zu haben, nämlich das Talent zur Einsicht, dass man kein Talent hat.

Ich schaute zu der Fledermaus hinauf und erschauderte. Nicht vor Kälte, ich friere nie. Dann sah ich sie näher kommen. Sie trug ein Band im lockigen Haar. Wenn eine Frau ein solches Band trägt, ist sie bei mir unten durch. Sie ging über die Grabplatten an mir vorüber, ich sagte: »Wenn ich das gewusst hätte, dann hätte ich die Schallplatte für dich mitgebracht! Aber ich werde dich anrufen!«

»Ich warte einfach ab«, erwiderte sie, und schon war sie vorüber, auf den Grabsteinen, die unter ihren Absätzen so hohl klangen. Am Ausgang zögerte sie kurz, schaute sich aber nicht um. Sie hatte keinen Mantel an und trug nur den Rotterdamer Blazer; offenbar war sie mit dem Wagen gekommen.

Sobald sie die Kirche verlassen hatte, folgte ich ihr. Draußen herrschte ein weißer Dezembernebel. Das Licht der Straßenlaternen triefte herab. Ihr Schein reichte nicht weit. Rasch ging ich um die Kirche herum. Ich schaute in alle Straßen, die auf den Kirchplatz mündeten. Sie war weg. Wahrscheinlich war sie in ihr Auto gestiegen und gleich weggefahren.

4

Obwohl mir die Worte »Frauenwehr« und »Ich warte einfach ab« weiterhin durch den Kopf gingen, kam ich wieder nicht dazu, in der Praxis anzurufen. Ich wartete selbst ab. Allerdings verspürte ich jedes Mal um 15:27 ein kurzes Zucken, die Versuchung, den Hörer vom Telefon zu nehmen. Und jedes Mal dachte ich dann: Lass es, das bringt nur Schwierigkeiten.

Joanna wurde gebeten, in Köln einzuspringen. Sie fuhr am Dienstagmorgen ab. Am Sonntag würde sie wiederkommen. Nachmittags um 15:27 griff ich zum Telefon. Erneut erklang die schleppende Mädchenstimme.

»Könnte ich vielleicht Sylvia Hoogervorst sprechen?«, fragte ich.

»Sie operiert gerade«, antwortete die schleppende Stimme. »Ich glaube nicht, dass ich sie jetzt stören kann.«

»Oh, das macht nichts«, erwiderte ich.

»Vielleicht kann ich ihr den Hörer ans Ohr halten.«

»Das ist nicht nötig!, so dringend ist es nicht.«

»Sie signalisiert mir, dass ich das tun soll. Einen Moment bitte, ich muss nur kurz den Apparat woanders hinstellen.«

»Nicht nötig!«, rief ich, doch am anderen Ende der Leitung war nur undeutliches Poltern zu hören. Dann erklang ihre Stimme: »Hier Sylvia.«

»Alexander hier, ich glaube, ich störe gerade sehr.«

»Nein, kein Problem, ich kann beim Sprechen einfach weiterarbeiten.«

»Handelt es sich um einen Hund oder eine Katze?«

»Es ist ein altes Meerschweinchen«, antwortete sie. »Manchmal weiß man nicht, was das soll. Für siebenfünfzig kriegt man in der Zoohandlung ein neues Meerschweinchen, und ich muss hier ein altes Tier operieren, das sowieso bald stirbt, und so eine Operation kostet fünfzig Gulden.«

»Was hat das Meerschweinchen denn?«

»Einen Tumor in der Blase.«

»Das hört sich an, als würde ich Sie bei einer sehr kniffeligen Arbeit stören. Soll ich später noch mal anrufen?«

»Nein, ich muss anschließend noch eine Penisamputation machen.«

»Dann sollten wir rasch versuchen, einen Termin auszumachen. Vielleicht würden Sie … warum sage ich eigentlich Sie? … würdest du, wenn du schon bereit bist, von Breukelen nach Den Haag zu fahren, um die Platte zu holen, auch von Breukelen aus zu mir nach Hause kommen, um …«

»Ja, das wäre vielleicht möglich.«

»Von Breukelen zu mir nach Hause ist kürzer als von Breukelen nach Den Haag. Hast du ein Auto?«

»Ja.«

»Oh, dann ist es ganz einfach. Weißt du, wo ich wohne?«

»Ich habe schon mal den Namen eines Dorfs fallen hören.«

»Sobald du das Dorf erreichst, musst du nach einer katholischen Kirche Ausschau halten. An der Kirche biegst du rechts ab. Dann ist es das zweite Haus am Wasser.«

»Das finde ich schon. Wann soll ich kommen?«

»Wann hast du Zeit? Heute? Morgen? Übermorgen?«

»Übermorgen ist Donnerstag. Da arbeite ich abends nicht. Soll ich dann kommen? So gegen neun?«

»Ist gut«, sagte ich.

Zwei Tage lang widerstand ich der Versuchung, sie erneut anzurufen und die Verabredung abzusagen. Da hatte ich endlich Zeit zum Komponieren, und ich vereinbarte ein solches Treffen! Warum konnte ich an nichts anderes denken? Warum war ich vor dieser Begegnung aufgeregt wie vor einem Besuch beim Zahnarzt? Was hinderte mich daran, die Haustür nur einen Spalt zu öffnen, ihr die Platte zu geben, ihr gute Nacht zu wünschen und die Tür wieder zu schließen?

Letztendlich spaltete ich am Donnerstag dann doch Buchenholzklötze für den Kamin. Um halb acht stellte ich eine Flasche Chablis kalt. Bei allem, was ich tat, war mir, als schaute die Fledermaus zu. Hoch über mir flatterte sie herum. Sie sah, wie ich ruhelos über den Hof irrte. Sie hörte, wie ich Joanna zitierte: »Hast du wieder Hummeln im Hintern?« Sie beobachtete mich, als ich, um mich zu beruhigen, die b-Moll-Fuge aus dem zweiten Teil des *Wohltemperierten Klaviers* spielte. Ob eine Fledermaus irgendwas mit Musik anfangen konnte? Ihr Gehör ist zehntausend Mal besser als unseres. Deshalb kann eine Fledermaus auch nur die allerbesten Kompositionen wertschätzen. Und daraus auch nur die allerbesten Takte, zum Beispiel die Takte 85 und 86 aus der b-Moll-Fuge. Wenn es Gott gibt, ist dort Seine Stimme zu hören.

Ehe ich Takt 85 erreichte, klingelte es. Als ich in der Diele das Licht einschaltete, sah ich sie mit halb abgewandtem Gesicht vor der Tür stehen. Sie trug den Blazer mit den kleinen Karos. Das Haarband fehlte. Über der Schulter lag der braune Riemen ihrer Tasche. Wieso rührte mich das? Was mich nicht rührte, war ihre blaue Jeans. Ich hasse Denim.

Sobald ich die Haustür geöffnet hatte, trat sie ganz selbstverständlich ein.

»Es war ganz leicht zu finden«, sagte sie. »Ich glaube, ich bin sogar ein wenig zu früh.«

»Ich hatte später mit dir gerechnet, der Kamin ist noch nicht an.«

Sie folgte mir ins Wohnzimmer.

»Setz dich so nah wie möglich an den Kamin«, riet ich ihr, »ich zünde jetzt das Feuer an.«

Sie legte ihre Tasche auf die Couch und blieb stehen.

»Was möchtest du trinken?«, fragte ich sie.

»Ein Bier«, antwortete sie.

Verdutzt lauschte ich all den einfachen Sätzen. Es war, als würde gar nichts Unalltägliches passieren. Im Kamin knisterte das Holz einer Apfelsinenkiste, das ich zum Anfeuern benutzte. Von Hochspannung wie in der Rotterdamer Buchhandlung konnte keine Rede sein. Sie schien eine ganz normale Frau zu sein.

Von neun Uhr abends bis zwei Uhr nachts saßen wir vorm Kamin, einer links und einer rechts vom Feuer. Immer wieder gab es Momente des Schweigens, und ich dachte: Mein Gott, mit der Frau kann man sich ja kaum unterhalten.

Sie trank vier Bier, ich trank vier Bier. Im Laufe des Abends verfeuerte ich eine Kiste Pappelholz, eine Kiste Holunderholz und den Kasten mit den gespaltenen Buchenblöcken.

»Alle Holzsorten brennen unterschiedlich«, sagte ich, um irgendwas zu sagen. Wir betrachteten die schwefelgelben Flammen des Holunders, das solide, ruhige Feuer der Buchenscheite. Wir lauschten dem Pappelholz. Pappelholz produziert mehr Lärm als Wärme. Funken fliegen ins Zimmer. Pappelholz kann man gut verfeuern, wenn nicht geredet wird. Es hört sich dann so an, als würde doch gesprochen. Außerdem muss man wegen der Funken ständig aufpassen, dass es keinen Zimmerbrand gibt.

»Du müsstest ein Funkenschutzgitter haben«, sagte sie.

»Ja«, antwortete ich und fragte mich dabei, wann sie wohl gehen würde.

Sie ging nicht. Ich stellte ihr Fragen. Wie alt sie sei. »Dreißig.« Wo sie studiert habe. »In Utrecht, Tiermedizin.« Sie berichtete, als ich sie danach fragte, über Hunde und Katzen, über Glanzsittiche und Papageien, über Meerschweinchen und Wüstenmäuse. Dann fragte sie mich etwas: »Weißt du, wie Akazienblätter aussehen?«

»Wieso willst du das wissen?«

»Ich lese gerade Paustowski, und es ist ständig von Akazien die Rede. Ich habe mich gefragt, wie die wohl aussehen.«

»Ich glaube, ich habe irgendwo ein Buch über Bäume«, sagte ich.

Mit dem Buch setzte ich mich neben sie auf die Couch und dachte: Ich lege einfach einen Arm um ihre Schulter, dann erschreckt sie und geht bestimmt. Oder sie erschreckt nicht, und das ist auch in Ordnung, denn dann müssen wir jedenfalls nicht mehr mühsam ein Gespräch in Gang halten.

Sie blätterte. »Hier«, sagte ich, »eine Akazie.«

»Das ist ein Akazie? Was für saukleine Blätter! Ist das alles?«

Entrüstet schaute sie mich an. Mein Arm bekam einen Schreck. Hastig nahm ich wieder auf meinem eigenen Stuhl Platz. Dann herrschte Schweigen. Ein Buchenscheit kokelte vor sich hin. Wie sich zeigte, war mein Arm allerdings durchaus in der Lage, einen knorrigen Holunderstumpf in den Kamin zu werfen. Sogleich loderten schmutziggelbe Flammen auf.

»Schon damals in Den Haag hatte ich dich nach der Platte fragen wollen«, sagte sie.

»Damals in Den Haag?«, fragte ich erstaunt.

»Ja, beim Voorhoutfestival.«

»Warst du …«

»Ich war mit meiner Freundin Petra dort.«

»Warst du auch … nein, warst du … wie ist das nur möglich … warst du auch, unglaublich.«

»Hast du mich in der Buchhandlung nicht erkannt?«

»Nein.«

»Aber wir waren uns in Den Haag schon begegnet.«

»Vielleicht habe ich mich nicht getraut, dich wiederzuerkennen.«

Es hatte den Anschein, als würde die Enthüllung, dass ich sie bereits zwei Mal gesehen hatte, die Möglichkeit, sich leichthin und scherzend miteinander zu unterhalten, endgültig zunichtemachen. Erstaunt betrachtete ich die schmutziggelben Holunderflammen. Ich kam nicht auf die Idee, für sie etwas auf dem Klavier zu spielen. Ebenso wenig dachte ich daran, eine CD aufzulegen. Wir saßen einfach nur da und folterten einander geduldig mit einem Gespräch, das immer wieder stockte. Das Kaminfeuer tauchte ihre Wangen in ein immer tieferes Rot. Konnte sie nachher überhaupt noch fahren mit all dem Bier intus? Sollte ich vielleicht etwas zu essen machen?

Das Holz war alle, im Kamin war nur noch Glut. Warum blieb sie bloß sitzen? Sie trank noch ein Bier. Wir schwiegen. Eine Turmuhr schlug. Ein Uhr. Wir schwiegen. Die Turmuhr schlug erneut. Halb zwei. Niemand musste befürchten, dass der Abend allzu geschwätzig wurde. Die Uhr schlug. Es war zwei.

»Ich mach mich dann mal auf den Heimweg«, sagte sie.

»Ich hol schnell die Platte, dafür bist du schließlich gekommen.«

Draußen im Hof überreichte ich ihr die Platte. Sie sagte: »Vielen Dank, ich werde mich dafür erkenntlich zeigen, du bekommst ein Geschenk, und ich weiß auch schon, was, ja, ich weiß auch schon, was.« Wir standen im Hof, und es war recht kalt, obwohl es nicht fror.

»Ja«, sagte sie erneut, »ich weiß auch schon, was.«

Sie sah mich nicht wirklich an. Dennoch entdeckte ich in

ihren Augen etwas, das beinahe wie Spott aussah. Warum? Es kam mir so vor, als wollte sie mich auslachen, traute sich aber nicht so recht. Ich sah den Blick, der möglicherweise gar nicht spöttisch gemeint war, ich sah das Funkeln in ihren Augen, und es schien, als würde nur eine Geste dazu passen. Vorsichtig legte ich meinen Arm um sie. Sie reagierte sofort, schloss die Augen und drückte sich an mich. So standen wir eine Weile. Es war ziemlich kalt, obwohl es nicht fror, und ich sagte: »Du wirst dich noch erkälten in diesem Blazer. Lass uns lieber hineingehen.«

Wir gingen ins Haus und standen in der Diele. Ich schlang beide Arme um sie, sie schlang einen Arm um mich. Sie hatte nur einen Arm frei, da sie in der Rechten die Schallplatte hielt.

»Komm«, sagte ich, »leg die Platte hin und nimm die Tasche von der Schulter.«

Sie legte die Platte hin, nahm die Tasche ab und schlang beide Arme um mich. Es sah so aus, als gäbe es nur eine Möglichkeit zu verbergen, dass wir offenbar nicht imstande waren, ein lebendiges Gespräch zu führen. Vorsichtig drückte ich meine Lippen auf ihren schweigsamen Mund. Was ist ein Kuss? Vier Lippen berühren einander paarweise. Trotzdem wusste ich nach diesem ersten Kuss mehr über sie als nach vier Stunden Schweigen am offenen Kamin. Nach diesem ersten Kuss kannte ich – ich bin schließlich Musiker – Tonart, Takt und Tempo. Wir küssten einander, und ich, der ich ebenso alt wie Schumann war, als er in »geistiger Umnachtung« versank, wusste, dass ich niemals zuvor so ruhig, so hilflos geküsst hatte. Darum also redet sie nicht, ging es mir durch den Kopf, der Kuss ist ihr bevorzugtes Ausdrucksmittel, der Kuss ist ihre Geheimwaffe. Sie küsste beherrscht, geduldig, lang anhaltend. Ihr Kuss wirkte keusch. Von Begierde oder Launenhaftigkeit konnte keine Rede sein. Sie küsste, wie Bruckner komponierte.

Sie nahm ihre Lippen von meinen und sagte: »Du hast sehr schöne Zähne.«

Ich wollte auch etwas sagen, bekam aber kein Wort heraus. Also summte ich eine einfache Notenfolge, ein langes g, a, ais, b, b, a.

Wie lange wir uns geküsst haben? Eine halbe Stunde? Eine Dreiviertelstunde? Jedenfalls gingen wir zurück zum noch glühenden Kamin. Wir saßen eine Weile auf der Couch und küssten einander. Anschließend lagen wir eine Zeit lang auf der Couch, einander immer noch küssend. Erst jetzt, als wir ganz dicht aneinander auf der schmalen Couch lagen, roch ich sie. Der Augenblick, in dem ich ihren Duft einatmete – nie werde ich ihn vergessen. Alles, was davor geschehen war, schien nur eine Vorbereitung auf diesen Moment gewesen zu sein. Wie sie roch, lässt sich nicht sagen. Geruch ist ungreifbar. Die Sprache hat, anders als für Töne und Farben, keine Namen für Gerüche. Man kann nur sagen: »Sie roch wie …«, und dann muss man etwas nennen, dessen Geruch bekannt ist. Man kann sagen: »Es roch wie Kalmus«, doch hilft einem das weiter? Weiß man dann mehr? Wie sie roch, lässt sich, auch wenn sich in den Duft ihres Körpers ein Hauch Chanel N° 5 mischte, nicht in Worte fassen. Der Duft, ihr Duft, dieser kräftige, atemberaubende und doch leichte Duft, gab mir das Gefühl, als wären alle vergangenen Jahre meines Lebens verschwendet gewesen, weil ich in all dieser Zeit – ein halbes Menschenleben! – diesen Duft nicht gerochen hatte. Elsa hatte recht, wenn sie sang: »Es gibt ein Glück«, und ich summte das lange g und dann a, ais, b, b, a, und es schien fast, als passte zu dieser Melodie der Text: »Es ist sehr hart, es erst zu entdecken, wenn man schon Mitte vierzig ist.«

5

Die Turmuhr schlug vier. Sie sagte: »Jetzt gehe ich wirklich nach Hause.«

Sie erhob sich von der Couch und meinte dann: »Darf ich vielleicht hier auf der Couch schlafen?«

»Natürlich, ich werde dir ein paar Decken holen.«

Mit drei Decken ließ ich sie im Wohnzimmer zurück. Der Kamin glimmte vor sich hin.

Ich lag im Bett und konnte nicht einschlafen. Wenn ich kurz eindöste, wurde ich wieder zur Fledermaus. Sie sah, wie ich an den Marktständen entlanggegangen war, den Rücken gebeugt, die Hände tief in den Hosentaschen. Sie hörte der Frau und dem Mann bei den Stoffballen zu. Jedes Mal ließ mich der Trommelwirbel des Zollstocks aus dem Schlummer fahren. Was mir geblieben war von dieser Erinnerung, die nur noch die Erinnerung an einen Traum zu sein schien, war das hoffnungslose Gefühl der Vergeblichkeit, des Scheiterns, der Unzulänglichkeit.

Morgens um halb zehn öffnete ich vorsichtig die Wohnzimmertür. Sie schlief. Auf dem Kaminsims lag ihr goldenes Armband. Ihre goldenen Ohrringe lagen auf der Fensterbank. Diverse Kleidungsstücke lagen über ein paar Stühle verteilt. Ihre Schuhe standen vor dem offenen Kamin. Sie lag mit dem Gesicht zur Rückenlehne der Couch. Obwohl es kalt war, hatte sie die Decken halb heruntergeschoben. Ihre Schultern und ein Teil des Rückens waren unbedeckt. Eine Weile betrachtete ich die nackten braunen Schultern. Sie waren der Mittelpunkt eines Stilllebens aus Schmuck, Jeans, Schuhen und Blazer. Es sah aus, als wären ihre Sachen in einem Halbkreis um sie herum verstreut. Um die stille Pracht ihres Rückens zu betonen, hatte der Maler ihre Locken wie zufällig über die Schultern drapiert. Andächtig betrachtete ich das Stillleben. Diese Szene musste ich mir einprägen. Hierauf hatte ich die ganzen Jahre gewartet.

Regungslos lag sie da. Nichts bewegte sich. Man konnte nicht einmal sehen, dass sie atmete. Die Vorhänge waren zugezogen. Draußen schien eine blasse Januarsonne. Sie lag da, die Schultern nackt, Locken darüber, und am liebsten hätte ich alles vermessen und mit Kreide markiert, wie es die Polizei nach einem Unfall macht.

Wie lange stand ich so da? Bis zu dem Augenblick, als mir einfiel: Wenn sie jetzt aufwacht, sich umdreht und mich sieht, bekommt sie bestimmt einen Schreck. Lautlos verließ ich das Zimmer. Was sollte ich machen? Sie schlafen lassen? Sie wecken? Undeutlich erinnerte ich mich an eine Bemerkung, der zufolge sie erst um halb eins in der Praxis sein musste. Bis halb elf konnte ich sie auf jeden Fall schlafen lassen.

Um Viertel nach zehn wachte sie auf. Um halb elf hatten Schmuck und Kleidungsstücke ihren ursprünglichen Platz wieder eingenommen. Sie trank eine Tasse Kaffee, und ich fragte sie: »Was für eine Wohnung hast du in Breukelen?«

»Ich habe eine winzige Wohnung. Aber demnächst ziehe ich nach Utrecht. Ich kann dort für einige Zeit ein Apartment in einem besetzten Gutshaus kriegen.«

»Wie bist du in Breukelen gelandet?«

»Nachdem ich aus Rijswijk weggezogen ... ach, das kannst du natürlich nicht wissen, ich habe dort anderthalb Jahre mit meinem Freund zusammengewohnt. Im vorigen Sommer war es dann aus und vorbei. Während unseres Urlaubs in Portugal haben wir den Entschluss gefasst, uns zu trennen. Wir haben vereinbart, dass er in der Wohnung bleiben durfte, während ich den Wagen bekam. Zuerst habe ich bei einer Freundin gewohnt. In einer Lokalzeitung stand dann eine Annonce, in der eine Mansardenwohnung auf einem Bauernhof in Breukelen angeboten wurde.

»Du hast anderthalb Jahre mit jemandem zusammengewohnt?«

»Ja«, erwiderte sie kurz.

Gern hätte ich sie gefragt: »Mit wem?« Und gern auch: »Warum habt ihr euch getrennt?«, aber ich hörte, wie Elsa in *Lohengrin* aufgetragen wurde: »Nie sollst du mich befragen«, und ich hielt den Mund.

Um halb zwei sagte sie: »Jetzt muss ich wirklich gehen.«

»Die Meerschweinchen warten«, sagte ich.

»Ja«, sagte sie. Wir standen in der Diele, küssten uns, und sie fragte: »Du bist verheiratet. Wie passt das hiermit zusammen?«

»Das passt überhaupt nicht zusammen.«

»Das hier ist also eigentlich unmöglich.«

»So vieles ist unmöglich, und es geschieht doch.«

»Vieles, was möglich ist, geschieht nicht«, erwiderte sie.

»Und wie geht es nun weiter?«

»Du hast in der nächsten Zeit bestimmt viel zu tun, Umziehen ist kein Pappenstiel. Wie wäre es, wenn ich dich nach deinem Umzug anrufen würde? Sagen wir, so in drei Wochen?«

»Gut«, sagte sie, »ruf mich nach meinem Umzug an.«

Sie stieg in ihren silbernen Wagen. Schon seit Jahren fragte ich mich, warum Frauen am Steuer attraktiver zu sein scheinen, als sie in Wirklichkeit sind. Sogar sie, deren Liebreiz seit dem vergangenen Abend von Minute zu Minute zugenommen hatte, war am Steuer so atemberaubend, dass mir das Herz im Hals schlug, als sie winkend von meinem Hof fuhr.

Wenn ich durchs Haus ging, wollte ich in den Garten. Irrte ich durch den Garten, dann fiel mir ein: Ich habe die ganze Nacht nicht geschlafen, ich sollte mich eine Weile aufs Bett legen. Wenn ich es mir auf dem Bett bequem gemacht hatte, überlegte ich: Gestern habe ich sämtliche Buchenscheite verheizt, ich sollte vielleicht ein wenig Holz spalten. Wenn ich das Beil zweimal gehoben und wieder hatte herabsausen lassen, dachte ich: Warum bin ich nur so unruhig? Es ist wohl besser, ich spiele erst mal ein bisschen Bach. Am Klavier rief ich mich selbst zur Ordnung: »Ruhe, ruhe, meine Seele«, murmelte ich. Dabei schaute ich zum Telefon hinüber und dachte: Idiot, wenn du ihr wenigstens deine Geheimnummer gegeben hättest, dann könnte sie dich anrufen. Aber war das so schlimm? Schließlich konnte ja ich sie anrufen. Laut sagte ich über das Klavier hinweg: »Nein! Wir haben vereinbart, dass ich sie erst in drei Wochen anrufe.« Wütend stand ich auf. Erneut ging ich in den Garten, um Holz zu spalten, und während ich das Beil durch die Luft schwang, versuchte ich, mir ihr Gesicht vorzustellen. Das gelang mir nicht. Viel weiter als bis zu den goldenen Ohrringen und den Locken kam ich nicht. Ihr Gesicht entglitt mir jedes Mal.

Ich muss sie wiedersehen, dachte ich, nur ganz kurz. Dann präge ich mir ihr Gesicht möglichst genau ein. Dann weiß ich für immer, wie sie aussieht. Dann kann ich sie mir jederzeit vorstellen.

Um fünf Uhr wurde es bereits dunkel. Ich hatte den ganzen Tag noch nichts gegessen, kam aber nicht dazu, mir auch nur ein Butterbrot zu streichen. Vor mir erstreckte sich der lange, finstere Abend. Wie sollte ich den überstehen? Erneut setzte ich mich ans Klavier. Ich stand wieder auf, nahm den sechsten Band von Bachs Orgelwerken in der Edition Peters aus dem Regal, ging damit zum Klavier und spielte systematisch alle Choralvorspiele durch. Lange übte ich BWV 684: »Christ, unser Herr, zum Jordan kam«. Links simulierte Bach mit auf- und absteigenden Sechzehnteln das Plätschern des Wassers. Für die rechte Hand notierte er Achtel in großen Intervallen. Es ist, als würde jemand mit großen Schritten an einem Bach entlanggehen. Ein Wanderer mit großem Durchhaltevermögen! Wenn man ein solches Meisterwerk spielt, passieren zwei Dinge: Man sehnt sich danach, selbst ein solches Meisterwerk zu schreiben. Und man wird allmählich immer mutloser, weil man weiß, dass man an eine derart unerschöpfliche Phantasie niemals heranreichen wird. Entmutigung frustriert das Verlangen, und je näher man der letzten Note kommt, umso größer wird die Gewissheit, dass man ein Stümper ist.

Um Viertel vor zehn – ich saß immer noch am Klavier – spielte ich die zweite Ballade von Chopin. Auf der Straße am Wasser entlang entdeckte ich Autoscheinwerfer. Das Licht schwenkte nicht in meinen Hof, sondern der Wagen blieb an der Auffahrt stehen. Hastig schlüpfte ich in meine Holzschuhe. Ich ging quer über die Bleichwiese zur Auffahrt. Immer noch brannten die Scheinwerfer des Wagens. Die Fahrertür stand weit offen. In der Böschung hockte jemand am Wasser. Mit großen Schritten ging ich an dem silbernen Auto vorbei. Genau der gleiche Wagen, wie sie einen hat, dachte ich. Nach hundert Schritten am Wasser entlang machte ich kehrt und ging langsam zurück. Immer noch hockte jemand in der Böschung.

»Bist du es?«, fragte ich.

»Warum bist du vorbeigegangen, ohne ein Wort zu sagen?«

»Ich habe nicht gesehen, dass du es bist.«

»Ich dachte: Er will mich nicht sehen, es passt ihm nicht, dass ich hier schon wieder aufkreuze.«

»Es passt mir nicht? Wie kommst du darauf?«

»Unterwegs dachte ich: Das kann ich nicht machen, vielleicht ist seine Frau schon wieder zu Hause.«

»Nein, Joanna singt noch in Köln.«

»An einer Kreuzung habe ich gewendet und bin zurückgefahren. An der nächsten Kreuzung habe dann erneut gewendet. Ich wusste nicht, was ich tun sollte, ich hatte so gehofft, du würdest heute Nachmittag anrufen.«

»Und ich habe mich den ganzen Nachmittag über verflucht, weil ich dir meine Telefonnummer nicht gegeben habe.«

»Du hättest mich doch anrufen können?«

»Ja, aber wir hatten vereinbart: in drei Wochen.«

»Ja, in drei Wochen. Und ich dachte: In drei Wochen, das ist Wahnsinn, das ist unmöglich, so lange kann ich nicht warten.«

»Fahr den Wagen auf den Hof, und komm ins Haus.«

Sie parkte den Wagen auf dem Hof. Wir tranken ein Glas Bier, und sie fragte: »Kann ich vielleicht wieder auf der Couch übernachten?«

»Oben gibt es ein Gästezimmer.«

»Das ist bestimmt bequemer.«

»Ich kann noch ein Bett danebenstellen.«

Ganz kurz, kaum merklich, schüttelte sie den Kopf.

»In Ordnung«, sagte ich. »Ich schlafe in meinem eigenen Bett.«

Sie übernachtete im Gästezimmer. Erneut wachte ich in meinem eigenen Bett über sie. Am nächsten Morgen ging sie in einem grauen Pullover über den Flur. Erst da sah ich, wie lang und schön ihre braun gebrannten Beine waren. Als ich ihren grauen Pullover umarmte, sagte sie: »All die Jahre, die ich dein Tun verfolge, habe ich überlegt: Wie kann es mir bei einer Begegnung gelingen, seine Aufmerksamkeit länger als sechs Sekunden zu fesseln.«

6

Einen Tag später, am Sonntagnachmittag, wählte ich die Telefonnummer in Breukelen, die sie mir tags zuvor gegeben hatte. Offenbar saß sie neben dem Apparat. Sie nahm sofort ab. Ich fragte: »Wie geht's dir?«

»Ich grüble«, antwortete sie.

»Wieso grübelst du, und worüber?«

»Ich grüble, weil du verheiratet bist. Wie soll es nun weitergehen?«

»Hast du noch nie etwas mit einem verheirateten Mann ge-?«

»Nein. Ich bin solidarisch mit den Frauen, die von ihren Männern betrogen werden.«

»Das mit uns ist also unmöglich? Wir werden uns nie wiedersehen?«

»Nein ... ja ... ich weiß nicht, keine Ahnung. Ich grüble.«

»Hast du jemanden, mit dem du darüber reden kannst? Ich habe die Erfahrung gemacht, dass man, wenn einem so etwas passiert, jemanden braucht, dem man sein Herz ausschütten kann.«

»Woher weißt du das so genau? Ist dir das schon öfter passiert?«

»Einmal«, erwiderte ich, »und damals war ich so naiv zu glauben, dass man ein derartiges Ereignis demjenigen berichten muss, dem man am meisten vertraut. Und das war Joanna.«

»Und wie hat sie reagiert?«

»Sie war wütend. Sie hat alle Taschen aus meinen Hosen geschnitten. Wenn ich anschließend etwas in die Hosentasche gesteckt habe, war es verschwunden, dann war da nur ein Loch, und mein Portemonnaie ist an meinem Bein entlang auf den Boden gefallen.«

»Du sagst ihr diesmal also nichts?«

»Nein.«

»Kannst du denn jetzt ungestört telefonieren?«

»Sie schläft gerade.«

»Sie schläft? Um diese Zeit?«

»Sie ist todmüde. Sie ist gestern Abend um halb zehn nach Hause gekommen. Sie fand, dass sie fürchterlich schlecht gesungen hat. Der Ansicht ist sie immer. Sie hat so ziemlich die schönste Altstimme, die ich kenne, aber sie will keine Karriere als Sängerin anfangen, weil sie mit ihren Leistungen nie zufrieden ist. Sie will nicht auftreten. Nur wenn jemand im letzten Moment absagt, kann man sie mit sehr viel Mühe dazu überreden, dass sie einspringt. Dann ist sie sozusagen zweite Wahl, und sie hat nicht das Gefühl, den allerhöchsten Erwartungen genügen zu müssen. Als Aushilfe ist sie überall sehr gefragt. Jedes Mal singt sie besser als die Frau, die ursprünglich vorgesehen war. Aber man kann sie nicht direkt unter Vertrag nehmen. Viele Ensembles für geistliche Musik engagieren Sängerinnen, von denen sie von vornherein wissen, dass sie nicht auftauchen werden, und bitten dann Joanna, einzuspringen. Sie springt ständig ein. Sie ist eine wunderbare Partnerin, sie macht überhaupt keine Probleme. Ständig ist sie unterwegs, ständig springt sie irgendwo ein.«

»Das meinst du nicht ernst, das kannst du nicht wirklich ernst meinen!«

»Sie hat nur einen Nachteil: Wenn sie wieder nach Hause kommt, meint sie, versagt zu haben, und dann schließt sie sich

36

tagelang im Wohnzimmer ein, sitzt am Flügel und übt. Und dann darf ich das Wohnzimmer nicht betreten.«

»Wann sehen wir uns wieder?«

»Meiner Meinung nach wäre es klug, wenn wir ein paar Tage ...«

»O nein, so lange kann ich nicht warten. Morgen arbeite ich, um neun bin ich fertig. Kann ich dich noch sehen, wenn ich von der Praxis aus gleich zu dir komme?«

»Das müsste gehen. Joanna übt morgen den ganzen Tag und wird wohl abends todmüde sein. Sie geht spätestens um halb zehn zu Bett. Danach habe ich Zeit.«

»Gut, ich denke, ich brauche etwa eine Dreiviertelstunde von der Praxis zu dir. Allerdings kann ich natürlich nicht in dein Haus ...«

»Warum nicht? Joanna schläft.«

»Stell dir vor, sie wacht auf. Können wir uns nicht woanders treffen?«

»Auf dem Weg zu mir bist du an einem großen Park vorbeigekommen. Hast du den gesehen? Kannst du dich daran erinnern?«

»Wo die grüne Skulptur steht, von einem Mann, der eine Erdkugel trägt?«

»Genau. Sollen wir uns dort treffen? Am Eingang?«

»Gut. Und was machen wir dann in dem Park?«

»Wir könnten vielleicht ein wenig spazieren gehen.«

»Gut, bis morgen.«

»Ja, bis morgen.«

Sie legte auf, und ich stand da, den Telefonhörer noch in der Hand, und dachte: O Gott, wie soll das werden, wie wird das enden? Vorsichtig legte ich den Hörer auf die Gabel. Mit beiden Händen tastete ich nach meinen Hosentaschen. Sie waren noch da.

Dann schien es, als könnte ich mich selbst erneut sagen

hören: »Man braucht jemanden, dem man sein Herz ausschütten kann.« Hatte ich das zu Sylvia gesagt? Oder vor allem zu mir selbst? Aber wen sollte ich ins Vertrauen ziehen? Ruhig nahm ich den Hörer wieder ab und wählte *Thamos* und *Zaide*. Da war die vertraute Stimme, und ich sagte: »Ich bin's.«

»Was hast du für ein Problem?«

»Woher weißt du, dass ich ein Problem habe?«, fragte ich.

»Ich höre es an deiner Stimme. Was liegt an?«

»Ich glaube, eine dreißigjährige Frau hat sich in mich verliebt.«

»Und du?«

»Sie ist wunderschön, überall, wo sie auftaucht, müssen augenblicklich Absperrgitter aufgestellt werden. Aber es verwirrt mich total, dass sie so schön ist, und ich weiß nicht, ob ich sie auch so nett finden würde, wenn sie wie ein Trampel aussähe. Es ist jedenfalls sehr schwierig, mit ihr ins Gespräch zu kommen.«

»Vielleicht ist sie noch sehr schüchtern, schaut zu dir auf und traut sich nicht, etwas zu sagen?«

»Ob's daran liegt? Mir scheint sie eher ein stilles Wasser zu sein.«

»Soso, das passt absolut nicht zu dir, du brauchst jemanden, mit dem du dich unterhalten kannst. Und zwar vorzugsweise über Musik. Hat sie Ahnung von Musik?«

»Da fragst du mich was, nein, ich … halt, doch, warte, natürlich mag sie Musik, sie verfolgt unsere Arbeit seit Jahren, sie hat mich nach unserer ersten Schallplatte gefragt.«

»Hast du die für sie aufgelegt?«

»Nein, der Gedanke ist mir nicht …«

»Und du hast auch nichts für sie auf dem Klavier gespielt?«

»Nein, auch nicht.«

»Dann könnte es ja durchaus ernst sein.«

»Ernst sein? Was meinst du mit ernst sein? Für wen?«

»Für dich. Du sagst, sie sei verliebt, aber wenn das Thema Musik nicht einmal erwähnt worden ist, dann kann das nur eins bedeuten.«

»Ach, komm, wir hatten noch keine Zeit, um über Musik zu sprechen. Morgen werde ich …«

»Morgen? Siehst du sie morgen schon wieder?«

»Ja, sie wollte es so.«

»Und Joanna? Weiß Joanna davon?«

»Nein, ich sage ihr nichts von der Sache. So wichtig wird es schon nicht werden, es geht nur darum, das Ganze so elegant wie möglich zu beenden.«

»Viel Glück dabei. Hältst du mich auf dem Laufenden?«

»Wenn du gestattest? In so einer Situation braucht man jemanden, dem man sein Herz ausschütten kann. Am liebsten würde ich das bei meiner eigenen Frau tun, aber das wäre nicht besonders klug.«

»Ich bin also zweite Wahl.«

»Ach komm, Hester, du weißt, dass das nicht stimmt.«

»Gut, ich werde deine Vertraute sein. Aber denk dran: Ich bin sehr kritisch! Wie sieht sie aus?«

Es lag mir auf der Zunge zu sagen: Du hast sie schon gesehen, es handelt sich um die Frau, die von der Seite wie eine strenge Lehrerin aussieht. Aber ich sagte nur: »Sie ist groß, schlank und hat einen prächtigen Lockenkopf.«

»Du stehst doch eigentlich eher auf glattes Haar?«

»Ja, schon … sie trägt auch Jeans, und trotzdem …«

»Nicht zu fassen! Wie ist es bloß möglich! Da gehen all deine Prinzipien dahin.«

»Ja, und außerdem hatte sie noch so ein Band in den Haaren.«

»Oh, Alexander, dann muss dir doch klar sein, dass du sofort davonlaufen musst.«

»Ja, aber ...«

»Du steckst schon tiefer drin, als du ahnst. Am Ende stellt sich noch heraus, dass sie zu den Frauen gehört, die ihre Sonnenbrille nicht auf der Nase, sondern im Haar tragen. Was macht sie beruflich?«

»Sie ist Tierärztin.«

»Oh, das ist schön, das ist sympathisch, dann hat sie viel Erfahrung im Betäuben von Schmerzen. Das wirst du brauchen.«

7

Um fünf nach halb zehn ging Joanna müde und schlecht gelaunt in ihr Schlafzimmer. Zehn Minuten später schlich ich mich aus dem Haus und stieg aufs Fahrrad. Rasch fuhr ich über den kleinen Deich am Wasser entlang in Richtung Dorf. Beim Park angekommen, kettete ich mein Rad an den Zaun. Ich sah auf der langen Straße, die zum Park führt, ein Auto langsam wegfahren. Die roten Rücklichter zwinkerten. Am Ende der Straße wendete der Wagen und kam auf mich zu. Es war nicht ihr Wagen, der war silbergrau. Dieses Auto war dunkelblau. Als die Scheinwerfer näher kamen, sah ich, dass es der Wagen unserer Nachbarn war. Am Steuer meinte ich die undeutliche Silhouette unserer Nachbarin zu erkennen. Warum fuhr sie hier so langsam auf und ab? Ich versteckte mich hinter einer Linde. Sie fuhr vorbei, machte kehrt und fuhr erneut mit zwinkernden Rücklichtern die Straße entlang. Es schien fast, als patrouillierte sie vor dem Park. Als sich die Scheinwerfer zum zweiten Mal auf mich zubewegten, machte ich mir die Schatten der Lindenstämme zunutze. Von Schatten zu Schatten schlich ich zum Zaun. Ein weißes, tanzendes Licht näherte sich. Das war ein Jogger, der eine Lampe am Ärmel seines Jogginganzugs befestigt hatte. Mit seinem hellen, hüpfenden Licht lief er an mir vorüber. Als er an mir vorbei war, sah ich ihm nach und bemerkte, dass er zudem ein rotes Rücklicht am Ärmel trug. Das rote Licht tanzte zum dunkelblauen Auto. Eine Tür öffnete sich, und das rote Licht stieg ein.

Auf der Straße kamen mir weitere Autos entgegen. Eine Joggerin trabte mit hüpfendem Haarschopf an mir vorüber. Auf dem Bürgersteig auf der anderen Straßenseite liefen zwei dunkle Jogger in Richtung Süden. »All die Jogger«, murmelte ich, »all die Jogger!«

Mein Herz pochte, als würde es ebenfalls joggen. Bedrückt schaute ich zum Himmel auf. Es war bewölkt, die tröstlichen Bilder des Großen Bären und des Orion fehlten. Wieder lief eine Joggerin an mir vorbei. Sie trug schwere Schuhe, ihre Schritte waren laut zu hören. In diesen Takt hinein hallte das Laufgeräusch anderer Jogger, die auf der Straße unterwegs waren. Während ich den unterschiedlichen Rhythmen der vielen rennenden Füße lauschte, war mir, als hörte ich die ersten Takte einer Komposition, mit der ich erst noch anfangen musste.

Ich wollte nichts lieber als endlich wieder komponieren, wirklich komponieren. Trotzdem wurde nie etwas daraus, es war, als würde sich die ganze Welt immer wieder gegen mich verschwören und mich davon abhalten, ein Werk wie die erste Violinsonate von Prokofjew abzuliefern, und sei es auch nur ein einziges Mal.

Ein silbergrauer Wagen näherte sich. BW 34 GX las ich auf dem Nummernschild, und ich dachte: BWV, Bach-Werke-Verzeichnis 34, »O ewiges Feuer, o Ursprung der Liebe«, und ich summte die Alt-Arie aus der Kantate, zweifellos die schönste Arie, die Bach je komponiert hat.

Der silbergraue Wagen hielt an. Sie öffnete die Tür, und ich stieg ein. Sie sagte: »Warum läufst du hier herum? Du wolltest doch am Eingang warten?«

»Stimmt, aber da ist meine Nachbarin die Straße ganz langsam auf und ab gefahren.«

»Wieso das denn?«

»Keine Ahnung. Jedenfalls ist ein Jogger mit Vorder- und

Rücklicht zu ihr ins Auto gestiegen. Vielleicht hat sie auf ihn gewartet.«

»Wir können also nicht in den Park?«

»Nein. Fahr einfach ein Stück weiter, ich kenne eine Stelle, wo wir einen netten Spaziergang am Wasser machen können.«

Aber auch dort waren an diesem Januarabend Jogger unterwegs. Außerdem war es am Wasser kalt und windig. Mich störte das allerdings nicht und sie ebenso wenig. Neben uns glucksten leise Wellen. Da sie das Haar hochgesteckt hatte, konnte ich ihr Gesicht besser sehen. Ständig schaute ich zu ihr hinüber, und jedes Mal erblickte ich ihre leuchtenden dunklen Augen. Außerdem sah ich ihr verlegenes und übermütiges Lächeln. Sie berichtete, dass viel zu tun gewesen sei, dass es nach dem Wochenende immer viel zu tun gebe. Danach gingen wir schweigend am Wasser entlang.

Sie atmete hörbar. Das Wasser plätscherte. Der Rhythmus unserer Schritte erinnerte an einen leisen, langsamen Paukenwirbel. Aus dem Schilf ertönte der Angstschrei eines Teichhuhns. Flatternd schoss es über die Wellen. Wenn es mir gelänge, all diese Geräusche in einer einzigen Komposition einzufangen, würde ich trotzdem nicht im Entferntesten ausdrücken können, wie ich mich fühlte. Aber wie sollte ich dieses Gefühl festlegen, erhalten, bewahren? Das Ganze währte so kurz, höchstens noch eine Stunde, und ich wollte es festhalten. Erneut bemerkte ich ihr verlegenes Lächeln. Ich drückte sie fester an mich, aber auch das half mir nicht weiter, es gab mir keinen Hinweis darauf, wie ich all das, was mich bewegte, festhalten sollte.

Bei einer Landzunge blieben wir stehen. Sie hob die Hände und hielt meinen Kopf. Lange küsste sie mich auf die ruhige, geduldige, unleidenschaftliche Art, die mir die Vision von vergessenen Sommern mit langen, sonnenüberfluteten Nachmittagen und noch trägeren, schattenreichen Dämmerabenden verschaffte. Ihre Hände machten sich auf eine Entdeckungsreise über meinen Körper. Sie sagte: »Du bist ziemlich mager.«

»Du bist auch nicht dick.«

»Aber ich muss aufpassen«, erwiderte sie, »das kommt nur daher, weil ich so schlecht esse. Sonst würde ich sofort zunehmen.«

»Isst du so schlecht?«

»Ich habe nie Zeit zum Kochen. Meistens schiebe ich eine Tiefkühlmahlzeit in die Mikrowelle.«

»Dafür siehst du erstaunlich gut aus!«

»Ich schlucke haufenweise Vitamintabletten. Davon haben wir in der Praxis mehr als genug.«

»Ja, aber für Hamster.«

»Das macht nichts.«

»Kompensieren die Tabletten denn den ganzen Tiefkühlmist?«

»Das hoffe ich.«

Wir schlenderten am Ufer entlang. Das Wasser plätscherte geduldig. Der Wind schien aufzufrischen, und manchmal wehte er lose Locken in ihr Gesicht. In diesen Momenten ähnelte sie jemandem, den ich vor sehr langer Zeit gekannt hatte, jemandem aus meiner frühesten Jugendzeit. Ständig überlegte ich: Wem ähnelt sie bloß?

Ich kam nicht drauf. Am Himmel hing eine fahle Mondsichel, das alte Schilf flüsterte, ein Blesshuhn deutete mit seinem weißen Schnabel auf uns.

Hester rief mich am nächsten Tag an.

»Und«, fragte sie, »wie geht's?«

»Ich bin gestern Abend mit ihr am Wasser entlang spazieren gegangen.«

»Lange?«

»Anderthalb Stunden, schätze ich. Danach habe ich die

ganze Nacht wach gelegen. Als ich heute Morgen auf der Waage stand, habe ich festgestellt, dass ich zwei Kilo abgenommen habe.«

»Dann iss mal ordentlich.«

»Ich habe keinen Hunger.«

»Weißt du schon, ob sie Musik mag?«

»Das habe ich sie noch nicht gefragt, und das ist auch nicht nötig, schließlich verfolgt sie unsere Arbeit schon seit Jahren.«

»Fällt es dir inzwischen leichter, dich mit ihr zu unterhalten?«

»Wir sind am Wasser entlanggegangen, wir mussten uns gar nicht unterhalten.«

»Ihr habt also die Stummen am Ufer gespielt. Und mehr ist nicht passiert?«

»Sie riecht so gut.«

»Sonst nichts?«

»Sie küsst ... ich kann es nicht erklären, sie ... ich hätte nie gedacht, dass jemand so küssen kann.«

»Das Ganze basiert also auf einem Duft und einem Kuss?«

»Und auf ihrem Lächeln«, sagte ich. »Und sie hat große, kräftige, ziemlich grobe Hände. Das bringt bestimmt der Beruf mit sich, schließlich muss sie die ganzen riesigen Bouvierhunde festhalten. Ja, sie hat große Hände ...«

»Was willst du mir damit sagen? Findest du das nett?«

»Nett?« Vorsichtig tastete ich das Wort ab. War es hier das richtige? Nett? Was für ein seltsames Wort, was für ein unzureichendes Wort.

»Was ist denn mit den Händen?«

»Sie sind so groß, so kräftig, ich ...«

»Hat Joanna schon etwas bemerkt?«

»Nein.«

»Wann siehst du sie wieder?«

»Sie kommt am Mittwochmorgen her.«

8

Am Mittwochmorgen lagen wir zwei Stunden auf meinem Bett. Sie sagte: »Nachdem wir uns damals in Den Haag das erste Mal gesehen hatten, wollte ich ständig zurück zum Plein.« Ich erwiderte: »Da hättest du mich aber nicht wiedergefunden. Ich bin stundenlang an den Marktständen entlanggeschlendert. Und die ganze Zeit habe ich gehofft, dich wiederzusehen.«

»In Rotterdam«, fuhr sie fort, »kam ich rein, und im selben Augenblick sah ich dich da sitzen, und du hast aufgeschaut und mich bemerkt. Ich dachte, ich würde ohnmächtig werden, darum habe ich mich vorsichtshalber hinter einen Pfeiler gestellt.«

»Ohnmächtig werden? Hinterher warst du dann aber in der Lage, noch einmal vorzukommen.«

»Ja, du bist aufgestanden, und ich sah, dass du größer bist als ich. Da war ich rettungslos verloren.«

»Wusstest du denn nicht, dass ich größer bin?«

»Von Fotos und aus deinen Fernsehauftritten hatte ich den Eindruck, dass du ziemlich klein bist.«

Ihre Hände streichelten adagio meinen Körper. Sie küsste mich schläfrig. Ich fragte mich, ob es dabei nun bleiben würde. War ihr Kuss kein Auftakt, sondern ein Schlussakkord?

Vorsichtig öffnete ich zwei Knöpfe ihrer Bluse; sie schloss einen Knopf wieder, wobei sie weder das Küssen noch das Streicheln unterbrach.

Sie sagte nichts. Ich musste raten, was sie wollte und was nicht. Mir kam es so vor, als küsste sie deshalb so lange und träge, um zu verhindern, dass etwas anderes passierte. Trotzdem öffnete sie kurz nach elf den Gürtel meiner Hose. Ihre Hand streichelte meinen Bauch, und ich dachte: Nur zu, mach weiter, streichle mich ruhig tiefer, das darfst du, das ist gut. Sie tat es nicht. Ich wartete, bis ich schließlich ihre streichelnde Hand nahm und auf mein Geschlecht legte. Sie holte es hervor, streichelte es, drückte es an ihren Unterleib, und mein Samen landete in einer Falte ihrer Hose. Kopfschüttelnd betrachtete ich den runden nassen Fleck auf dem weißen Stoff.

»Macht nichts«, sagte sie, »macht überhaupt nichts, in der Praxis trage ich einen weißen Kittel, niemand wird es sehen.«

»Das nicht, aber sämtliche Bouviers werden es riechen.«

»Du glaubst offenbar, dass ich ausschließlich Bouviers behandle.«

Nachmittags rief sie mich an und sagte: »Ich vermisse dich schon jetzt schrecklich, und wir haben uns nicht verabredet, ich habe keine Aussicht darauf, dich wiederzusehen.«

»Freitagmorgen arbeitest du doch nicht?«

»Nein, da habe ich frei.«

»Soll ich dann zu dir kommen?«

»Am Freitagmorgen muss ich nach Utrecht, eine Freundin besuchen, die im Wochenbett liegt.«

»Wie spät?«

»Um halb elf.«

»Wie wär's, wenn ich vorher zu dir käme und dann mit dir nach Utrecht fahren würde? Dann könnte ich zum Beispiel in die Musikbibliothek gehen und dort etwas nachschauen. Nach deinem Besuch sammelst du mich irgendwo wieder auf, und ich fahre mit dir zur Praxis. Auf die Weise haben wir zwei gemeinsame Stunden.«

»Ja, aber ...«

»Wo liegt das Problem?«

»Ich habe in Breukelen nur ein winziges Mansardenzimmer.«

»Schämst du dich, jemanden in einer so kleinen Wohnung zu empfangen?«

»Ziemlich.«

»Was für ein Unsinn! Ich wünschte, ich hätte so eine kleine Wohnung. Mit nichts als einem Stuhl, einem Tisch und einem Flügel. Dann könnte ich jederzeit umziehen. Dieser ganze Besitz! Er nagelt dich fest, er besitzt dich, du bist ihm untertan. Diese ganzen Sachen, du ...«

»Ich wünschte, ich hätte ein paar Sachen. Seit ich aus Rijswijk weggezogen bin, habe ich nichts mehr.«

»Jeder will immer das haben, was er nicht hat. Jedenfalls musst du dich aber nicht wegen des Mansardenzimmers schämen.«

»Na gut, komm also vorbei, ich hol dich ab.«

»Wie weit ist es vom Bahnhof?«

»Nicht sehr weit.«

»Dann kann ich auch zu Fuß kommen.«

»Du weißt aber nicht, wo es ist.«

»Kannst du mir das nicht beschreiben?«

»Lass mal, ich hol dich ab. Wie spät?«

»Um halb zehn hält ein Zug in Breukelen.«

»Gut, um halb zehn bin ich da. Sollte ich noch nicht da sein, kannst du mir ja entgegenkommen. Geh Richtung Utrecht an den Gleisen entlang.«

Am Freitagmorgen fuhr ich einen Zug früher. Warum? Ich wusste es nicht. Wollte ich nicht abgeholt werden? Oder wollte ich der aufgehenden Sonne entgegenspazieren? Der fahle Himmel mit seinen aschgrauen Wolken schien durchaus geeignet, mich zu erdrücken. Und das, obwohl ich noch immer keinen Ehebruch begangen hatte! Würde es je so weit kommen? Würde ich mich dann schuldig fühlen? Wieso fühlte ich mich jetzt nicht schuldig? Warum verspürte ich eigentlich nur ein einziges Verlangen – die Sehnsucht nach vollkommener Freiheit? Könnte ich mich doch nur von Joanna trennen, dachte ich, dann müsste all dies nicht geschehen.

Unter dem aschgrauen Himmel stiefelte ich ostwärts. Die ganze Welt lag da wie geputzt. Eine himmlische Raumpflegerin hatte sich Straßen und Wege vorgeknöpft, hatte die Bäume von den Blättern befreit, die Straßengräben auf Vordermann gebracht. Alles war aufgeräumt. Und ich ging durch diese hübsche, glänzende, saubere Welt und verstand nicht, warum ich mich nicht schuldig fühlte. War meine Ehe denn so schlecht? Oder konnte von einer Ehe gar keine Rede sein? Lebte ich nur mehr oder weniger zufällig mit jemandem im selben Haus? Wir schliefen schließlich getrennt, und Kinder hatten wir auch keine. Das Einzige, was uns verband, war unsere leidenschaftliche Liebe zur Musik, und diese Liebe war zugleich auch die Ursache dafür, dass wir bereits fünfzehn Jahre in unausgesprochenem Unfrieden zusammenlebten. Sie nahm es mir übel, dass ich nicht besser komponierte, und ich nahm es ihr übel, dass sie Tag und Nacht mit ihrer Stimme beschäftigt war. Wie so oft dachte ich an den Abend, an dem ich Joanna kennengelernt hatte. Auf Anhieb hatte ich sie als zu schwer, zu plump, zu massig empfunden, und auf Anhieb war ich vom Liebreiz ihrer Schwester entzückt gewesen. An jenem Abend sagte der Gastgeber: »Möchte nicht jemand etwas singen?«

Joannas Schwester fragte daraufhin: »Ist denn jemand da, der auf dem Klavier begleiten kann?« Woraufhin ich erwiderte: »Solange es sich nicht um Lieder von Hanns Eisler oder Hans Pfitzner handelt, kann ich wohl begleiten.« Ich setzte mich ans Klavier, der Gastgeber reichte mir Lieder von Brahms in einer

Ausgabe für tiefe Stimme, und hinter mir sagte jemand: »Feldeinsamkeit«, und die ganze Zeit über dachte ich, dass ich gleich die hübsche Schwester begleiten würde, und darum sagte ich: »Mein lieber Mann, du traust dich aber was. Das ist so ziemlich das schwierigste Stück, das Brahms komponiert hat.«

Während ich das Lied suchte, hätte ich gern den Mut gehabt zu sagen: »Was für eine Anmaßung, was für ein Hochmut, ›Feldeinsamkeit‹, selbst die Allergrößten schrecken davor zurück.« Dann schlug ich, immer noch in der Annahme, dass die Schwester singen würde, die ersten Akkorde an. Joanna und ihre Schwester standen schräg hinter mir, ich konzentrierte mich auf meine Noten, hörte die Stimme und war überglücklich, dass es mir an Mut gemangelt hatte, das Wort »Anmaßung« auszusprechen. Als das Lied zu Ende war, sagte Joanna: »Du bist ein guter Begleiter, allerdings hättest du mir in den zwei Takten mit den Doppelschlägen eine kurze Pause gönnen können.« Erst da wurde mir klar, dass ich Joanna begleitet hatte. Ich war verloren, gefangen, gefesselt. Über den Umweg des Missverständnisses und des Charmes ihrer Schwester hatte sie mich an diesem ersten Abend mit ihrer Stimme verzaubert. Nach »Feldeinsamkeit« sang sie noch die »Sapphische Ode«, »Mainacht«, »Liebestreu« und »Wir wanderten«. Später am Abend begleitete ich auch ihre Schwester noch. Die sang nicht, sie hatte eher ein Problem namens Gesang, ach, ein so hübsches Mädchen. Zum Schluss sang Joanna noch »Au bord de l'eau« von Fauré.

Breukelen lag nun hinter mir. Dunkelblaue Wolken erhoben sich drohend aus dem Polder. Es sah so aus, als wären sie um eine viertel Umdrehung gekippt, sodass sie wie moderne Hochhäuser den Horizont überragten. Ihr Wagen schien aus diesen Wolken herumzufahren. Sie hielt an.

»Du bist schon da?« fragte sie.

»Ich habe einen Zug früher genommen.«

»Steig ein«, sagte sie.

Der Umstand, dass sie im roten Pullover und zudem am Steuer bezaubernder denn je aussah, brachte mich derart aus der Fassung, dass ich eine Weile sprachlos war.

»Warum sagst du nichts?«

»Du bist so schön«, seufzte ich.

Sie lächelte. Ich betrachtete sie von der Seite. Es war, als löste sich das Lächeln von ihr ab, als verselbständigte sich das Lächeln der Grinsekatze aus *Alice im Wunderland*. Wir wendeten und fuhren zurück. Sie bog in einen Feldweg ein. Nach fünfhundert Metern erreichten wir einen Bauernhof. Sie parkte vor dem Haus, und wir stiegen aus. Dann öffnete sie eine imposante Haustür, und wir gingen eine noch imposantere Treppe hinauf. Oben standen Koffer und Kartons.

»Lauter Dinge, die ich nicht auspacken kann, weil meine Wohnung so klein ist«, erläuterte sie.

Das Zimmer war klein. Eine Büste mit einem Strohhut stand herum. Ich entdeckte eine Platte mit Klaviermusik von Satie. Sie ging in die Küche, um Kaffee zu machen. Rasch sah ich ihre Plattensammlung durch. Außer Satie und allen Aufnahmen von Hester und mir hatte sie ausschließlich Popmusik. Sie kam zurück, wir tranken Kaffee, wir küssten uns und fuhren nach Utrecht. Am Bahnhof setzte sie mich ab. Zwei Stunden lang schlenderte ich durch die Stadt. In der Musikalienhandlung Broese und Kemink kaufte ich die Partituren der letzten fünf Streichquartette von Dvořák. Mich interessierte vor allem das *Quartett* G-Dur op. 106. Meiner Ansicht nach bringt Dvořák darin seinen Kummer über den Tod seiner Schwägerin zum Ausdruck, die im Mai 1895 starb. Ihr Tod hat Dvořák, der sonst immer sehr fröhlich war, mit tiefer Trauer erfüllt. Wie Mozart und Haydn hatte er die Schwester der Frau geheiratet, die er von ganzem Herzen liebte. Ebenso wie ich auch. Warum bin ich dann kein Mozart, kein Haydn, kein Dvořák?

Um halb zwölf sollte sie mich auf der Jaarbeurs-Seite des Bahnhofs abholen. Als ich mit den Dvořák-Noten in einer Plastiktüte dort stand, sah ich sie kommen. Sie hätte abbiegen müssen, tat das aber nicht, sondern fuhr weiter. Vielleicht sah sie mich und sagte aber zu sich selbst: »Pfui, was für ein alter Kerl. Nichts wie weg.« Dort, wo ich stand, war es recht sonnig, und ich hatte mich im selben Moment damit abgefunden, dass sie weiterfuhr. Leise summte ich das Thema des »Adagio ma non troppo« aus Opus 106. Sie liebte Popmusik und offenbar auch so einen Schweinigel wie Satie, der sich nie wusch, sondern sich nur ab und zu mit einem Bimsstein reinigte. Sie war also keine Liebhaberin von echter Musik. Dann konnte das mit uns auch nichts werden. Es war gut, dass sie weitergefahren war.

Neben mir hielt ein silbergraues Auto. Die Tür öffnete sich, sie rief: »Ich habe vergessen abzubiegen.«

»Ich dachte, du würdest absichtlich weiterfahren«, erwiderte ich, »du hast mich hier stehen sehen und gedacht: Igitt, was für ein alter Kerl – Gas geben!«

»Nein«, sagte sie, »ganz bestimmt nicht.«

»Ich dachte, du würdest auf diese Weise Schluss machen.«

»Sag nicht so was«, entgegnete sie, »ich bin wirklich nicht der Typ, der gleich wieder Schluss macht.«

»Aber vielleicht in ein paar Wochen.«

»Ach, alle Liebe ist endlich, das wissen wir, aber bei mir dauert es bestimmt länger als ein paar Wochen. Mit zwei Jahren kannst du rechnen.«

Ich stieg ein, wir fuhren los, und sie sagte: »Mein Gott, sehen Babys schrecklich aus! Das Kind meiner Freundin ähnelte einem Nacktmull! Und dann muss man es auch noch hübsch finden!«

»Du willst kein Baby haben?«

»Niemals«, sagte sie mit großer Inbrunst, »Kinder? Abscheulich. Ich darf nicht dran denken.«

Sie schaute entschlossen auf die Straße. Dann sagte sie: »Ich bin unter anderem aus Rijswijk weggezogen, weil René zu mir gesagt hat, dass er mich nur weiterlieben könnte, wenn ich ein Kind von ihm will.«

»Nicht zu fassen.«

»Das war der Anfang vom Ende«, sagte sie. »Habt ihr Kinder?«

»Joanna hat viel zu viel Angst, dass Schwangerschaft und Mutterschaft ihrer Stimme schaden könnten.«

Sie schwieg lange, starrte auf die Straße und sagte schließlich: »Das war ein beschissener Ausflug, die beiden waren früher unsere besten gemeinsamen Freunde, wir sind oft zu Besuch gewesen, und jetzt wurde natürlich endlos über René und mich gesprochen. Sie können es nicht begreifen, dass wir uns getrennt haben. Und René will, dass ich zu ihm zurückkomme. Grauenhaft!«

»Warum klappte es nicht mehr mit René und dir?«

»Die alltäglichen Dinge gingen schief, die ganz normalen alltäglichen Dinge funktionierten nicht.«

»Was genau?«, fragte ich. »Wie muss ich mir das vorstellen?«

»Er hat mir beim Kochen in die Töpfe geschaut.«

»Hast du deshalb Schluss gemacht?«

»Wenn ich von der Arbeit kam und im Flur ›Hallo!‹ rief, hatte ich Angst, er könnte schlechte Laune haben oder so was.«

»War er denn manchmal schlecht gelaunt?«

»Nein, nie.«

»Warum hattest du dann Angst davor?«

»Weil ich selbst oft schlechte Laune habe. Wenn ich ›Hallo!‹ gerufen habe, wusste ich, dass ich griesgrämig war. Das wollte ich überhaupt nicht wissen, aber er hat es ans Licht gebracht. Wenn er nicht dagewesen wäre, wäre ich auch nicht griesgrämig gewesen.«

»Das verstehe ich nicht.«

»Wirklich, es ging nicht mehr, es war, ja ... wie soll ich sagen ...«

Sie schwieg, und ich forderte sie auf: »Na, nun sag schon.«

»Ich kann es nicht erklären«, erwiderte sie, »es waren eben die alltäglichen Dinge, die müssen von selbst funktionieren oder so.«

Mürrisch starrte sie vor sich hin. Ich sah sie von der Seite an. Das spürte sie offenbar, ihr Gesicht entspannte sich. Ihr Lächeln erschien, und es war beinahe, als würde dieses Lächeln mit der Stimme von Kathleen Ferrier singen.

»Wann sehen wir uns wieder?«, fragte sie.

»Ich könnte am Sonntag zu dir kommen.«

»Kannst du denn einfach so den ganzen Tag weg?«

»Joanna wird es kaum bemerken, sie schließt sich sowieso wieder den ganzen Tag mit ihren Tonleitern ein.«

»Red nicht, natürlich merkt sie es irgendwann.«

»Dann sage ich eben, dass ich mit Hester irgendwo einen Auftritt habe.«

»Ist das die Frau, die du in der Buchhandlung begleitet hast?«

»Ja.«

»Sie ist eine wunderbare Frau. Hast du mal mit ihr was gehabt?«

»Sie ist verheiratet.«

»Was spielt das für eine Rolle?«

»Sie ist sehr glücklich verheiratet.«

»Trotzdem ist sie verrückt nach dir.«

»Ich bin auch verrückt nach ihr.«

»Kennst du sie schon lange?«

»Seit zwanzig Jahren. Sie hat mich weltberühmt gemacht.«

»Wie das?«

»Vor fünfzehn Jahren kam sie eines Samstagnachmittags zu mir und sagte: ›Ich muss heute Abend auftreten, mir fehlt aber noch eine Nummer. Könntest du nicht auf die Schnelle etwas für mich komponieren oder arrangieren?‹«

»Und ich habe erwidert, dass ich gerade eine unbekannte Mozart-Arie aus der Oper *Zaide* gehört hätte. ›Eine sublime Melodie mit einem prächtigen Oktavsprung darin. Die scheint mir wie geschaffen für ein Arrangement.‹«

Am späten Nachmittag hat Hester die Noten bei mir abgeholt und das Stück am Abend zum Vortrag gebracht. Das Publikum tobte. Den Rest der Geschichte kennst du, das Arrangement ging den gleichen Weg wie ›A whiter shade of pale‹, es wurde mein bekanntestes Stück.«

»Dieses Schlaflied ist also eigentlich von Mozart?«

»Ja, wusstest du das nicht?«

»Nein, ich dachte, es wäre von dir. Was für eine Enttäuschung! Ist ›A whiter shade of pale‹ denn auch ein Arrangement?«

»Die Vorlage hat Bach geliefert, Kantate 156, ›Ich steh mit einem Fuß im Grabe‹, und ein bisschen auch das Air aus der dritten Orchestersuite.«

»Nein, das ist nicht dein Ernst!«

»Doch, das stimmt, es ist eine Bach-Bearbeitung. Ach, alle guten Popsongs sind Arrangements klassischer Musikstücke.«

»Nein, das ist nicht dein Ernst!«

»Du magst keine klassische Musik?«

»Ich habe keine Ahnung davon. Wenn ich klassische Musik höre, dann finde ich sie beinahe *zu* schön, und sie macht mich traurig; außer wenn dabei gesungen wird, das macht mich jedes Mal wahnsinnig, das kann ich überhaupt nicht ab.«

»Warum nicht?«

»Weil die Sänger immer ihre Stimme so verstellen. Es klingt immer so unnatürlich, so künstlich.«

»Als ob Popsänger natürlich klingen würden.«

»Die singen normal, mit ihrer natürlichen Stimme.«

»Popsänger klingen, als hätten sie die ganze Nacht durchgemacht und sich dabei heiser geschrien«, wollte ich sagen, doch ich behielt es für mich, sah sie von der Seite an, und sie lächelte. Obwohl sie offenbar Popmusik liebte, flog ihr mein Herz zu.

»Schon seit Jahren trage ich mich mit dem Gedanken«, sagte ich, »die Popmusik einmal intensiv zu studieren. Dank dir setze ich dieses Vorhaben jetzt vielleicht mal in die Tat um.«

»Ich finde elektrische Gitarren ganz toll«, sagte sie, »du auch?«

»Na ja«, sagte ich kurz.

»Sie mag Popmusik«, sagte ich ein paar Stunden später am Telefon zu Hester.

»Das könnte deine Rettung sein«, erwiderte sie.

»Ach, vielleicht sollte ich mich wirklich einmal damit beschäftigen.«

»Es schadet nie, seinen Horizont zu erweitern, vorausgesetzt, man hat lautere Absichten.«

»Lautere Absichten? Was für ein Unsinn! Auch mit schmutzigem Wasser kann man einen Brand löschen.«

»Ich glaube nicht, dass du deinen Brand löschen kannst, indem du schmutziges Wasser studierst. Dadurch wird das Feuer nur noch mehr angefacht.«

»Ich glaube, ich habe mein Feuer schon ganz gut unter Kontrolle. Heute Morgen sollte sie mich abholen, aber sie hat vergessen abzubiegen und ist an mir vorbeigefahren. Ich dachte: Sie hat schon genug von mir, und ungelogen, es hat mich völlig kaltgelassen, ich war überhaupt nicht traurig. Später habe ich ihr erzählt, dass ich geglaubt hatte, sie sei absichtlich vorbeigefahren, weil sie genug von mir hatte.«

»Wie hat sie darauf reagiert?«

»Sie sagte: Alle Liebe ist im Prinzip endlich.«

»Das klingt gut. Die meisten Verliebten können sich nicht vorstellen, dass dieser Zustand auch mal wieder vorbeigeht. Aber vielleicht hat sie ja sehr viel Erfahrung, vielleicht hat sie ja schon eine ganze Reihe von Freunden verschlissen.«

»Bestimmt nicht«, entgegnete ich, »nein, das glaube ich nicht, sie ist nicht der Typ, der … Dafür ist sie viel zu schüchtern. Als wir bei der Praxis ankamen und ich ihr einen Abschiedskuss gegeben habe, da wurde sie knallrot.«

Warum berichtete ich Hester nicht von den beschlagenen Autoscheiben? Schämte ich mich deswegen? Oder war ich stolz darauf, und ich wollte sie meinen Stolz nicht spüren lassen, um sie nicht zu kränken? Wie dem auch sei: Nicht weit von der Praxis entfernt hatte sie angehalten. An einer Anlegestelle. Rechts eine Brücke, ein Wohnboot, Wasser. Links eine blinde Mauer. Als wir nach einem langen Abschiedskuss wieder aufschauten, waren Wasser, Brücke, Wohnboot und blinde Mauer unsichtbar. Alle Autoscheiben waren beschlagen. Es war, als befänden wir uns in einer stillen, grauen Welt, als säßen wir unter einer gläsernen Glocke.

»Wie ist das möglich«, hatte sie gesagt, »so was hab ich ja noch nie erlebt. Ich glaube, du dampfst.«

9

Sie trug einen purpurnen Mantel. Darunter sah ich Strümpfe. Es rührte mich, dass sie einen Rock trug. Ich hatte sie bisher noch nie in einem Rock gesehen. Sie entdeckte mich, sie lächelte verlegen und ging dann neben dem langsamer werdenden Zug her. Ehe noch die Räder zum Stillstand gekommen waren, sprang ich auf den Bahnsteig. Sie küsste mich auf den Mund. Wir verließen den Bahnhof, warteten vor den Halbschranken, lauschten dem verwehenden Bimmeln des Läutewerks. Die Halbschranken öffneten sich, wir überquerten die Gleise. Dann stiegen wir in ihren grauen Wagen. Durch den leeren, stillen Sonntagmorgen fuhren wir über verlassene Straßen zu ihrem Bauernhof.

»Kaffee?«, fragte sie, als wir das Mansardenzimmer betraten.

»Gern«, antwortete ich.

Sie zog den Mantel aus. Sie trug ein dunkelgraugrünes Kostüm mit einem kurzen Hosenrock und einer locker darüberhängenden Jacke, auf der eine schwindelerregende Reihe schwarzer Knöpfe angebracht war. Ein breiter brauner Gürtel verbarg sich halb unter der Jacke. Sie stieg auf ihr Bett. Wieso? Ich schaute kurz zu ihr auf, wie sie dort stand, schöner denn je; dann sank ich langsam in die Knie. Es war, als wäre ich wieder Kind und müsste vor meinem Bett auf dem kalten Linoleum mein Abendgebet sprechen. Als ich schließlich vor ihr kniete, während sie mich in ihrem bezaubernden Kostüm weit überragte, dachte ich: Ich tu's, ich tu's, ich tu's, wenn sie bereit ist, will ich mein zukünftiges Leben mit ihr teilen. Dann lasse ich mich eben von Joanna scheiden, ist mir doch egal, ich tu's, ich tu's, ich tu's. Und um meine Chancen bei der Bewerbung als ihr zukünftiger Lebenspartner zu erhöhen, sagte ich, während ich immer noch vor ihr kniete und mich in die Höhe reckte, um mit meinen Armen ihre Waden zu umschlingen: »Ich bin schon seit Jahren Millionär. Wenn du mit mir durchs Leben gehst, wirst du nie wieder Geldsorgen haben.«

»Nein, das ist nicht dein Ernst!«

»Wirklich wahr, ich bin Millionär, die Tantiemen aus dem Verkauf meiner Bearbeitungen fließen tagtäglich auf mein Konto.«

Es klang so verrückt, so drollig; es klang, als wäre es nicht wahr. Darum fügte ich noch etwas hinzu, das nach meinem ersten Bekenntnis zweifellos noch viel drolliger klang: »Ich bin auch gut im Haushalt, ich kann kochen, ich bügle gern, weil man beim Bügeln sehr konzentriert Musik hören kann – tja, ich weiß auch nicht, woher das kommt –, ich kaufe gern ein, ich schleudere, ich …«

»Und was ist mit Abwaschen? Das hasse ich nämlich wie die Pest.«

»Oh, auch das mach ich für mein Leben gern«, log ich.

»Trotzdem werde ich jetzt erst einmal selbst Kaffee machen«, sagte sie.

Sie ging aus dem Zimmer. Es war ein echtes Mansardenzimmer mit schräger Decke und einer Gaube. Das französische Bett nahm die Hälfte der verfügbaren Fläche in Beschlag. Das Radio war eingeschaltet. Ein gemeiner Poplärm verebbte. Gerede setzte ein. Vorsichtig drehte ich am Sendersuchknopf. Inmitten des Rauschens erklang, aus einem fernen Land vielleicht, die *Neunte* von Schubert. Das Hornsolo – es sind ganz simple Noten, ein c, ein d, ein e, dann folgt a, b, c. Als würde jemand das Alphabet blasen. Jeder hätte das niederschreiben können, sogar ich. Trotzdem strecke ich, jedes Mal, wenn ich es höre, den Rücken. Wie alt war Schubert, als er die C-Dur-Symphonie komponierte? Nicht mal dreißig! Dass jemand ein solches Talent hat, größer vielleicht als das eines jeden anderen Komponisten, Mozart vielleicht ausgenommen, und dann mit einunddreißig Jahren das Gesicht zur Wand dreht und stirbt, was soll man dazu sagen? Angenommen: Gott existiert. Er schickt uns einen der drei absolut Größten im Reich der Töne (die anderen beiden sind Bach und Mozart, das spricht für sich). Und dann holt er ihn wieder fort, bevor er zweiunddreißig ist. Einen solchen Gott – ach, Gott kann es nicht geben. Das macht man doch nicht, jemanden so jung sterben lassen? Das ist doch unglaublich verbrecherisch. Mozart ist fast sechsunddreißig geworden, und auch das ist unvorstellbar, aber zumindest hat man das Gefühl, dass er sich vollständiger entfalten konnte als Franz Schubert.

Sie kam mit Kaffee zurück. Schubert modulierte nach E-Dur. Wir redeten durch die Musik hindurch, aber etwas Wesentliches sagten wir nicht. Als das Andante behutsam versuchte, das Rauschen zu durchdringen, lagen wir nebeneinander auf ihrem Bett, und erneut schien das geduldige, ruhige Küssen nicht Leitton, sondern Schlussakkord zu sein.

»Bleibt es hierbei?«, fragte ich vorsichtig.

Sie öffnete kurz die Augen, sah mich schüchtern an, schloss die Augen wieder und küsste mich.

»Hast du vor irgendwas Angst?«, fragte ich, als Schubert zum Scherzo ansetzte.

Sie schüttelte den Kopf.

»Wirklich nicht?«, fragte ich. »Oder fürchtest du dich vor Aids?«

Wieder schüttelte sie den Kopf.

»Was ist es dann?«, fragte ich.

»Ich habe so große Hochachtung vor dir«, erwiderte sie.

»Hochachtung? Vor mir? Warum …? Ich …«

»Ja, Hochachtung …«

»Und darum willst du nicht?«

»Ich hab solche Angst, dass … ja, wie soll ich sagen …«

Sie schwieg, behutsam setzte sie das Küssen fort, und ich dachte wieder: Sie küsst so, wie Dinu Lipatti Klavier spielt, sie küsst, um nicht reden zu müssen. Ich wollte etwas sagen, aber Schubert begann mit dem Trio, das mir, obwohl ich es schon so oft gehört habe, jedes Mal zwei Tränen in die Augen treibt, die dann ganz ruhig den Gesetzen der Schwerkraft gehorchen und sich meist in den vertikalen Furchen links und rechts meines Mundes verlieren. Nach dem Trio fragte ich: »Hast du Angst zu versagen?«

»So was in der Art.«

»Geht dir das bei anderen auch so?«

»Nicht, wenn ich keine Hochachtung vor ihnen habe. Dann kann ich sehr gut … mh, wie soll ich sagen … ich bin gehemmt, wenn ich daran denke, dass jemand, vor dem ich Hochachtung empfinde, Erwartungen hat, die ich nicht erfüllen kann.«

»Wer sagt, dass ich Erwartungen habe?«

»Natürlich hast du Erwartungen.«

»Alles, was bisher geschehen ist, hat meine kühnsten Erwartungen übertroffen.«

»Nein, das ist nicht dein Ernst!«

»Und wie soll das überhaupt möglich sein, dass du versagst? Wenn man schrecklich ineinander verliebt ist, kann man in den Augen des anderen nicht versagen.«

»Das stimmt. Am Anfang hat man unbegrenzten Kredit.«

»Genau. Also dann …«

Sie stand auf, öffnete all die viereckigen Knöpfe, zog den Gürtel aus der riesigen Schnalle. Hastig erhob ich mich und zog mich in Windeseile aus, während Schubert sich im Finale dem Siegesrausch hingab.

»Du bist aber schön braun«, sagte ich und schämte mich für meine weiße Haut.

»Und du bist ja überall behaart«, erwiderte sie, »wie herrlich.«

»Was mir auf dem Kopf fehlt, wächst woanders.«

»Unglaublich!«

Während ich auf ihre mattbraune Haut starrte, fragte ich mich: Wie viel Zeit hat es wohl gekostet, so wunderbar braun zu werden? Wie viele Stunden Sonnenbad? Ob sie die vielen Stunden in der Sonne dazu verwendet hat, auch etwas Nützliches zu tun, ein Buch zu lesen, eine Partitur zu studieren? Letzteres natürlich nicht, das stand fest.

Sie lag regungslos auf dem Bett, nur noch mit einem weißen Slip bekleidet. Sie deutete darauf und sagte: »Mein letztes Rettungsmittel.«

»Nimmst du nicht die Pille?«, fragte ich.

Sie schüttelte den Kopf.

»Ich habe Kondome dabei.«

»Du hast ja an alles gedacht. Oder hast du die immer in der Tasche?«

»Nein«, sagte ich.

Schubert war beim Schlussakkord angekommen, als ich, wie es das Wort des Herrn immer so rührend ausdrückt, »zu ihr einging«. Sie nahm mich, wie sie mich küsste, ruhig, geduldig, leidenschaftslos, und trotzdem transpirierte sie beinahe so heftig wie ich, etwas, was mich über die Maßen zärtlich stimmte und mich gleichzeitig daran erinnerte, dass Joanna, als wir noch miteinander ins Bett gingen, nie transpiriert hatte. War das denn so wichtig? Offenbar.

Mindestens ebenso wichtig war der Zustand, in dem Sylvia sich hinterher befand. Sie wirkte erschöpft und ein wenig betäubt. Es schien, als wäre sie geläutert, als hätte sie erst jetzt ihre wahre Gestalt angenommen. Es war, als hätte ich die ganze Zeit nur Taktstriche und Noten gesehen, als würde mir erst jetzt klar, dass all diese Zeichen eine sublime Melodie bildeten.

Während ich meinen Blick nicht von ihr nehmen konnte, erstaunte es mich erneut, dass der Satz »Omne animal post coitum triste« für mich nie gegolten hatte. Traurig? Niedergeschlagen? Ganz im Gegenteil! Überglücklich, zutiefst zufrieden, für einen Moment mit dem Dasein versöhnt, für kurze Zeit von dem niederschmetternden Gedanken erlöst, dass ich über kein Licht verfügte, welches ich unter welchen Scheffel auch immer hätte stellen können. Nach dem Beischlaf liegt man im Bett, man schaut an die Decke, wo Lichtflecken zu sehen sind, man lauscht den Geräuschen draußen, und es ist, als herrschte für einen Augenblick das ewige Jetzt, ein ewiger Moment, der weder durch Vergangenheit noch durch Zukunft besudelt wird.

10

Am Dienstagmorgen klingelte das Telefon. Nein, moderne Telefone klingeln nicht mehr, sie singen irgendeine elende Melodie. Als würde einer Maus der Hals aufgeschlitzt! Nun denn, das Telefon sang seinen Mäuseschwanengesang, ich nahm ab und nannte meinen Namen.

»Ich bin's«, sagte Hester, »jetzt ist schon wieder Dienstag, und am Freitag haben wir zuletzt miteinander gesprochen. Was ist seitdem passiert?«

»Am Sonntag war ich den ganzen Tag bei ihr. Wir haben von morgens halb elf bis nachmittags um halb fünf in ihrem Bett gelegen.«

»So so! Und? Kannst du dich jetzt besser mit ihr unterhalten?«

»Wir hatten nicht so recht Zeit, uns zu unterhalten. Erst als wir uns um halb fünf auf den Weg gemacht haben, um ihre neue Wohnung zu besichtigen, habe ich dies und jenes über den Psychiater erfahren, mit dem sie anderthalb Jahre zusammengelebt hat. Er hat das ganz schlau gemacht, er hat sie vor die Tür gesetzt und alle Sachen behalten. Als Gegenleistung hat sie das Auto bekommen. Weißt du, was sie gegen ihn einzuwenden hatte?«

»Dass er sie geschlagen hat.«

»Wie kommst du darauf? Nein, nein, überhaupt nicht, nein, sie hat sich darüber beklagt, dass er so verschlossen war. Nie hätte er über das gesprochen, was ihn beschäftigte.«

»Sie fand *ihn* verschlossen, während sie selbst ...«

»Genau.«

»Austern im Doppelpack! Was muss das schön gewesen sein.«

»Trotzdem redet sie mehr als am Anfang. Nachdem wir uns das Zimmer angesehen hatten, in das sie bald zieht, haben wir in Breukelen noch ein paar Runden um die Kirche gedreht. In der Dunkelheit hat sie alles Mögliche erzählt, zum Beispiel, dass ihr Vater einmal, als sie vierzehn war und Freunde und Verwandte zu Besuch waren, plötzlich ihren Pullover stramm gezogen und zu den Gästen gesagt hat: »Schaut mal, zwei Erbsen auf einem Brett.«

»Saukerl, was für ein beschissener Witz! Ist sie die Tochter von so einem Vater? Darum steht sie also auf ältere Männer. Auf Vaterfiguren.«

»Findest du, dass ich eine Vaterfigur bin?«, fragte ich völlig perplex.

»Na und ob, du bist ein herzallerliebstes Erzväterchen. War dieser Expsychiater auch älter als sie?«

»Ja, der Exiater war auch älter.«

»Da hast du's! Ihr Vater hat ihr Selbstvertrauen zerstört, und nun ist sie lebenslang dazu verdammt, ältere Männer zu suchen, die ihr dieses Selbstvertrauen zurückgeben können. Was das angeht, geht es ihr also genauso wie mir. Trifft sich doch gut? Da kann ich dir noch besser beistehen, weil ich in Bezug mit dem Vater verstehe, was in ihr vorgeht. Aber sag mal, wie war ihre neue Wohnung?«

»Die sah ziemlich düster und verwohnt aus. Allerdings gibt es ein verstimmtes Klavier. Die Wohnung ist recht geräumig, sie hat ein großes und ein kleines Zimmer, ein Schlafzimmer. Der Fußboden besteht aus giftgrün angestrichenen Hartfaserplatten. Dazu sagt sie immer mit so einem verbissenen Zug um den Mund: ›Das sagt mir nicht zu.‹ Das sagt sie übrigens öfter.

Sie sagt auch immer ›schnell ma‹ anstatt ›schnell mal‹ und auch ›Bahn‹ statt ›Bahnhof‹. Und ständig verwendet sie das Wort ›total‹. Das sagt mir, ehrlich gesagt, nicht so zu.«

»Sagt es dir denn noch zu, mit ihr zusammen zu sein?«

»Als ich am Sonntagabend mit dem Zug nach Hause gefahren bin, dachte ich: Ich bin darüber hinweg, ich könnte problemlos einen Punkt hinter die Geschichte setzen. Ich hatte so ein Gefühl des Überdrusses. Auf dem Bahnhof haben wir mindestens eine Viertelstunde neben einem Weichenstellerhäuschen gestanden und uns geküsst. Sie sagte: ›Dass ich so was mit dreißig Jahren noch tu.‹ Daraufhin habe ich gesagt: ›Und ich? Ich bin noch mal fünfzehn Jahre älter als du.‹ Während der Rückfahrt musste ich ständig daran denken.«

»Spielt denn das Alter eine Rolle?«

»Ja … nein, das Alter nicht, aber das Gefühl, dass man sich wie ein Teenie benimmt, oder besser, dass man sich wie ein Teenie anstellt. Auf dem Bahnhof neben so einem Häuschen rumknutscht. Es war kalt und windig, und die Leute sind auf und ab geschlendert, die haben natürlich alle gedacht: Mein Gott, was für ein Getue.«

»Macht dir das etwas aus?«

»Weniger, nein, es ist vielmehr so, als würde ich mich selbst sehen, schon so alt und beinahe kahl … meine Kahlheit, die macht ihr auch zu schaffen, die gefällt ihr überhaupt nicht. Sie hat schon ein paarmal gesagt: ›Mein Vater hat noch ganz dichtes Haar.‹«

»Ja, meiner auch«, sagte Hester, »aber wie dem auch sei: Du hattest also am Sonntagabend das Gefühl, dass es vorbei ist?«

»Ja, und als ich mich gestern Abend von ihr verabschiedet habe, hatte ich dieses Gefühl noch stärker. Ich dachte die ganze Zeit: Was soll ich tun, sie ist so verliebt, ich kann doch nicht Schluss machen, das wäre schrecklich für sie, das wäre …«

»Moment! Du hast sie also bereits gestern Abend wiedergetroffen?«

»Sie hat mich gestern Morgen angerufen und gesagt: ›Ich halte es nicht aus ohne dich, können wir uns heute Abend kurz sehen?‹«

»Sie ist jedenfalls immer noch in dich verliebt.«

»Stimmt. Nach der Sprechstunde kam sie in ihrem grauen Wagen angerauscht. Sie sah müde aus, sie hatte ihr Haar mit Spangen über den Ohren festgesteckt. Dann sieht man nicht, wie ungewöhnlich schön sie ist. Wir haben am Wasser auf einer Bank gesessen und zu den Lichtern am anderen Ufer hinübergeschaut. Sie war müde, sie hat kaum etwas gesagt. Ich glaube nicht, dass sie rhetorisch sonderlich begabt ist, sie ist nicht sehr geistvoll oder witzig oder spirituell. Dafür hat sie, weil sie so schweigsam ist, etwas Geheimnisvolles; man hat das Gefühl, dass ihr alles Mögliche durch den Sinn geht, wovon man keine Ahnung hat. Sie ist wie die Musik Ravels, kühl, distanziert, unnahbar und doch faszinierend, rätselhaft.«

»Oho, Ravel! Mich hast du noch nie mit Musik verglichen.«

»Ach, liebe Hester, du bist … du bist die B-Dur-Sonate von Schubert, du bist die unglaublichen Takte, mit denen die Durchführung des ersten Satzes einsetzt, du bist die Modulation nach C-Dur im zweiten Satz, die schönste Modulation in der gesamten Musik.«

»Ja, ja, wenn du meinst. Aber sag, hat Joanna immer noch nichts bemerkt?«

»Nein, obwohl …«

»Obwohl was?«

»Als ich am Sonntagabend nach Hause kam, ist mir etwas Merkwürdiges passiert. Joanna war tatsächlich freundlich gestimmt, sie sagte: ›Wie schön es doch ist, einen ganzen Sonntag allein zu Hause zu sein. Da kann man in aller Ruhe üben. Niemand hört einen. Meine Stimme ist beinahe so sanft wie Samt. Sollen wir ein wenig singen?‹

›Was möchtest du singen?‹, fragte ich.

›Schubert‹, erwiderte sie. Sie nahm den zweiten Band der Schubert-Lieder, schlug ihn auf, blätterte eine Weile und stellte dann die Noten vor mich aufs Klavier. ›Das scheint mir das Richtige zu sein‹, sagte sie. Als ich mir ansah, was sie ausgesucht hatte, wäre ich vor Schreck fast gestorben. Es war ›An Silvia‹. Ich holte tief Luft und piepste irgendetwas wie: ›Ist recht, aber das ist ein Lied für Männer.‹ – ›Das kümmert mich nicht‹, erwiderte Joanna, ›ich habe Lust zu singen.‹ – ›Es ist viel zu hoch für dich‹, wandte ich ein. ›Unsinn‹, entgegnete sie, ›es kommt zwei Mal ein hohes gis darin vor, das schaffe ich mit Leichtigkeit.‹ Ich spielte Klavier, sie sang, und zwar so schön, so unglaublich schön. Als wir fertig waren, sagte sie: ›Du hast schon mal besser begleitet, mir scheint, du bist mit deinen Gedanken woanders.‹ – ›Du hast jedenfalls nie schöner gesungen‹, wich ich aus. Daraufhin sagte sie: ›Stell dir vor, du heißt Silvia, und es gelingt dir, einen Komponisten zu einem solchen Lied zu inspirieren. Wie gern würde ich …‹ – ›In Schuberts Leben hat es nie eine Silvia gegeben‹, fiel ich ihr ins Wort, ›An Silvia‹ ist nur ein schlecht ins Deutsche übersetztes Gedicht aus *Die beiden Edelleute von Verona*.‹ – ›Meinst du?‹, fragte sie. ›Ob er nicht doch, als er ›An Silvia‹ komponierte, kurz an eine Silvia gedacht hat, in die er verliebt war?‹

›Wenn dem so war, dann war sie ein solches Lied nicht wert.‹

›Woher willst du das wissen?‹

›Die enorme Wirkung dieses Liedes‹, erklärte ich ihr, ›beruht vor allem auf der letzten Zeile mit dem Oktavsprung nach oben, dem sich anschließenden halben Tonschritt hinauf und dem folgenden Sprung nach unten. Das ist ein rein musikalischer Effekt, kein Mädchen kann ihn auf die Idee mit den zwei Oktavsprüngen gebracht haben.‹

›Wirklich nicht? Na, du hast ja keine Ahnung. Es ist, als breite er mit diesen zwei großen Intervallen die Arme weit auseinander, um sie zu umarmen.‹«

Ich sagte lange Zeit nichts und lauschte dem Rauschen in der Leitung.

Nach einer Weile fragte Hester: »He, bist du noch da?«

»Ja«, sagte ich, »aber findest du das nicht merkwürdig? Ich komme nach Hause, nachdem ich den ganzen Nachmittag in den Armen einer Person gelegen habe, die Sylvia heißt, und Joanna will ›An Silvia‹ von Schubert singen.«

II

Um zwei Uhr trabten verschwitzte Hausfrauen in blauen oder rosafarbenen Jogginganzügen auf der Straße am Wasser entlang. Wieder einmal glaubte ich noch, dass sich die Wettervorhersage – starker Sturm – als falsch herausstellen würde.

Hester und ich probten die Arie »Se tu m'ami, se sospiri« von Pergolesi.

Wir hörten die Dachziegel klappern, und es war, als läge ich wieder in meinem alten Mansardenzimmer im Bett. Dort waren die Dachziegel immer ganz deutlich zu hören gewesen, und als Kind hatte ich dieses Geräusch innig geliebt. Warum liebte ich es jetzt nicht mehr?

»Spielst du nicht weiter?«, fragte Hester.

»Ich will nur kurz den Dachziegeln lauschen«, sagte ich. »Wenn du mich fragst, klappern sie in h-Moll. Ich notier mir das schnell, vielleicht kann ich es verwenden.«

Ich notierte das fröhlich-drohende, rhythmische Klappern der Dachziegel auf Notenpapier. Es erwies sich als gar nicht so einfach, den Rhythmus in all seinen Nuancen von pianissimo bis mezzoforte festzuhalten. Und in welchem Takt klapperten die Ziegel? Und dieser seltsame Flötenton inmitten des ganzen Geklappers, war das ein hohes gis?

»Fliegen dir nie Ziegel vom Dach?«, wollte Hester wissen.

»Früher schon, da flogen manchmal fünf gleichzeitig runter. Aber vor ein paar Jahren habe ich sie alle mit Metallklemmen befestigt. Seitdem ist keine mehr runtergeflogen.«

»Machen wir weiter?«, fragte Hester.

»Ja«, sagte ich und legte das Notenpapier beiseite. Schalkhaft sang Hester: »Facilmente a t'ingannar. Bella rosa porporina oggi Silvia scegliera. Con la scusa della spina. Doman poi la sprezzera!« Sie hielt inne und sagte: »Hier wird der Name Silvia eitel verwendet.«

»Das ist mir bisher nicht aufgefallen. Was wird denn hier über diese Silvia gesagt? Ich kann kein Italienisch.«

»Mein Italienisch ist auch dürftig, aber ich glaube, Silvia warnt den naiven Hirten, dass er nicht die einzige Blume ist, die sie pflückt, und dass sie, was sie heute pflückt, morgen vielleicht schon wegwirft. Bleibt nur die Hoffnung, dass das nicht auch für deine Sylvia gilt.«

»Es wird eher umgekehrt sein«, erwiderte ich übermütig.

»Es hat dich aber ziemlich erwischt.«

»Wie kommst du darauf?«

»Es hat dich sogar ganz übel erwischt. Wenn sie dich jetzt fallen ließe, würde dich das zerschmettern.«

»Ach was, nein«, sagte ich locker, »ich habe sie am Montag zum letzten Mal gesehen, heute ist Donnerstag, und ich habe sie in den letzten Tagen kaum vermisst.«

»Aber du hast jeden Tag mit ihr telefoniert«, sagte Hester streng.

»Woher weißt du das?«

»Das weiß ich nicht, aber davon bin ich überzeugt.«

»Na ja, gut, das stimmt, aber glaub ja nicht, dass es das reine Vergnügen war. Als ich sie am Dienstagabend angerufen habe, da war sie vielleicht mürrisch und gereizt! Wegen des bevorstehenden Umzugs. Und außerdem lief ganz, ganz schlimme Musik, Shirley Bassey oder so was, grauenhaft schlechte Musik.«

Hester lächelte. Sie deutete auf Pergolesi, ich spielte wieder, und sie sang: »Doman poi le sprezzera.« Es gelang ihr kaum, das mahlerisch-drohende und hohl klingende Geklapper der Dachziegel zu übertönen. Es war, als gäben die Dachpfannen wie Hunde von oben nach unten ein dumpfes Bellen weiter. Jedes Mal wurde das dumpfe, bärbeißige Bellen am First gebrochen, um dann zur Dachrinne hinabzusteigen. Zwei hohe Pappeln schwankten gleichmäßig hin und her, wie riesige Metronompendel, die ein Allegrotempo angaben. Die Ahornbäume, die Weiden und Kastanien rauschten in allen Tonarten durcheinander. Es hörte sich an, als würde ein riesiges Orchester die Instrumente stimmen.

»So langsam klingt das Ganze doch ein wenig beängstigend«, sagte Hester.

Ein hohes, hektisches Heulen war zu hören. Dann zerbrach mit einem dumpfen, kurz nachhallenden Schlag ein Dachziegel auf den Terrassenfliesen. Hester und ich eilten zum Fenster. Die rote Dachpfanne war in Dutzende Teile zersprungen.

Ächzend peitschten herabhängende lange, blätterlose Trauerweidenzweige eine hohe, scheinbar unbewegliche Kastanie. Ein mächtiger Ast riss sich los, brach ab und neigte sich elegant zur Erde. Gleichzeitig flog ein zweiter Dachziegel herab und zersprang inmitten der Trümmer, die dort schon lagen. Ein dritter Dachziegel wurde mitleidlos heruntergeworfen und brach entzwei. Eines der beiden Teile hüpfte durch die Scherben und stieß gegen einen Blumentopf.

»Du hast doch gesagt, es flögen nie Ziegel von deinem Dach«, sagte Hester.

Antworten konnte ich nicht. Mir war, als befände ich mich oben auf dem Dach und würde vergeblich versuchen, meine Dachpfannen festzuhalten. Immer wieder hörte ich, durch das Grollen, Johlen und Pfeifen des Windes hindurch, das zunächst gar nicht besonders beängstigende Geräusch, das den nächsten Schlag ankündigte. Zuerst vernahm ich ein leises, scharfes, klirrendes Klicken: Die Metallklemme war aus der Verankerung gezerrt worden. Dann folgte ein abgehacktes, pochendes, anschwellendes Jammern, und die Dachpfannen polterte über ihre Artgenossen in die Tiefe. Manchmal war nur noch ein hohes, helles, liebliches Geräusch zu hören: Die Klemme hüpfte hinter der Dachpfanne her, die ihr zuvor entglitten war.

Ich spürte, dass ich all diese Geräusche festhalten musste. Es war einzigartig, man brauchte gar nichts zu verändern, man konnte sie einfach aufschreiben und instrumentieren, und schon hatte man den Satz einer Symphonie.

»Ich fahr los«, sagte Hester, »es ist schon kurz vor drei, und um halb vier wollte ich zu Hause sein.«

»Ich bring dich zum Auto«, bot ich ihr an.

Zusammen gingen wir über die Kieselsteine. Der Sturm warf Hester gegen mich. Ich schlang meine beiden Arme um sie und hielt sie fest. Auch sie legte den Arm um mich. Gemeinsam kämpften wir uns weiter.

»Das ist ja fürchterlich«, schrie sie, »so bin ich auch mit meinem Vater gegangen, daran kann ich mich noch gut erinnern, damals, am Samstagnachmittag, 31. Januar 1953, kurz vor der Sturmflutkatastrophe.«

»Ja, man kann sich gegen den Wind lehnen, genau wie damals.«

Wir erreichten Hesters Wagen. Sie hielt sich daran fest und versuchte, die Tür zu öffnen. Es gelang ihr nicht, der Wind war stärker. Zusammen zerrten wir an der Tür, bis schließlich der Spalt so breit war, dass sie gerade hineinschlüpfen konnte. Sie setzte sich ans Steuer. Ich ließ die Tür los, und der Wind knallte sie zu.

»Tschüss!«, brüllte ich.

Sie winkte und fuhr los. Sie hatte den Hof noch nicht verlassen, als eine turmhohe, riesige Pappel umzustürzen begann. Hester konnte gerade eben noch darunter hindurchfahren. Hinter ihr fiel die Pappel wie ein Schlagbaum herunter und riss kleine Bäume achtlos mit sich. Ein Ast streifte meine Wange und drückte meinen Arm beiseite. Wenn die Pappel nur einen Meter weiter nach rechts gefallen wäre, hätte sie mich erschlagen. Übermütig rannte ich zum Haus zurück, mit wedelnden Armen gegen den Sturm ankämpfend. Eine weiße Birke brach und fiel um. Zwei Akazien wurden langsam umgedrückt. Sie sahen aus wie zwei riesige Zeiger, die auf zehn vor zwölf standen. Mit fast beruhigender Regelmäßigkeit wurden nun die Ziegel der Reihe nach vom Dach geweht und auf den Fliesen zerschmettert.

Als schließlich, später am Nachmittag, sechzig Dachziegel sowie zwei komplette Firste verschwunden waren und fünf Bäume der Länge nach dalagen, beruhigte sich der Sturm.

In den Radionachrichten wurde berichtet, dass der Zugverkehr vollständig zum Erliegen gekommen war. Ich rief Sylvia an, aber sie nahm nicht ab. Dann rief ich in der Praxis an, und dort hatte ich sie sogleich am Telefon.

»Wie schlau von dir, mich hier anzurufen.«

»Bleibst du in der Praxis?«, fragte ich sie.

»Nach Möglichkeit nicht, ich will nach Hause.«

»Auf den Straßen scheint es ziemlich gefährlich zu sein.«

»Wenn es irgendwie geht, fahre ich nach Hause.«

»Ich kann dich also morgen besuchen?«

»Ruf mich doch morgen früh an, dann ist sicher, dass du dich nicht umsonst auf den Weg machst.«

»Gut«, sagte ich.

»Hat es bei dir Schäden gegeben?«, fragte sie.

»Sechzig Dachziegel, zwei Firste und bis jetzt fünf Bäume. Einer, die größte Pappel im Garten, liegt quer in der Einfahrt. Wer zu mir will, der muss das Rad oder den Wagen stehen lassen und über den Baum klettern.«

»Nein, das ist nicht dein Ernst!«

12

»Eine einfache Fahrt nach Breukelen«, sagte ich.

»Kann ich Ihnen zwar geben«, antwortete der Schalter-
beamte, »aber es fährt kein Zug. Die Oberleitung ist gerissen.
Sie können höchstens nach Den Haag fahren und dort in den
Zug nach Woerden umsteigen. Oder vielleicht steht draußen
auch noch der Bus.«

Mit meiner Fahrkarte stürzte ich hinaus. Der Bus nach
Woerden wollte gerade abfahren. Die Tür schloss automatisch;
ich konnte mich, vielleicht weil ich in den letzten vierzehn
Tagen fünf Kilo abgenommen hatte, noch geradeso durch den
immer schmaler werdenden Spalt zwängen. Vierzehn Tage?
War sie wirklich vor vierzehn Tagen um zehn Uhr abends bei
mir aufgetaucht? Es schien Monate her zu sein, es fühlte sich
an, als wäre es gestern passiert.

Wir fuhren im Schritttempo durch dunkle Straßen; in langen Schlangen standen wir vor immer neuen Ampeln. Nach
einer halben Stunde hatten wir höchstens sieben Kilometer
geschafft. Einmal raus aus der Stadt, ging es schneller. Über
schmale Straßen sausten wir an stark in Mitleidenschaft gezogenen Bauernhöfen vorbei. Trauerweiden, Birken, Linden und
hier und da sogar Buchen lagen entwurzelt neben den Polder-
gräben. Manchmal waren sie im Fall von einem Stalldach auf-
gehalten worden, dessen Dachziegel nun zerschmettert waren.
Ein paar entwurzelte Bäume versperrten Entwässerungsgräben
oder bedeckten mit ihren weit gespreizten Ästen ganze Gemü-

segärten. Von Schweineställen waren die Eternitplatten heruntergerissen worden, von Höfen die Wetterfahnen.

Wir fuhren durch ein Dorf. Kein Haus hatte den Sturm unbeschädigt überstanden. Von kleineren Dächern als dem auf meinem Haus waren manchmal sehr viel mehr als sechzig Dachziegel heruntergeweht worden. Das tröstete mich, so wie es mich auch tröstete, dass die Zufahrten zu etlichen Höfen durch umgestürzte Bäume blockiert waren. Wer würde eigentlich meine Einfahrt wieder freiräumen?

Auf manchen Häusern waren alle Dachpfannen zwischen Dachrinne und First verschwunden. Als wir in ein Neubauviertel kamen, das sich wie eine rechteckige Wucherung im Polder ausgebreitet hatte, sah ich, dass vor allem die neuesten Reihenhäuser schwer beschädigt worden waren. Von etlichen Schornsteinen war nicht mehr als ein zackig umrandetes schwarzes Loch übriggeblieben; manche Dächer bestanden lediglich noch aus Latten. Fenster waren aus ihren Rahmen geweht worden, Markisen lagen zerknittert in den Vorgärten. Niemals zuvor in meinem Leben hatte ich ein solches Chaos gesehen, so viel Durcheinander, das nicht ich selbst würde wieder in Ordnung bringen müssen.

Was mich wunderte, war, dass nirgends Aufräumarbeiten durchgeführt wurden. Vielleicht war es dafür noch zu früh. Vielleicht brachte auch niemand den Mut auf, dieser Unordnung zu Leibe zu rücken.

Wir fuhren auf einer schmalen Landstraße durch einen stark mitgenommenen Polder. Bei einem Bauernhof stand eine Frau mit einer Kittelschürze auf einer Treppenleiter und betrachtete kopfschüttelnd ein Dach, dessen zerbrochene Ziegel in einer Ecke auf einem Haufen lagen, als wären sie dort zusammengekehrt worden. Am Fuß der Leiter stand ein krummes Männlein mit einer großen schwarzen Mütze. Die Frau deutete auf die Ziegel und rief irgendwas. Der Mann schaute unwirsch in eine andere Richtung. Zwei Kilometer weiter lag ein totes Pferd auf der Bleiche eines Bauernhofs. Friedlich lag es da, die Beine ordentlich in Richtung Straße gestreckt, unter dem malvenfarbigen Wolkenmassiv. Wir erreichten einen Bahnhof, wo Dutzende von Menschen auf der Treppe vor dem Eingang standen. Niemand stieg aus, niemand stieg ein. Vorn im Bus saßen zwei Schülerinnen, hinten saß ich. Wir fuhren weiter, zwängten uns durch enge Straßen. Manchmal musste der Bus erst zurücksetzen, ehe er um eine Kurve kam.

Wir durchquerten einen Polder, in dem es nur wenige Höfe gab. Links und rechts waren die Straßen noch durch umgestürzte Pappeln blockiert. Viele Zäune lagen platt auf dem Boden oder ragten ohne ihre Zwischenbretter in die Landschaft. Nirgendwo waren Leute zu sehen, die den Schaden begutachteten oder reparierten. Es schien, als wäre die Erde wieder wüst und leer wie in Genesis 1, als wären alle Menschen fortgeweht worden. Alles, was ich sah, würde nicht nur so bleiben, sondern im nächsten Sommer von Brombeersträuchern, Brennnesseln, Holunderbäumen und Zaunwinden überwuchert werden.

Mitten im Polder lag ein riesiger Schweinestall. Der Sturm hatte offenbar das Dach in die Höhe gehoben und es anschließend in vertikaler Position in den Stall gestellt. Dabei waren einige Schweine getötet worden, die anderen hatte es voneinander getrennt. Die überlebenden Tiere grunzten wütend oder kreischten laut, wenn sie sich über die toten Artgenossen beugten.

Wir erreichten den Bahnhof von Woerden, wo der Zug nach Breukelen abfahrbereit wartete. Für eine Fahrt, die normalerweise zwanzig Minuten dauerte, hatte ich jetzt anderthalb Stunden gebraucht. In Breukelen angekommen, rief ich sie an. Wie ich es mir bereits gedacht hatte, war sie gegen Mitternacht, nachdem sich der Sturm ein wenig gelegt hatte, nach

Hause gegangen. Nun wollte sie mich abholen. Ich ging ihr schon mal entgegen. Entlang eines Bachs bemerkte ich lauter entwurzelte oder abgebrochene Buchen.

Als ich gut eine Viertelstunde gegangen war, sah ich ihren Wagen kommen. Sie fuhr an mir vorbei, ich drehte mich um und winkte mit beiden Armen. Im Rückwärtsgang kehrte sie zu mir zurück. Sie kurbelte die Scheibe herunter, ließ ihr verlegenes, wundersames Lächeln sehen und sagte: »So weit bist du schon gegangen?« Ich erwiderte: »Ja«, und ich sah sie an und spürte, wie mein Herz staccato schlug. Sie war schöner denn je, der Orkan hatte sie nicht in Mitleidenschaft gezogen. Ihre rötlichen Wangen, ihre dunklen Augen, ihre Locken, ihr kräftiger Mund kamen mir nach all der Verwüstung, die ich gesehen hatte, so vollkommen vor, dass ich es kaum wagte einzusteigen. Was bildete ich mir überhaupt ein, ich, ein älterer, allmählich kahl werdender Möchtegernkomponist bar jeden Sex-Appeals? Wie lächerlich zu glauben, ich könnte einem so wunderbaren Exemplar der Rasse Mensch etwas bedeuten. Du Herrscherin meines Herzens, dachte ich, du Herrscherin meines Herzens, und ich sagte: »Wie schön du bist.«

»Möglicherweise habe ich ein paar starke Seiten«, erwiderte sie, »aber du hast bisher noch nicht gemerkt, dass ich auch einige schwache habe.«

»Schwache Seiten? Du? Nenn mir mal welche.«

»Ha, bin ich verrückt? Nachher bringe ich dich noch auf falsche Gedanken.«

»Glaubst du etwa wirklich, ich würde …?«

»Wenn ich sagen würden, dies oder das ist schlecht an mir, dann würdest du es plötzlich selbst bemerken.«

»Ja, und? Würde das etwas ausmachen?«

»Jetzt vielleicht noch nicht, aber das ändert sich später.«

»Du hast überhaupt keine schwache Seite. Wenn doch, dann nenn mir nur eine einzige.«

»Nun gut, wenn's sein muss, eine: Meine Nase ist zu groß.«

»Unglaublich«, sagte ich, »deine Nase ist zu groß!«

Während wir weiterfuhren, betrachtete ich ihre Nase. Sie war vollkommen, perfekt, sie ruhte königlich inmitten ihres herrlichen, makellosen Gesichts.

Unversehrt stand ihr Bauernhof zwischen lauter umgewehten Ahornbäumen. Wir hielten an, ich stieg aus und richtete einen kleinen Ahornbaum wieder auf. Er blieb stehen. Es war, als hätte ich mit dieser gedankenlosen, aber erfolgreichen Geste die unüberbrückbare Kluft zwischen ihrer Schönheit und meiner Verwitterung ein wenig verkleinert.

13

Mit den Gedanken bei ihr kletterte ich am Freitagnachmittag bei klarem Himmel auf mein Dach. Mit den passenden Klemmen befestigte ich sechzig neue Pfannen an den Dachlatten. Diesmal durfte ich auf gar keinen Fall herunterrutschen. Wenn ich herabstürzte und mir zum Beispiel ein Bein brach, wie sollte sie dann jemals erfahren, dass ich im Krankenhaus lag? Mit den Gedanken bei ihr rührte ich Zement an. Unter noch größerer Lebensgefahr stieg ich erneut aufs Dach. Zwei lockere Firstpfannen, die vom Blitzableiter noch einigermaßen gehalten worden waren, fixierte ich mit dem Zement am First.

Mit den Gedanken bei ihr sägte ich am nächsten Tag die Kronen von den umgewehten Bäumen. Stundenlang schleppte ich Äste. Am Sonntagmorgen schichtete ich sie zu Haufen. Wir hatten immer noch kaltes, sonniges, windiges Wetter. Lange stand ich vor der Pappel, die meine Auffahrt blockierte. Die riesige Krone hing über dem Wasser. Wie sollte ich die bergen? Mit einem Ruderboot? Das erschien mir praktisch unmöglich. Und den Stamm, über den ich nun schon einige Mal geklettert war, um ins Dorf zu gehen, wie sollte ich den von meinem Weg bekommen?

Langsam ging ich zum Haus. Es war halb elf. Joanna saß noch in ihren Schlafsachen am Frühstückstisch.

»Soll ich Kaffee machen?«, fragte ich.

»Gern«, erwiderte sie.

Während ich Wasser in den Kessel füllte, sagte ich beiläufig: »Eigentlich könnten wir uns ebenso gut trennen, du würdest es kaum bemerken, du bist sowieso fast immer unterwegs.«

»Ist das vielleicht der geeignete Augenblick, ein solches Thema anzusprechen?« Entrüstet fügte sie hinzu: »Ich bin gerade erst aufgestanden!«

»Wann soll ich ein solches Thema denn ansprechen?«

»Wenn ich gut ausgeruht bin und keine Konzerte geplant sind.«

»Letzteres kommt nie vor.«

»Nein, und deshalb sollte auch dieses Thema nie angesprochen werden.«

»Aber so sieht doch keine Ehe aus? Du bist immer weg, und wenn du zu Hause bist, vertreibst du mich regelrecht, weil du das Haus für dich allein haben willst, um zu üben.«

»Hör auf«, sagte sie, »ich bin absolut nicht in der Stimmung, um darüber ...«

Sie brach, ohne dass dabei Tränen flossen, in ein langsames und geduldiges Schluchzen aus. Es klang wie das Jammern eines Kindes, es hatte etwas Rührendes, etwas, das mich augenblicklich hilflos machte und mir zugleich das Gefühl gab, dass es mir niemals gelingen würde, das Thema »Scheidung« zur Sprache zu bringen. Vielleicht musste ich sie vor vollendete Tatsachen stellen, vielleicht musste ich sie einfach verlassen.

Sie schaute auf und sagte: »Jedes Mal, wenn ich mich gut fühle und fast erholt habe, fängst du an, über Trennung zu reden. Ich wünschte, du würdest nicht mehr davon reden.«

»Nicht mehr davon reden? Soll ich mich etwa einfach damit abfinden, dass ich mit einer Frau verheiratet bin, die immer unterwegs ist? Soll ich einfach akzeptieren, dass wir schon seit Jahren nicht mehr miteinander im Bett ...«

»Nörgle doch nicht so«, schluchzte sie. »Du weißt ganz genau, dass ich nur dann mit dir schlafen kann, wenn ich vollkommen ausgeruht bin. Sorg also dafür, dass ich mich endlich mal gründlich ausruhen kann.«

»Ich tu nichts anderes! Ich nehme dir die ganze Arbeit ab, ich koche, ich wasche, ich mache den Haushalt, ich erledige sämtliche Einkäufe, ich mach alles.«

»Stimmt nicht, ich wasche manchmal.«

»Meinetwegen, du wäschst manchmal, aber ansonsten bist du von allen Pflichten freigestellt, und trotzdem beklagst du dich, du könntest dich nicht ordentlich ausruhen.«

»Zu Hause kann ich mich nicht ausruhen; ausruhen kann ich mich nur, wenn ich im Urlaub bin. Wenn wir drei Wochen lang in Südportugal unterwegs wären, dann könntest du was erleben.«

»Erst drei Wochen Urlaub machen, um am letzten Tag endlich wieder einmal mit der eigenen Frau zu schlafen? Ist das in allen Ehen so?«

»Tu nicht so, als wäre das außergewöhnlich. Was glaubst du, wieso die Leute ständig in Skiurlaub fahren? Und zwischendurch noch schnell auf die Kanarischen Inseln? Und im Sommer alle nach Griechenland oder auf die Seychellen.«

»Ich hingegen erhole mich im Urlaub überhaupt nicht«, erwiderte ich, »das Reisen macht mich todmüde.«

»Ja, weil du nie gelernt hast, dich zu entspannen und auszuruhen.«

»Ich muss mich überhaupt nicht ausruhen, ich bin nie müde, außer wenn ich auf Reisen bin.«

»Ach, es ist schrecklich, sich mit dir zu unterhalten, nie hörst du richtig zu, und du bist störrisch. Es gibt nichts, was mir so guttut wie Urlaub, und du moserst herum, dich würden Ferien müde machen.«

»Todmüde werde ich davon. Jedenfalls wenn ich mit dir auf Reisen bin. Dann muss nämlich alles in deinem Tempo gehen, auf deine Art, sozusagen in Zeitlupe.«

»Ja, natürlich, man will sich im Urlaub schließlich nicht abhetzen, oder?«

»Abhetzen will man sich nicht«, erwiderte ich, »aber dein ewiges Trödeln und Bummeln und Zaudern und Zögern, das macht mich verrückt, total wahnsinnig macht mich das … ach, wir passen überhaupt nicht zusammen, es ist unglaublich, dass es irgendwann zwischen uns gefunkt hat. Achilles und Zenos Schildkröte sind miteinander verheiratet.«

»Wenn ich mich recht erinnere, ist es Achilles nicht gelungen, die Schildkröte einzuholen«, sagte sie.

Sie stand auf, verließ die Küche und rief: »Mich machen derartige Gespräche jedes Mal todmüde. Ich leg mich wieder hin.«

»Ja, geh du nur wieder ins Bett«, sagte ich, stand ebenfalls auf und rief ihr hinterher: »Heute Nachmittag habe ich einen Auftritt in Gouda.«

»Zum Glück, dann habe ich das Haus für mich allein.«

In Gouda gingen Sylvia und ich unter munter dahinjagenden Wolken an kaum in Mitleidenschaft gezogenen Grachten entlang. Wir hatten uns in Gouda verabredet, weil sie dort, auf dem Weg zum Filmfestival in Rotterdam, die Zugfahrt bequem unterbrechen konnte.

Stolz ging ich neben ihr her. Sie hatte einen schnellen, kräftigen Gang und konnte, anders als Joanna, die immer zurückblieb, leicht mit mir mithalten. Die ganze Zeit hörte ich das leise Klimpern ihrer von einem verspielten Wind in Bewegung gesetzten Ohrhänger. Schon in dem Moment, als sie aus dem Zug stieg, waren mir ihre Ohrhänger aufgefallen. Sie bestanden aus kleinen, rund geschliffenen Glasstücken, die traubenartig an ihren Ohren baumelten. Wir erreichten den Rathausplatz, ich sagte: »Was für schöne Ohrhänger du hast.«

»Findest du? Wie lustig.«

»Wieso lustig?«

»Unterwegs habe ich sie ein paarmal abgenommen. Ich war nicht sicher, ob sie dir gefallen würden.«

»Warum sollten sie mir nicht gefallen?«

»Weil sie René nicht gefallen. Er fand es nie gut, wenn ich sie angezogen habe, und darum dachte ich, dir würden sie …«

»Ich? Im Gegenteil, ich finde sie wunderbar, ich muss ständig hinsehen. Außerdem klimpern sie leise, sie erinnern mich an die Musik von Franz Schreker. Bleib mal stehen. Ja, siehst du, wenn der Wind sie anstößt … man könnte die Töne gleich so in einer Komposition verarbeiten … ein Xylofon oder eine Piccoloflöte, oder beide zusammen …«

Plötzlich hatte ich Tränen in den Augen.

»Was hast du?«, fragte sie erstaunt.

»Ich glaube, ich bin irgendwie abnormal. Ich leide an Ohrhängerfetischismus. Ich bin total verrückt nach Ohrhängern. Aber Joanna hat nie Ohrhänger tragen wollen. Vor Jahren habe ich sie mal gefragt, ob sie nicht mal Ohrhänger tragen könnte. Ganz kleine. Darauf meinte sie: ›Wenn du nicht so wild drauf wärst, würde ich es vielleicht tun, aber jetzt nicht mal für Geld und gute Worte.‹ Und nun trägst du die schönsten Ohrhänger, die ich mir nur denken kann, wie zwei kleine Wasserfälle, wie *Jeux d'eaux* von Ravel, und du erzählst mir, dass dein René ausgerechnet dir verbieten wollte, Ohrhänger zu tragen. Warum bloß ist in dieser Welt alles so schlecht organisiert? Es hätte doch auch andersherum sein können, ich meine …«

Sie sagte nichts, lächelte nur, und wir gingen, den kalten Wind im Gesicht, an den mit Mauern befestigten Grachtenufern entlang. »Wie war der Umzug?«, fragte ich.

»Oh, gut«, erwiderte sie, »nur meine Mutter ist bei solchen Gelegenheiten immer ganz angespannt, und dann sagt sie ständig zu mir: ›Sei doch nicht so hektisch.‹«

»Ich komm gern bald mal vorbei, um zu sehen, wie deine Möbel jetzt stehen«, sagte ich.

Sie zog mich in eine Gasse, sie küsste mich, ruhig und geduldig. Während wir uns küssten, hörte ich das Klimpern ihrer Ohrhänger.

Als ich abends nach Hause kam und die ohrhängerlose Joanna im Wohnzimmer auf der Couch schlafend fand, war mir, als hörte ich dieses Klimpern immer noch. Während ich Joannas schlafende Ohren betrachtete, erstaunte es mich, dass solche Kleinigkeiten so wichtig zu sein scheinen.

Zwei Tage später hörte ich das Klimpern weiterhin. Am Dienstagabend rief ich sie an, um ihr zu sagen, was für eine Freude sie mir mit den Ohrhängern gemacht hatte. Ich wählte ihre Nummer; und da war ihre Stimme: »Hallo, hier Sylvia.«

»Es war sehr schön, in Gouda«, sagte ich, »und die Ohrhänger …«

Seltsame Geräusche waren zu hören. Es klang, als stellte jemand Gläser auf eine Anrichte.

»Störe ich? Kommt mein Anruf dir ungelegen?«

Sie schwieg, ich hörte sie schwer atmen, und es war, als könnte ich regelrecht sehen, wie ihr der Schweiß ausbrach. Was ging da in Gottes Namen vor sich? Erneut war Gläserklirren zu hören, auch Schritte, dann eine Stimme.

»Sag etwas«, bat ich sie.

Sie schwieg. Sie atmete stoßweise.

»Ich weiß nicht, was bei dir los ist«, sagte ich, »aber vielleicht ist es besser, wenn ich jetzt auflege und ein andermal anrufe.«

»Ja«, sagte sie.

Am nächsten Morgen rief sie mich an.

»Es kamen gerade Leute zu Besuch«, sagte sie, »und das hat mich ein wenig verwirrt; ich wusste so auf die Schnelle nicht, was ich sagen sollte. Es waren Mitbewohner, die etwas mit mir besprechen wollten.«

»Ich verstehe, kein Problem, ich wollte dir nur sagen, dass ich deine Ohrhänger ganz wunderbar fand.«

14

Summend ging ich eine Woche später mit ihr über die Lijn-baan. Es war, als flatterte hoch über mir wieder die Fleder-maus. Sie sah mich dort gehen und lachte sich in den Flügel. Mit ihrem unglaublichen Gehör vernahm sie, was ich summte, die Tenorarie aus der Kantate 85 von Bach: »Seht, was die Liebe tut«, und sie wusste auch, dass ich diese sublime Ein-gebung summte, um meine Lächerlichkeit zu maskieren. Da ging ich, auf dem Weg zu einem Filmfestival, ich, ebenso alt wie Schumann in Endenich, ich, der von Kindesbeinen an einen fürchterlichen Abscheu vor der Leinwand hatte. War das wirklich ich, der dort ging? Das war doch unmöglich? Konnte ich so tief sinken, sollte ich alles, wofür ich stand, beleidigen, verraten? Fledermaus, sagte ich zu ihr in Gedanken, es ist doch keine Todsünde, sich einen Film anzusehen?

»Schon, wenn man das bisher so heftig abgelehnt hat«, erwiderte ich in ihrem Namen.

»Das beruhte auf einem Vorurteil. Darf ich das endlich auf-geben? Du als Fledermaus wirst das nie verstehen, du fliegst ja gern im Dunkeln, aber ich habe im Finstern immer eine Hei-denangst gehabt. Wenn in der Schule alle Kinder gejubelt haben, weil ›ein Film gezeigt‹ wurde, hatte ich schrecklichen Bammel und kniff meine Augen schon im Voraus zu. Wenn dann das Licht ausging, habe ich mit blinder Panik gekämpft, wirklich wahr.«

»Darüber bist du inzwischen hinweg.«

»Nicht ganz«, sagte ich, »auch jetzt überkommt mich jedes Mal, wenn das Licht erlischt, aber der Film noch nicht begonnen hat, eine Angst, die mir regelrecht die Kehle zuschnürt. Aber gut, ich habe gelernt, damit zu leben. Ich mache mir kurz in die Hosen, und während der Film läuft, trocknet das schon wieder. Was ich aber absolut nicht ertrage, ist die Filmmusik. Das ist immer schlechte, ganz schlechte Musik. Natürlich, das muss so sein, denn wäre die Musik gut, würde man die Augen schließen und die Bilder vergessen. So wie es Bruckner getan hat, wenn er eine Wagner-Oper besuchte.«

Auch ich schloss meine Augen für einen Moment. Vergeblich versuchte ich, mir das Bild der flatternden Fledermaus vor Augen zu rufen. Ich sprach in Gedanken trotzdem weiter auf sie ein: Weißt du, was auch ein Problem beim Film ist? Man sieht, aber man riecht nichts. Das Wesentliche fehlt: der Geruch. Wiesen ohne den Duft von frisch gemähtem Gras, Nadelwälder ohne den Duft von Tannennadeln, Menschen in Regenmänteln ohne den Geruch von nasser Kleidung.«

Wir gingen immer noch auf der Lijnbaan. Es regnete, ich roch den herrlichen Duft von nassen Mänteln, ich roch den Regen, ich sah zur Seite zu Sylvia, die sich darüber beklagte, dass sie ihren Regenschirm nicht mitgenommen hatte, und ich fühlte mich wie ein Gott. Dass ich, der armselige, kahle, unansehnliche Scheinkomponist, neben einer Frau hergehen durfte, die auf so wunderbar langen Beinen den Raum durchquerte, erfüllte mich mit Glückseligkeit. Außerdem sah ich all die Blicke der verregneten männlichen Passanten. Sobald sie Sylvia bemerkten, flackerte Begehren in ihren Augen auf.

Wir erreichten das Kino, in dem der *Dekalog* des polnischen Regisseurs Krzysztof Kieslowski gezeigt wurde. Sylvia hatte Karten für das zweite, fünfte und sechste Gebot. Zuerst würden wir *Ein kurzer Film über die Liebe* sehen, in dem es um das Gebot »Du sollst nicht ehebrechen« geht.

»Achte genau auf die Frau, die die weibliche Hauptrolle spielt«, sagte Sylvia. »Sie ist die schönste Frau, die ich je gesehen habe.«

Das Licht erlosch. Einen Moment lang war es stockfinster. Die uralte Angst flammte auf. Dann roch ich, weil sie sich recht intensiv bewegte, Sylvias Duft. Es wurde ein wenig heller. Mit einer merkwürdig heimlichen Bewegung setzte Sylvia eine Brille auf. Sie hat die ganze Zeit über vor mir geheim gehalten, dass sie eine Brille trägt, stellte ich erstaunt fest.

Der Film begann. Ich schloss meine Augen, konzentrierte mich auf ihren Duft, der mir zusammen mit ihrem Lachen neue Welten eröffnet hatte, der mich auf die Existenz von Paradiesen aufmerksam gemacht hatte, die mir bis dahin verborgen geblieben waren. Ab und zu öffnete ich die Augen. Dann sah ich die Schauspielerin. Bildschön? Ganz ohne Zweifel, aber wie ausdruckslos dieses Gesicht war! Außerdem wirkte sie auf mich kühl, gefühllos. Eine schöne Mechanik ohne Seele. Sie war wie eine Symphonie von Glasunow: herrlich instrumentiert, gekonnt komponiert und trotzdem seltsam leer. Sie verdrehte einem Jungen, der sie beobachtet hatte, den Kopf und ließ ihn anschließend wieder fallen. Daraufhin unternahm der Bursche einen Selbstmordversuch. Hin und wieder erklang unglaublich schlechte Musik. Andere himmelschreiend schlechte Musik war in dem Film *Du sollst Vater und Mutter ehren* zu hören, den wir anschließend sahen. Das heißt, ich sah ihn nicht, weil ich nämlich meine Augen schloss, um Sylvia besser riechen zu können.

Nach dem Film gingen wir zusammen durch den Regen zum Café De Doelen. Dort war niemand, sodass wir die Kneipe für uns allein hatten.

»Ich habe nie verstanden, warum es ein Gebot gibt, Vater und Mutter zu ehren, aber kein Gebot, das besagt, ehrt eure Kinder«, sagte ich.

»Möglicherweise ist derjenige, der sich die Gebote ausgedacht hat, davon ausgegangen, dass Eltern ihre Kinder selbstverständlich gut behandeln.«

»Dann hat der Geboteausdenker aber ordentlich danebengelegen«, sagte ich, »Kindesmisshandlung und sexuellen Missbrauch findet man in allen Bevölkerungsschichten. Der Verfasser der Zehn Gebote hat anscheinend über keinerlei Menschenkenntnis verfügt.«

»Ehrt eure Kinder«, sagte Sylvia, »tja, mir würde das schwerfallen, es sind nervige Wesen. Wenn ich bei meiner Schwester bin, habe ich keinen Moment Ruhe. Nie kann man sich ungestört unterhalten, ständig schreien die Kinder dazwischen. Wolltet ihr nie Kinder haben?«

»Kinder? Wir? Joanna wollte singen, Joanna wollte keine Kinder.«

»Und wenn sie welche hätte haben wollen, hättest du dann auch gewollt?«

»Ich bin sehr froh, dass ich keine Kinder habe.«

»René wollte Kinder, René sagte, Kinder wären für ihn der Beweis, dass ich ihn wirklich liebe.«

»Ja, das hast du mir schon mal erzählt.«

»Unglaublich, er wollte wirklich eine bürgerliche Dame aus mir machen, mit Perlenkette und Faltenrock, und dazu hätten auch Kinder gehört und ich weiß nicht, was sonst noch alles.«

Sie schwieg einen Moment, sah mich mürrisch an und sagte grimmig: »Weißt du, was seine Mutter zu mir gesagt hat, als ich ihn verlassen habe? ›Also zumindest warst du eine Frau, die nicht viel gekostet hat.‹ Das waren ihre Worte.«

Sie stand auf. »Nur kurz zur Toilette«, sagte sie.

Sie ging. Eine junge Frau spülte Gläser. Der Raum war kühl, leer. Ich saß da, summte noch immer »Seht, was die Liebe tut« und wunderte mich darüber, dass es eigentlich so gottverdammt einfach war: drei Noten aufwärts, drei Noten abwärts, eine kleine Sequenz, das war alles. Warum war die Melodie nur so unglaublich schön? Sylvia kam wieder. Bei jedem Schritt federten ihre Locken kurz in die Höhe. Es schien, als bliebe meine Zuneigung für einen Moment hinter ihr zurück. Bei jedem Schritt gab es, dank der zurückbleibenden Locken, einen kurzen Moment, in dem ich sie nicht liebte. Seltsam war das, unbegreiflich, und als sie neben mir saß und bald darauf neben mir her ging, da liebte ich sie wieder ununterbrochen. Wir schauten uns anschließend noch ein weiteres Gebot an, genauer gesagt, ich schloss meine Augen und roch sie, wobei ich versuchte, die irrsinnig schlechte Musik zu überhören.

Danach gingen wir erneut über die Lijnbaan. Wir aßen eine Pizza. Sie ließ die Ränder ihrer Pizza auf dem Teller liegen und fand es nicht gut, dass ich meine Ränder aufaß. Nach der Ränderkontroverse gingen wir zum Bahnhof. Bevor wir ankamen, wandten wir uns in Richtung einiger dunkler Gebäude. Wir landeten schließlich beim Hochhaus einer Lebensversicherungsgesellschaft. Das Haus war noch im Bau, aber trotzdem schon wahnsinnig hoch. Am Fuß des Turms schmiegten wir uns in eine Nische. Gut einhundert Meter über uns wurde der gleichmäßig fallende Regen aufgefangen. Wir blieben trocken, wir sahen den Regen herabfallen, und es war, als würde dieser herabfallende Regen uns ausschließen vom Wüten der ganzen Welt. Wir sahen die leuchtenden Scheinwerfer der Autos vorüberfahren. Wir sahen Schirme, unter denen Gespenster gingen. Wir sahen das blitzende Neonlicht. Dann drehten wir uns zur Wand der Nische und küssten uns. Wie lange wir dort standen und uns küssten? Eine Stunde? Anderthalb Stunden? Ich weiß es nicht, ich weiß nur, dass mir die ganze Zeit durch den Kopf ging: Jetzt erst, jetzt erst, ich bin schon fünfundvierzig, und jetzt erst.

15

Zwei Tage später, Montagmorgen. Um halb neun stand ich, wie verabredet, am Ausgang des Bahnhofs und wartete. Der Verkehr rauschte vorbei, Busse fuhren ab, Schnellbahnen warteten, Pendler mit kleinen viereckigen Koffern überquerten den Platz diagonal.

Als Einziger stand ich dort ruhig und wartete, inmitten eines Pandämoniums aus vorbeihastenden Koffern mit Zahlenschlössern, losfahrenden und ankommenden Taxen, vorüberflitzenden Krankenwagen mit Blaulicht und in falschen Terzen gestimmten Sirenen. Wo blieb sie nur? Es war bereits Viertel vor neun.

Um fünf vor neun kam sie angefahren. Sie hielt an, ich stieg ein, und sie sagte: »Ich bin krank, deshalb komme ich so spät. Heute Morgen habe ich überlegt, ob ich nicht beim Bahnhof anrufe und um eine Durchsage bitte: Alexander Goudveyl kann heute leider nicht abgeholt werden.«

»Hättest du das bloß gemacht«, sagte ich und betrachtete dabei die fiebrige Röte auf ihren schon von Natur aus so roten Wangen.

»Ich wünschte, ich hätte dich gestern anrufen können.«

»Das hättest du doch ruhig tun können.«

»Ich hatte Angst, dass Joanna rangeht.«

»Ja, und? Dann hättest du einfach nach mir gefragt.«

»Das hätte ich nicht gekonnt. Ich hätte mich garantiert verraten. In solchen Dingen bin ich überhaupt nicht gut.«

»Lass uns verabreden, dass ich in Zukunft den Bus zu deinem Gutshaus nehme«, sagte ich. »Irgendeine Linie fährt doch wohl in diese Richtung.«

»Ich bin bestimmt nicht lange krank.«

»Das spielt keine Rolle. Ich nehme in Zukunft den Bus. Für dich ist es schließlich auch eine ziemliche Mühe, bei diesem irrsinnigen Verkehr zum Bahnhof zu fahren.«

»Wir schauen mal.«

Wir fuhren zu ihr nach Hause. Bei Tageslicht und mit ihrem bescheidenen Hausrat darin sah das Zimmer sehr viel besser aus als das in Breukelen an jenem Sonntagabend. Außerdem verfügte es über eine panoramaartige Aussicht: eine Weide, ein Waldrand, ein Entwässerungsgraben, und auf der anderen Seite des Grabens war eine breite, schräg verlaufende Schneise in den Wald geschlagen. Oder war ein Bulldozer quer durch den Wald gefahren? In der Schneise sprossen Schneeglöckchen.

»Ich leg mich gleich wieder hin«, sagte sie.

»Kann ich etwas für dich tun? Etwas besorgen? Apfelsinen? Vitamine?«

»Ach, mach mir doch bitte eine Tasse Tee.«

Erstaunt vernahm ich diesen einfachen Wunsch. Zwanzig Jahre zuvor hatte die erkrankte Joanna – wir waren gerade drei Wochen ein Paar – morgens die gleiche Bitte geäußert. Wurden alle Frauen, die drei Wochen mit mir zusammen waren, plötzlich krank? Und musste ich ihnen allen eine Tasse Tee zubereiten? Oder war diese Wiederholung rein zufällig? Würde Sylvia sich auch als schlecht gelaunte, mürrische, beleidigte Kranke erweisen? Würde sie auch später am Tag, so wie es Joanna damals getan hatte, von ihrem Bett aus eine leere Teekanne in Richtung meines Kopfes werfen?

Obwohl ich Sylvias Teekanne in Reichweite auf ein kleines Tischchen neben ihr Bett stellte, warf sie mir das Ding nicht an den Kopf. Sylvia war weder mürrisch noch schlecht gelaunt. Es schien eher so, als schwächte das Fieber ihre unterschwellige Grimmigkeit ab. Friedlich lag sie in ihrem französischen Bett. Eine Weile blieb ich neben ihr sitzen, beobachtete dabei ihren leichten Schlaf und die kräftige Fieberröte auf ihren Wangen und lauschte dem Klassiksender im Radio, das ich im Nebenzimmer leise eingeschaltet hatte.

Sie erwachte aus dem Schlummer, sie sagte: »Warum legst du dich nicht neben mich?«

»Du bist krank.«

»Du kannst dich doch trotzdem neben mich legen.«

Vorsichtig streckte ich mich neben ihr aus. Im Zimmer nebenan kündigte der Moderator die Oper *La rondine* von Puccini an.

La rondine, dachte ich begeistert, die habe ich noch nie gehört. Wie man hört, handelt es sich eher um eine Operette als eine Oper, und das Stück soll eines von Puccinis weniger gelungenen Werken sein.

Sie küsste mich mit warmen Fieberlippen. Erst wehrte ich mich noch und sagte: »Du bist krank, du solltest nicht mit mir schlafen.« Aber sie erwiderte: »Das muntert mich auf, es tut mir gut.« Sollte ich so herzlos sein, einer Kranken die Medizin vorzuenthalten?

La rondine dauerte gut anderthalb Stunden. Während wir uns ruhig, langsam, vorsichtig medizinisch betätigten, konnte ich mit Argusohren den Eingebungen Puccinis lauschen. Nach dem recht lauten Beginn folgte eine Reihe dieser echten, unverwechselbaren Puccini-Akkorde. Mein Leben lang werde ich Puccini in gleichem Maße bewundern und verabscheuen. Wie ist es möglich, dass jemand so viel reißerische Sentimentalität mit so vielen unvergänglichen Einfällen zu verbinden vermag? Nach fünf Minuten – Sylvia küsste mich so geduldig, dass ich mich mühelos auf das konzentrieren konnte, was aus dem Nebenzimmer herübertönte – hörte ich Arpeggios, die auf einem Klavier angeschlagen wurden und die mich, unter normalen Umständen, sofort in die Höhe hätten fahren lassen. Nun musste ich liegend zuhören, abgelenkt durch einen ewig währenden Kuss und ihren Duft, wobei ich jedoch sehr genau wusste, hörte, dass sich im Zimmer nebenan gleichzeitig ein großes Wunder ereignete. Und das war *La rondine,* angeblich ein schlechtes Stück. Und selbst darin kam schon nach fünf Minuten eine Eingebung vor, die sogar die Götter neidisch werden ließ. Sylvia nahm ihre Lippen von den meinen und sagte: »Könntest du nicht kurz das Radio ausschalten? Diese elende Musik stört mich.«

»Ach, jetzt nicht«, erwiderte ich, »das Radio ist leise gestellt, und außerdem ist es gleich vorbei.«

Sie küsste bereits wieder, und ich versetzte mein Trommelfell, meinen Hammer, Amboss und Steigbügel sowie mein cortisches Organ in höchste Bereitschaft. Nichts von dem, was auf diese eine Eingebung folgte, konnte sich mit ihr messen, auch wenn der erste Akt mit einem meisterlichen kleinen Duett beendet wurde. Offenbar war *La rondine* um diese Trouvaille herumkomponiert. Doch was spielte das schon für eine Rolle? Eine einzige derartige Eingebung rechtfertigte schließlich alles, nur eine Idee dieses Kalibers, und man durfte für den Rest seines Lebens zufrieden Holz hacken und ab und zu ein Glas weißen Burgunder trinken.

»Könntest du nicht doch das Radio kurz ausschalten?«, fragte Sylvia. »Dieses dämliche Gesinge geht mir tierisch auf den Keks.«

Mit verkrampftem Herzen erhob ich mich von ihrem französischen Bett, wobei ich mir vornahm, mir so schnell wie möglich eine Aufnahme von *La rondine* zu kaufen. Ich hatte trotzdem, als ich das Radio ausschaltete, das Gefühl, einen Mord zu begehen.

Mich heftig nach der einen von Klavierarpeggios ein-
geleiteten Passage zurücksehnend, widmete ich mich anschließend, nicht von Puccini abgelenkt, Sylvias Genesung. Erst
Stunden später, im Laufe des Nachmittags, stellte sich diese
dann augenscheinlich tatsächlich ein. Sie erhob sich und
erklärte, dass es ihr so vorkomme, »als ob es ihr besser ginge«.

»Lass uns im Wald spazieren gehen«, meinte sie.

»Ist das nicht viel zu anstrengend?«

»Wir werden sehen, ich fühle mich sehr viel besser.«

Kurze Zeit später spazierten wir auf einem Pfad am Waldrand entlang, linker Hand lag eine Wiese. Mitten in der Wiese
gab es ein etwas verwildertes Wäldchen, das den bäuerlichen
Eigenbedarf an Holz decken sollte.

»Angeblich wohnen Leute in dem Wäldchen dort drüben«,
sagte Sylvia.

»Leute? Worin denn? In einer Höhle? Oder in einem Haus-
zelt?«

»Nein, einfach so draußen.«

»Zu sehen ist aber nichts.«

»Vielleicht sind sie gerade nicht da, aber sie wohnen trotzdem dort.«

»Vielleicht muss ich mich demnächst auch im Wald nieder-
lassen«, sagte ich. »Früher oder später findet Joanna heraus,
dass ich ein Verhältnis mit dir habe, und setzt mich vor die
Tür.«

»Dann ziehst du eben einfach bei mir ein.«

»Wärst du damit einverstanden?«

»Aber sicher. Es war wunderbar heute, all die gestohlene
Zeit, die wir miteinander verbracht haben.«

»Wenn ich also irgendwann mit Rasierapparat und Zahn-
bürste bei dir vor der Tür stehe …«

»… darfst du bei mir wohnen.«

Zwei Jogger trabten auf dem Waldweg heran. Rücksichtslos

rannten sie uns beinahe über den Haufen. Sie schauten sich nicht um, sondern liefen schnell weiter, als wären sie auf der Flucht.

Im Zug ging mir unser kurzes Gespräch nicht aus dem Kopf. »Du darfst bei mir wohnen.« Was hielt mich davon ab? Das war meine Chance. Endlich würde es mir gelingen, mich von Joanna zu trennen. Aber was sollte ich mit meinem Bechstein-Flügel machen? Den konnte ich wohl kaum mitnehmen. Was spielte das schon für eine Rolle? War es nicht an der Zeit, alles Materielle hinter sich zu lassen? Was aber war mit meinen unveröffentlichten Partituren? Und meiner umfangreichen Notensammlung? Meiner riesigen Plattensammlung? Meiner nicht weniger großen CD-Sammlung? Stand mein ganzer Besitz nun einem Schritt im Wege, der logisch, unvermeidlich und selbstverständlich erschien? Einmal, vor langer Zeit, hatte ich einen Tag mit der erkrankten Joanna verbracht. Damals war mit einer Teekanne ein Anschlag auf mich verübt worden. Damals hatte ich eine gehörige Portion Übellaunigkeit ertragen und ein blassrosa Nachthemd anschauen müssen. Wie anders war dieser Tag verlaufen! Gestohlene Zeit, hatte sie gesagt. Dieser ganze Besitz besaß mich. »Lass alles Materielle hinter dir.« Zur Not konnte ich meine Sachen für eine Weile irgendwo lagern, bis Sylvia eine geeignete Wohnung gefunden hatte. Und dann? Wie würde es sein, mit jemandem zu leben, auf dessen Wunsch ich *La rondine* hatte ausschalten müssen? Es lag auf der Hand, was ich zu tun hatte: Ich musste ihr beibringen, Musik zu hören. Wenn ich nun eine Kassette mit eingängigen Stücken für sie zusammenstellte? Dann würde sie die im Auto hören. Dann würde sie es bestimmt lernen, dann würde es schon funktionieren. Und wenn nicht, gab es immer noch Kopfhörer.

16

Dann kamen die Nächte, in denen ich höchstens einnickte. Sobald echter Schlaf drohte, schreckte ich vom heiseren Schrei eines Reihers oder dem Kläffen eines Waldkauzes auf. Von Schlaf konnte keine Rede mehr sein. Stündlich hörte ich die Turmuhr schlagen. Es zeigte sich allerdings, dass mir der ständige Schlafmangel keinerlei Probleme bereitete. Ich stand im Morgengrauen auf. Nach einem kurzen Frühstück rückte ich den Sturmschäden zu Leibe. Von den umgestürzten Bäumen sägte ich die Kronen ab, von den Kronen die Äste und von den Ästen die Zweige. Mit der Zeit entstanden fünf riesige Haufen. An einem dieser frühen Morgen wollte ich, auf einer Leiter stehend, einen Seitenast der riesigen Pappel entfernen, die meine Einfahrt blockierte. Als ich mit meiner Kettensäge – ja, ich weiß, es ist lebensgefährlich, mit einer laufenden Kettensäge auf einer Leiter zu stehen, aber wie sollte ich sonst diesen Seitenast vom Stamm trennen?, mit einer Handsäge?, unmöglich! –, als ich mir also mit meiner Kettensäge einen Weg durch das weiche Holz bahnte, spürte ich, dass der Baum sich bewegte. Ich sägte trotzdem weiter. Warum? Was trieb mich dazu? Kurz bevor die Säge den Ast endgültig vom Stamm trennte, brach der Ast ab und schnellte in meine Richtung. Da stand ich, fünfzehn Leitersprossen über der Erde, eine laufende Kettensäge in der Hand, und der Ast warf mich mit Leiter und allem um. Es war, als hätte ich gewusst, dass so etwas passieren würde, es war, als hätte ich darum gebettelt. Trotz-

dem behielt der Wunsch, unversehrt weiterzuleben, die Oberhand. Während ich durch die Luft flog, warf ich die Kettensäge über den Ast, der mich gefällt hatte. Dann sprang ich von
der Leiter. Der Ast schmetterte die Leiter auf den Boden,
wobei drei Sprossen zerbrachen. Ich landete genau neben dem
Ast auf einer dicken Matte aus Efeu. Lange lag ich halb betäubt
auf den kräftigen grünen Blättern. Dann schaute ich zum
Himmel hinauf, zu den friedlich vorbeitreibenden Wolken,
die von der aufgehenden Sonne von unten beleuchtet wurden,
und es war, als hörte ich Joanna das Lied von Brahms singen:
»Die schönen weißen Wolken ziehn dahin, durch's tiefe Blau«.

Ich hatte das Gefühl, dass ich, wenn ich mich für Sylvia ent-
schied, Brahms würde verleugnen müssen. Aber warum durfte
ich Brahms nicht verleugnen? Was das Lied zum Ausdruck
brachte, Feldeinsamkeit, war doch eine exakte Beschreibung
meiner Ehe? »Mir ist, als ob ich längst gestorben bin.« Als
dürfte ich das nicht verleugnen!

Frohgemut ging ich folglich ein paar Tage später, nach einer
weiteren schlaflosen Nacht, durch die Utrechter Innenstadt.
Weil ich schon im Morgengrauen aufgestanden war, fuhr ich
zwei Züge früher als mit ihr verabredet und spazierte bereits
um fünf nach sieben durch das Einkaufszentrum Hoog Catha-
rijne. Am Busbahnhof nahm ich die Rolltreppe nach unten zur
Haltestelle. Dort stand der Bus, der mich in zehn Minuten zu
ihrem Wald bringen würde. Dann käme ich viel zu früh an,
und das konnte ich ihr nicht antun. Zu Fuß würde ich mindestens eine Stunde unterwegs sein und auch dann noch vor
der Zeit ankommen. Ich würde noch bis neun durch ihren
Wald spazieren können.

Ich ging die Catharijnensingel entlang Richtung Osten.
Kurz vor der Kurve war man bereits eifrig bei der Arbeit. Die
Universitätsklinik wurde hier in sauteure Luxusapartments
umgewandelt. Auf der anderen Seite der Singel sah ich eine

Kirche, die zu einem Apartmenthaus mit unbezahlbaren Wohnungen umgebaut worden war. Wenn ich mir nun ein solches Klinikapartment kaufte?

An der Gansstraat bog ich rechts ab. Nach kurzer Zeit kam ich an einem riesigen Friedhof vorüber, wobei mir ein Gedicht von Andrew Marvell in den Sinn kam, das Hester mir einmal gebracht hatte. »Könntest du für mich zu diesem wunderbaren Gedicht Musik komponieren, ich würde es so gern singen.« Ich war Wochen damit beschäftigt gewesen. Eine befriedigende Melodie hatte ich eigentlich nicht gefunden. Das Gedicht verlangte nicht nach Musik, aber es war mir nicht mehr aus dem Kopf gegangen. Vor allem die Zeilen:

> *Doch ständig hör ich näher eilen*
> *Den Flügelwagen flücht'ger Zeit;*
> *Und vor uns einzig noch verweilen*
> *Wüsten endloser Ewigkeit.*

Mir jagten diese »Wüsten endloser Ewigkeit« keine Angst ein, wohl aber die Zeile die darauf folgte, »Mit deinem Liebreiz ist's vorbei«, schmerzte mich. Einmal würde auch Sylvia, sogar Sylvia, ihre Schönheit verlieren. Wie lange würde sie noch schön bleiben? Dreißig war sie jetzt. Sie hatte mir ein zwölf Jahre altes Foto gezeigt. Damals war sie, achtzehn Jahre alt, absolut atemberaubend gewesen. Sie würde noch mindestens zehn Jahre wunderschön bleiben. Vielleicht sogar länger. Und dennoch: »Was schön ist, wird hässlich.« Wer hatte diesen schrecklichen Satz gleich wieder gesagt? Irgendwann einmal würde sie, genau wie ich, auf einem solchen Friedhof liegen oder durch den Schornstein eines Krematoriums aufsteigen. Was mich angeht, lieber Ersteres, dachte ich, lieber Würmerspeise als eingeäschert, *das Grab ist ein intimer Ort.*

Nach diesem ersten Friedhof kam ein zweiter, der sich größtenteils hinter den Häusern verbarg. Auch dort gab es *intime Orte,* und ich dachte daran, wie angenehm es sein musste, seine Zeit dort, in einem kleinen Zimmer mit sechs Wänden und befreit von Schlaflosigkeit, in *Wüsten endloser Ewigkeit* zu verbringen.

Rechts von mir tauchten unverschämt hässliche Schilder mit Pfeilen auf, die mich auf die Existenz des Gartenbauzentrums Het Koningsdal aufmerksam machten. Um dieses Gartenbauzentrum möglichst schnell hinter mir zu lassen, tat ich so, als wäre ich ein Jogger. Ich rannte über den Gehweg, bis ich eine Unterführung erreichte, wo ich dann wieder zum Spaziergänger wurde. Nachdem ich die Unterführung passiert hatte, bemerkte ich links von mir, von einem Wassergraben umgeben, ein Bollwerk, eine tote Festung. Horden von Schulkindern kamen mir, auf Fahrrädern und laut klingelnd, in Dreierreihen entgegen. Es war, als müsste ich gegen einen Strom ankämpfen. Zweimal wurde ich in die Böschung gedrängt; einmal lief ich eine niedliche kleine Radfahrerin über den Haufen, der ich dann wieder auf die Beine half. Mithilfe einer Brücke überquerte ich eine breite Straße, die in einer Betonrinne tief unter mir lag. Pausenlos rasten die Autos in beide Richtungen. Mitten auf der Brücke blieb ich eine Weile stehen, um der Straße zu lauschen. In früheren Jahrhunderten hatte es dieses Geräusch nicht gegeben. In jenen vergangenen Zeiten hatte es nicht als Quelle der Inspiration dienen können. Konnte man daraus etwas machen? Würde ich dieses raue, zornige, eintönige Geräusch, diesen diffusen, fülligen, sumpfigen Klang, der zum unbewegten Himmel aufzusteigen schien, irgendwann einmal verwenden können? Das Geräusch hatte etwas Monströses, es war von einer gnadenlosen, seine Umgebung zerfressenden Gewalttätigkeit. Wenn sich ein Auto der Brücke näherte, dann schien es, als würde das Geräusch höher und kräftiger. Sobald der Wagen jenseits der Brücke verschwand, hörte es sich so an, als implodierte es.

Sogar im Wald, in den ich bald nach dem Überqueren der Brücke gelangte, war das zornige Summen der Straße noch als ein beunruhigendes Brummen allgegenwärtig. Es passte nicht zum Wald, es passte nicht zu den umgestürzten oder halb umgestürzten Bäumen, es fügte sich nicht zu dem Territorialgesang des Rotkehlchens. Auf einem umgestürzten Baum balancierte ich über einen Wassergraben und konnte so den Weg abkürzen. Dadurch kam ich viel zu früh beim Gutshaus an. Die Vorhänge in ihrem Zimmer waren noch zugezogen. Langsam ging ich um das Schloss herum. Ein Stück weiter bemerkte ich eine Bank, die noch feucht war vom Tau. Ich ließ mich trotzdem darauf nieder und schaute in Richtung Waldrand, an dem ein breiter Weg entlangführte. Vor mir erstreckte sich eine Wiese, in deren Mitte sich das bäuerliche Nutzwäldchen befand, in dem laut Sylvia Menschen wohnten.

Nachdem ich eine Weile auf der Bank gesessen hatte und ein Jogger nach dem anderen an mir vorbei in den tiefen Wald geeilt war, tauchte plötzlich aus dem bäuerlichen Nutzwäldchen ein Kopf auf. Es war ein Männerkopf, der wieder verschwand, wieder auftauchte und wieder verschwand. Gab es dort vielleicht eine Grube, in welcher der Mann hauste? Eine Grube, aus der er ab und zu den Kopf hinausstreckte? Erneut tauchte der Kopf auf, und jetzt war da auch ein Frauenkopf; dann verschwanden beide Köpfe gleichzeitig. Aufmerksam beobachtete ich die zwei Köpfe, die dort in dem Wäldchen, unter einem grauen Himmel, der hin und wieder von spärlichem Morgensonnenlicht beleuchtet wurde, mal einzeln, mal paarweise auftauchten und wieder verschwanden. Es sah so aus, als gehörten die Köpfe zu Menschen, die in einer Fallgrube gelandet waren. Die Gefangenen versuchten unentwegt, aus der Grube zu springen, aber die Grube war zu tief, sodass nur ihre Köpfe kurz über dem Rand zu sehen waren. Oder übten die beiden für eine Ballettaufführung? Wenn ja, was für ein unterirdisches Ballett sollte dann aufgeführt werden? Durfte ich die Musik dazu schreiben, Straßenmusik mit bedrohlichen Bässen und viel Blech mit allerlei Dämpfern?

Bis halb neun schaute ich dem Grubenballett zu. Dann stand ich auf, und zwei Minuten später hielt ich Sylvia im Arm.

»Ich bin zu Fuß gekommen.«

»Was du nicht sagst!«

»Doch, tatsächlich, und ich habe die Leute gesehen, die in dem Nutzwäldchen wohnen. Vielleicht können wir beide auch in so ein Wäldchen ziehen.«

»Angeblich haben sie auch eine Wohnung in der Stadt oder so«, sagte Sylvia.

»Das können wir auch machen, ein Winterhaus, und den Sommer verbringen wir in dem Wäldchen«, schlug ich vor.

»Darüber muss ich erst nachdenken.«

Wir liebten uns erst im Stehen, dann sitzend und schließlich liegend in ihrem Bett. Danach erzählte ich ihr erneut, wie ich seinerzeit in Den Haag stundenlang zwischen den Marktständen umhergegangen war, und sie schilderte mir wieder, dass sie damals ständig zum Plein hatte zurückkehren wollen. Anschließend berichtete ich noch einmal, wie ich in der Buchhandlung Maria Heiden das Gefühl gehabt hatte, unter Strom zu stehen, und sie sagte: »Als du dann aufgestanden bist und ich bemerkte, dass du größer bist als ich, da war ich hoffnungslos verloren.«

Eine Weile lagen wir schweigend nebeneinander. Sie sagte: »Wie oft werden wir uns diese Geschichte noch erzählen?«

Sie stand auf und sagte: »Wir müssen los, ich muss meine Brille noch wegbringen, sie ist kaputt.«

Wir fuhren in die Stadt. Während sie die Brille zum Optiker brachte, blieb ich im Wagen sitzen und beobachtete die geschäftige Bilderdijkstraat. Schon bald kehrte sie zurück, mit entschlossenem, energischem Schritt. Anders als die ewig trödelnde Joanna tat sie alles, was sie tat, mit einem fast grimmigen Elan. Sie spricht auch schnell, dachte ich, sie lebt mit Tempo.

Wir fuhren in Richtung Bahnhof. Ich sagte: »Wie blöd, dass ich nicht mit dir fahren kann, sondern einen Termin bei Donemus in Amsterdam habe und hier in den Zug steigen muss.«

»Mich macht das fertig«, erwiderte sie. »Dieses ewige Abschiednehmen, ich kann es nicht ertragen.«

Sie hielt meinen Kopf zwischen ihren kräftigen Händen. Sie streichelte meinen glatten Schädel, und ich dachte gerührt: »Sie hat sich mit meiner Kahlheit abgefunden.«

17

Mein Besuch beim Musikverlag Donemus verlief ergebnislos. An eine Handelsausgabe meiner *Sinfonietta* war nicht zu denken, auch wenn sie demnächst vom Noordhollands Philharmonisch Orkest aufgeführt wurde. Obwohl ich damit gerechnet hatte, ging ich niedergeschlagen durch die Seitenstraßen zurück zum Bahnhof. Auf dem Damrak dachte ich: Ich könnte doch kurz bei Hester eine Tasse Tee trinken? Leichteren Schritts begab ich mich zu der Gracht, wo sie wohnte. Nachdem ich geklingelt hatte, öffnete sich die Tür.

Zwei Stufen gleichzeitig nehmend, eilte ich die Treppe hinauf. Wir umarmten uns.

»Gott, siehst du schlecht aus«, sagte sie.

Im Wohnzimmer befahl sie mir, mich ans Fenster zu stellen. Im grauen Tageslicht drehte sie mich um meine Achse.

»Du bist entsetzlich mager geworden«, sagte sie.

»Ich habe etwa sechs Kilo abgenommen.«

»Ich konnte gerade deine Rippen fühlen, man hat den Eindruck, du bestehst nur noch aus Haut und Knochen. Nicht mehr lange, und man kann Xylofon auf dir spielen.« Sie schwieg kurz und fragte dann: »Geht dir das Ganze so an die Substanz?«

»Das nicht, aber ich kann kaum schlafen; außerdem bin ich den ganzen Tag damit beschäftigt, mein Grundstück aufzuräumen. Quer über der Einfahrt liegt immer noch eine Pappel, und die muss weg.«

»So so, die Sturmschäden haben dich so mager werden lassen.«

»Vielleicht hat ja auch Sylvia …«

»Ach, bestimmt nicht«, sagte Hester, »das spielt keine Rolle. Spielst du mit dem Gedanken, mit ihr zusammenzuziehen?«

»Ich würde schon wollen, und vergangenen Montag hat sie gesagt, dass ich, wenn Joanna mich vor die Tür setzt, bei ihr wohnen darf. Neulich fragte sie mich auch: ›Meinst du, ihr schafft es, auseinanderzugehen?‹ Seltsam, findest du nicht, schon die Wortwahl. ›Auseinanderzugehen‹. Als ob Joanna und ich jemals ›ineinandergegangen‹ wären. Joanna und ich können gar nicht auseinandergehen, wir sind längst auseinander, wir wohnen nur noch zusammen unter einem Dach. Und was soll ich zu Joanna sagen? ›Ich habe eine Freundin‹? Wie kann man das Wort ›haben‹ verwenden, wenn man von einem anderen Menschen spricht? Als wäre der andere dein Besitz! Soll ich stattdessen sagen: Ich geh mit Sylvia. Ich geh mit ihr! Hilf mir, was ist das für ein Wortgebrauch?«

»Ich geh mit ihr, ich habe Schluss gemacht«, sagte Hester, »einfache Worte, um teuflisch komplizierte Dinge auszudrücken.«

»Diese Wörter banalisieren alles. Könnte ich es Joanna doch mit einer Komposition in d-Moll sagen.«

»Versuch es doch, schreib ein Stück in d-Moll.«

»Mit einem Zitat aus ›Feldeinsamkeit‹«, sagte ich, »das ist immer das Lied unserer Liebe gewesen. ›Feldeinsamkeit‹, und dann moduliere ich plötzlich von F-Dur nach d-Moll und lasse Brahms' Melodie in spitzen, atonalen Akkorden enden. So etwa?«

»Klingt gut, aber sag: Bist du dir in Bezug auf Sylvia so sicher?«

»Oh, nein, wenn ich das nur wäre. Wenn ich sie ein paar Tage nicht gesehen habe, werde ich vor Sehnsucht wahnsinnig.

Sehe ich sie dann wieder, denke ich zuerst: Wie unglaublich schön sie doch ist! Und dann, wenn sie maulfaul ›schnell ma‹ sagt anstatt ›schnell mal‹, dann denke ich: Habe ich mich wirklich nach *dieser* Frau so heftig gesehnt? Wenn ich mich an ihr wunderschönes Aussehen wieder ein wenig gewöhnt habe, kommt es mir vor, als könnte ich durchaus auch ohne sie leben. Aber das Elende ist: Nur wenn ich sie seh, kann ich auf sie verzichten. Sie beendet fast alle Sätze mit ›oder so‹, und das nervt mich, genauso wie dieses ›flott‹ mich nervt. Aber wenn ich nicht bei ihr bin, sehne ich mich danach, sie ›flott‹ sagen zu hören.«

»Und wie steht es mit ihrem Musikgeschmack? Da gibt es doch auch unüberbrückbare Unterschiede?«

»Ich weiß nicht, vielleicht sind sie ja nicht unüberbrückbar. Ich habe schon oft gedacht, dass es nicht klug war, die Popmusik unbeachtet zu lassen. Tatsache ist doch, dass das klassische Komponieren mehr oder weniger in eine Sackgasse geraten ist. Man müsste irgendwie von Neuem anfangen, und in der Popmusik fangen sie immer von Neuem an. Was immer man dazu sagen kann, an Vitalität fehlt es dieser Musik nicht, und man könnte sich vielleicht bedienen, um ein paar Dinge in einer klassischen Komposition zu verarbeiten. Gershwin entstammt auch einer grauenhaften Tradition des amerikanischen Schlagers. Copland hat in seinem Klavierkonzert ziemlich geschickt Elemente des Jazz verwendet.«

»Mannomann! Was für ein langer Vortrag, und das nur, um vor dir selbst zu rechtfertigen, dass du in jemanden verliebt bist, der Popmusik mag.«

»Verliebt! Noch so ein Wort!«

»Was soll ich deiner Ansicht nach sonst sagen?«

»Das weiß ich nicht, ich wünschte, es ginge ohne Worte, oder es würde ausreichen zu sagen: Bruckner, Adagio der sechsten Symphonie, zweites Thema.«

»Drückt dieses Thema aus, was …?«

»Was ich empfinde? Ja, genau das ist es.«

»Pech für dich, dass du Sylvia nie wirst erklären können, warum dieses Thema so exakt ausdrückt, was du empfindest.«

»Ach, nicht schlimm, aber es ist schade, dass Sylvia und ich nicht so etwas wie ›Feldeinsamkeit‹ haben. Zu jeder Liebe gehört doch ein kleines Musikstück, das man sich gemeinsam anhört, bevor das erlösende Wort gesprochen wird. Joanna und ich hatten ›Feldeinsamkeit‹, und jetzt habe ich nichts, na ja, nichts, neulich hat sie mir ein Lied von Bruce Springsteen vorgespielt, ›I'm on fire‹. Ganz hübsch, aber kann das unser Lied sein? Das hat doch keine Zukunft. ›I'm on fire‹ kann doch ›Feldeinsamkeit‹ niemals vergessen machen. Wie war das bei dir und Erik? Hattet ihr auch eine ›Feldeinsamkeit‹?«

»Klar, wir sind einander bei ›Après un rêve‹ von Fauré in die Arme gefallen.«

»Darum funktioniert es auch so gut mit euch beiden, hättet ihr ein schlechteres Lied …«

»Ach, hör auf, das ist doch Quatsch.«

»Ich bin davon überzeugt.«

»Ich nicht, aber ich glaube schon, dass ein gemeinsamer Musikgeschmack eine Voraussetzung ist, wenn man zusammenziehen will. Jedenfalls sollten sich die musikalischen Vorlieben nicht allzu sehr unterscheiden. Aber warum willst du überhaupt mit ihr zusammenziehen? Bleib doch einfach bei Joanna. Die ist sowieso immer unterwegs, da hast du genügend Freiheit, und Sylvia kannst du bequem zusätzlich haben.«

»Das denke ich auch ständig. Und wenn ich Sylvia sehe, weiß ich, dass das die beste Lösung ist. Aber wenn ich sie ein paar Tage nicht gesehen habe, dann will ich nichts anderes mehr, als fortwährend bei ihr sein. Diese elenden Gefühle, sie ändern sich dauernd, sie modulieren sich wie blöd. Man könnte meinen, sie seien Kompositionen von Reger, diese Gefühle. Man weiß nie, in welcher Tonart sie stehen. Das macht mich wahnsinnig. Ich wünschte, ich wüsste genau, was ich will. Und dann kommen auch noch die Gefühle des andern dazu. Und die Last meines ganzen Besitzes. Was mache ich mit meinem Flügel, wenn ich zu Hause ausziehe? Und mit meinen Partituren? Und mit meiner Plattensammlung?«

»Du könntest Joanna vielleicht so weit kriegen, dass sie auszieht.«

»Nein, das will ich ihr nicht antun. Wenn sie mich verliert und zusätzlich noch das Haus, dessen Dachlatten, dessen Küche und dessen Parkettböden sie ersungen hat, dann verliert sie jeden Halt. Wenn sie das Haus behalten darf, kann sie auf mich durchaus verzichten, denke ich.«

»Ich bin gespannt, ob sie sich darauf einlässt.«

»Darauf einlässt! Benutz doch nicht solche Wörter. Die verderben und banalisieren alles.«

»Lass dir gesagt sein, wenn andere verliebt sind, dann hat das immer etwas Drolliges und Lächerliches. Für dich ist alles, was du erlebst und fühlst, heilig; für Joanna wäre es, wenn sie davon erfahren würde, nur schmerzlich, und mir musst du, auch wenn ich dir mit meinem Rat zur Seite stehe, ein wenig Schadenfreude gönnen. Du bist immer so munter und fröhlich und selbstbewusst gewesen, da ist es schön zu sehen, wie eine dreißigjährige Bruce-Springsteen-Hörerin damit kurzen Prozess macht. Solange ich dich kenne, warst du jemand, der über die Amouren und Amouretten der gewöhnlichen Sterblichen erhaben zu sein schien. Und jetzt ... hat es dich erwischt! Wie süß! Also doch ein gewöhnlicher Mensch!«

Sie kam auf mich zu, schlang beide Arme um mich und drückte mich an sich. Sie sagte: »Du gefällst mir besser als je zuvor, und ich würde sie gern mal kennenlernen, denn es könnte ja sein, dass du dich jemandem an den Hals geworfen hast, der es überhaupt nicht wert ist. Ich würde sie gern mal sehen, wäre das nicht machbar?«

Es lag mir auf der Zunge zu sagen: »Du hast sie schon gesehen«, aber ich traute mich nicht, weil ich fürchtete, sie könnte Sylvia umgehend ablehnen.

18

Eine Woche später sang Joanna in Brüssel. Ich rief Sylvia an.

»Soll ich vorbeikommen und bei dir übernachten?«

»Geht das einfach so?«

»Ja, Joanna ist weg, sie springt für jemanden ein.«

»He, phantastisch.«

Ich holte sie in der Praxis ab. Wir fuhren mit ihrem Wagen nach Utrecht. Unterwegs sah ich die Lichter der Städtchen am Horizont. Es war, als würden diese Lichter so scharf in meine Netzhaut geätzt wie niemals zuvor. In den Straßen von Utrecht war es nasskalt, ich zitterte vor Glück.

»Sollen wir portugiesisch essen gehen?«, fragte Sylvia.

»Portugal hat noch nie einen großen Komponisten hervorgebracht«, erwiderte ich.

»Was willst du damit sagen?«

»Die Küche dort muss sehr gut sein, irgendwo muss die Kreativität schließlich hin.«

Was das Essen angeht, so erinnere ich mich vor allem daran, dass es sehr salzig war. Was das Gespräch angeht, so erinnere ich mich vor allem daran, dass es sich um ihre gescheiterte Beziehung zu René drehte.

»Warum ist das Ganze denn schiefgegangen?«, fragte ich erneut.

»Wenn wir spazieren gegangen sind, hat er nie etwas gesehen. Keinen Vogel, keine Pflanze, nichts. Er hat auf nichts geachtet. Außerdem hat er mit seinem Gaumenzäpfchen ein

Geräusch gemacht, das mir unglaublich auf die Nerven ging.«

Als ich sie nach dieser letzten Bemerkung erstaunt ansah, fügte sie entschuldigend hinzu: »Ich bin sehr empfindlich gegen Geräusche.«

»Mache ich auch Geräusche, die dich stören?«

»Nein, zum Glück nicht, aber ich hatte einmal einen Freund, der denselben Namen wie du hatte, er arbeitet jetzt auf Aruba, der hatte eine Art Schluckauf, der mich derart genervt hat, dass ich nach vierzehn Tagen mit ihm Schluss machen musste.«

»Schon nach vierzehn Tagen?«

»Ja, ich konnte dieses Geräusch einfach nicht ertragen, es hat mich total wahnsinnig gemacht, es brachte mich zur Weißglut.«

»Und er? Hat es ihn nicht total deprimiert, dass du Schluss gemacht hast?«

Sie lächelte, sie sah mich an, antwortete nicht, sondern sagte: »Ich habe vor, ihn zu besuchen.«

»Auf Aruba?«

»Ja, ich habe noch Resturlaub, ich …«

»Aber ist das nicht öde, einen Exfreund besuchen, verstehst du dich denn noch mit ihm?«

»Aber ja, es ist im Gegenteil sehr angenehm; wenn man was mit dem anderen gehabt hat und die Sache ist vorbei, dann ist die ganze Spannung raus.«

»Was willst du sonst noch so machen, auf Aruba?«

»Surfen, schnorcheln, tauchen vielleicht.«

»Gefällt dir das, schnorcheln?«

»Es gibt nichts Besseres. Ich wünschte, ich könnte mein ganzes Leben unter Wasser verbringen. Wo wir davon sprechen, ich war mal mit René in Frankreich im Urlaub. Er hat den ganzen Tag rumgesessen und *Die Brüder Karamasow* gelesen. Und dabei waren wir direkt am Meer, wir hätten den ganzen Tag schnorcheln können.«

»Er hat ein Geräusch gemacht, das dich genervt hat, er wollte nicht schnorcheln, er hat nichts gehört und nichts gesehen, wenn ihr spazieren gegangen seid, und daran hat es gelegen?«

»Er hat außerdem nie darüber gesprochen, was in ihm vorging, er war so verschlossen.«

»Du bist auch verschlossen.«

»Ja, aber er ... wie soll ich sagen ... man hätte meinen können, dass nichts in ihm vorging. Nur wenn es Probleme gab, dann lebte er auf, dann hat er geredet.«

»Das klingt nicht so, als wären das unüberbrückbare Probleme, etwas wirklich Fürchterliches hast du noch nicht erzählt.«

»Er hat mir beim Kochen in die Töpfe geschaut«, sagte sie.

»Ja, das hast du mir schon erzählt, und da bin ich mit dir einer Meinung: Das stört. Joanna macht das zum Glück nicht, aber wenn sie zufällig in der Küche ist, während ich koche, dann beobachtet sie, was ich tue. Und dann kommentiert sie jeden Handgriff. Und immer mache ich alles falsch. Wenn ich a sage, sagt sie: Du sprichst das A falsch aus.«

»Du hättest dich längst schon von ihr trennen müssen. Ich verstehe nicht, wie du so lange mit ihr zusammen sein konntest. Wie lange schon?«

»Fast vierundzwanzig Jahre.«

Zutiefst erstaunt sah sie mich an. Ihre Gabel kam auf halbem Weg zwischen Teller und Mund abrupt zum Stillstand.

»Unglaublich, dann muss da doch etwas sein ...«

»Da ist tatsächlich etwas«, wollte ich sagen, »ihre Stimme, sie singt so wunderschön«, aber ich schwieg, weil weitere Speisen serviert wurden, und als das geschehen war, dachte ich: Es hat keinen Sinn, es ihr zu sagen; sie würde es sowieso nicht verstehen.

Nach dem Essen spazierten wir durch ein Arbeiterviertel.

»Ich möchte dir gern zeigen, wo ich studiert habe«, sagte sie.

Wir gingen durch enge, finstere, menschenleere Gassen mit lauter Bremsschwellen. In den nach hinten gelegenen Zimmern der Häuser flackerten Fernseher. Es war immer noch nasskalt. Hand in Hand gingen wir über die Bremsschwellen und gelangten schließlich zu einer Baustelle.

»Hier war früher der Praktikumssaal«, sagte sie.

Wir wateten durch losen Sand, wir kletterten über Steinhaufen. Der Geruch von Zement, von Neubau und frischen Steinen füllte meine Nasenlöcher, und ich hatte das Gefühl, wieder ein Kind zu sein und durch das Neubauviertel des Städtchens zu gehen, in dem ich aufgewachsen war. Mein Herz hüpfte vor Freude, der stimulierende Geruch von feuchtem Beton mischte sich mit Sylvias kräftigem Duft. Wir gingen an achtlos hingeworfenen Baumaterialien vorbei.

»Hier war früher ein Saal, wo wir wilde Feten gefeiert haben.«

»Bist du da auch hingegangen?«

»Ja, natürlich.«

»Ich habe nie Partys besucht, solange ich lebe, ich fand Partys immer sinnlose Zeitverschwendung.«

»Mir hat das sehr gut gefallen.«

Hand in Hand marschierten wir an den Sandhaufen vorüber. Wir kamen an stark riechenden Holzstapeln vorbei. Wir bückten uns, um unter eisernen Gerüsten hindurchgehen zu können. Einen Moment lang konnte man zwischen zwei Holzstapeln hindurchsehen. Wir sahen rote Rücklichter von sich entfernenden Wagen. Wir hörten Stimmen, Hundegebell, das Rauschen der unsichtbaren Zitterpappeln.

»Hier war früher der Hörsaal«, erläuterte sie.

An derselben Stelle wurde jetzt ein Neubau errichtet,

Gebäude mit roten Türen, die mit Bullaugen ausgestattet waren. Sämtliche Türen standen bereits, während die Mauern erst noch hochgezogen werden mussten. Stahlträger zeigten, wo die erste Etage sein würde. Hier und da hatte man bereits einige Pilotgasbetonsteine zwischen den senkrecht stehenden Stahlträgern eingesetzt. Mit einem Stück Holz schlug ich gegen einen der Träger; es hörte sich an wie ein Beckenschlag, der Schlag hallte weiter, klang fort in den umgebenden Trägern. Es war, als eilte der Schlag durch die Träger davon. Ich schlug noch mal. Was für ein Klang! Aufmerksam lauschte ich dem Ton, er verhallte, irgendwo schlug ein Hund an. Sie fragte: »Was machst du?«

»Ich lausche«, sagte ich, »das kann ich irgendwann bestimmt mal verwenden.«

Wir verließen die Baustelle und kamen auf eine verlassene Straße, deren Asphalt feucht glänzte. Ein Stück weiter bemerkte ich einen Bahnübergang, und ich dachte ängstlich: Hoffentlich müssen wir den nicht überqueren. Ich hatte fast panische Angst, wusste aber nicht, wieso. Zum Glück bogen wir vorher in eine vornehme Straße.

»Hier habe ich gewohnt«, sagte sie und deutete auf ein großbürgerliches Haus, »und zwar unterm Dach. Es war ein wunderbares Zimmer.«

Lange betrachteten wir das Haus, ein Haus, das ihr so viel bedeutete und mir so wenig. Ich schaute zur Dachrinne hinauf, und es kam mir so vor, als seien all die Jahre, die sie gelebt und in denen ich sie noch nicht gekannt hatte, verschwendete Jahre gewesen.

Wir durchstreiften die Gegend, in der sie ihre Einkäufe erledigt hatte, und gelangten schließlich wieder zu ihrem Wagen. Auf gut beleuchteten Straßen fuhren wir zu ihrem Gutshaus. In ihrem Zimmer zeigte sie mir ein Foto von einem veterinärmedizinischen Kongress.

»Das ist der Bursche, der so einen seltsamen Schluckauf hatte«, sagte sie und deutete auf einen Lockenkopf.

»Und mit dem«, sagte sie und zeigte auf dessen Nachbarn, »hatte ich eine anstrengende An-aus-an-aus-Beziehung.«

Sie legte den Finger auf einen großen Mann.

»Mit dem hatte ich eigentlich nichts, eigentlich.«

»Und mit dem?«, fragte ich und deutete auf eine gedrungene Gestalt.

»Nein, mit dem habe ich eigentlich auch nichts gehabt, jedenfalls nichts Ernsthaftes, meine ich, es war eher … na ja.«

»Du hast aber eine ganze Reihe von Männern verschlissen.«

»Es war aber nur drei Mal in meinem Leben wirklich was Ernstes, alle anderen waren … wie soll ich sagen …?«

»Wie viele Freunde hattest du? Eine Zahl mit mindestens drei Ziffern?«

»Aber nein, so viele nicht.«

Sie legte das Foto weg.

»Sollen wir zu Bett gehen?«, fragte sie.

Sie lag vor mir in ihrem französischen Bett. Ich zögerte den Moment, mich neben sie zu legen, so lange wie möglich hinaus, obwohl ich mich doch herzzerreißend nach diesem Moment sehnte. Ich ging noch durch ihr Zimmer, schaute hinaus auf den dunklen Rasen, putzte lange meine Zähne und verbrachte einige Zeit auf der Toilette. Schließlich ging ich, immer noch auf der Suche nach einer Möglichkeit, den Moment hinauszuzögern, langsam zu ihrem Bett. Nie, niemals, solange ich lebe, werde ich vergessen, wie sie, als ich ins Bett stieg, ruhig und zugleich begierig die Arme nach mir ausstreckte.

19

Nach dieser Nacht, der durchwachten Nacht (sie schlief, ich nickte ab und zu ein und erwachte wieder von ihrem Duft, weil sie sich an mich schmiegte und glühte), waren all meine Zweifel verschwunden. Mit ihr, dessen war ich mir sicher, wollte ich den Rest meiner Tage verbringen. Friedlich würde ich nachts wach liegen und ihren Duft einsaugen, ihre Wärme spüren. Was kümmerte mich dann noch die Schlaflosigkeit, die große Qual meines Lebens?

Nach dieser Nacht nahm ich wieder ein wenig zu. Mir bereitete nur eins Sorgen: Wie sollte ich es Joanna sagen. Wenn ich ihr beim Abendessen gegenübersaß, konnte ich manchmal den Blick nicht von ihr nehmen. Es war, als sähe ich sie wieder so, wie sie bei unserer ersten Begegnung gewesen war, an dem Abend, als sie »Feldeinsamkeit« gesungen hatte. Mir war, als könnte ich, wenn Joanna und ich uns trennten, dieses Lied nie wieder hören, ohne in Tränen auszubrechen. »Ich ruhe still im hohen, grünen Gras.« Und all die anderen Lieder von Brahms, die auch so verwoben, so eng verbunden waren mit Joannas Stimme. Die »Sapphische Ode«, »Wie Melodien zieht es mir«, »Immer leiser wird mein Schlummer«, »Die Mainacht«, »Von ewiger Liebe«, »Liebestreu« und »Unbewegte, laue Luft« – würde ich die auch nie wieder hören können? Würde ich Brahms komplett verbannen müssen? Aber die Coda aus dem ersten Satz der *Zweiten,* die würde mir bestimmt bleiben, auf die musste ich doch nicht verzichten? Und der langsame Satz

aus dem zweiten Klavierkonzert und das Andante aus Opus
60? Mir kam es so vor, als müsste ich mich, wenn ich Joanna
verließ, auch von Brahms trennen. Aber was spielte das überhaupt für eine Rolle. Es blieben noch so viele andere Komponisten übrig, mindestens sechs: Bach, Mozart, Schubert, Beethoven, Verdi, Wagner waren viel bedeutender als Brahms. Und
dennoch – Brahms! Nie hatte ich geahnt, dass dieser auf Fotos
so abstoßend ungepflegt aussehende alte Mann, der wahrscheinlich nie ein Bad genommen hatte und folglich fürchterlich gestunken haben muss, mir so viel bedeutete. Es hatte einmal eine Zeit gegeben, in der ich voller Selbstsicherheit
verkündet hatte: Brahms mag ich nicht. Dann hatte ich eines
abends einen Kommilitonen besucht. Er legte die *Zweite* von
Brahms auf. Vom ersten Einsetzen des Horns an hatte ich
sprachlos der ausladenden, melancholischen, feierlichen Weit-
schweifigkeit gelauscht. Immer wieder war ich an freien Aben-
den durch Wind und Wetter zu meinem Mitstudenten gegangen, und jedes Mal bat ich ihn: »Komm, leg noch mal die viel
zu lange *Zweite* von Brahms auf.« Mein Kommilitone meinte,
ich käme seinetwegen, aber ich besuchte ihn ausschließlich
wegen der *Zweiten* von Brahms unter Leitung von Pierre Mon-
teux. Zu der Zeit sagte ich noch immer voller Selbstsicherheit:
›Brahms, ein Pfuscher, aber die *Zweite* ist ein Meisterwerk.‹
Dann hörte ich ganz unvermittelt an einem Sommerabend
das zweite Klavierkonzert, und mir ist, als hörte ich noch
immer den Einsatz des Cellos im langsamen zweiten Satz, so
wie er damals, an jenem regnerischen Sommerabend, in meine
Seele gebrannt wurde. Nach diesem Abend sagte ich: Brahms,
schlechte Musik, mit Ausnahme der zweiten Symphonie und
des zweiten Klavierkonzerts. So ging es weiter, und immer wieder musste ich meiner Liste von Brahms'schen Ausnahmekom-
positionen ein weiteres Werk hinzufügen. Irgendwann folgte
auf meine Behauptung, Brahms sei ein Pfuscher, eine Liste mit

dreißig Ausnahmen. Dann kam der Tag, an dem ein Geiger mich bat, ihn bei der »Regen«-Sonate von Brahms zu begleiten. »Brahms«, erwiderte ich, »nein, das spiele ich nicht, schlechte Musik, außer …«, und ich zählte die dreißig Werke auf. »Komm«, sagte der Geiger, »versuch's mal, es ist ein so unglaublich schönes Stück.« Ich versuchte es, und seitdem verspüre ich, wenn ich den Namen Brahms höre, die Neigung, auf die Knie zu sinken.

Über Brahms, durch Brahms liebte ich Joanna. Und solange ich Brahms liebte, würde ich notgedrungen auch sie lieben müssen. Nun gut, aber das hinderte uns doch nicht daran, uns zu trennen? Was verband uns noch? Und abgesehen davon: War es nicht an der Zeit für einen neuen Versuch? »Langsam« stand über »Feldeinsamkeit«, Langsam ging alles bei Joanna. So unberechtigt war es doch nicht, dass ich mir jemanden wie Sylvia wünschte, die energisch und zupackend war und die in meinem Tempo wanderte und die alle Tätigkeiten, Küssen ausgenommen, in schroffer Hast ausführte.

Nach jener Nacht, der durchwachten Nacht, fuhren Sylvia und ich am Freitagmorgen zu ihrer Praxis. Unterwegs standen die Turmfalken in regelmäßigen Abständen über dem Mittelstreifen am Himmel. Obwohl es Winter war, lagen die Polder grünlich leuchtend im fahlen Sonnenlicht.

»Du bist so still«, sagte Sylvia, »das bin ich von dir gar nicht gewohnt.«

»Ich denke an Brahms«, erwiderte ich.

»Brahms? Damit verbinde ich absolut gar nichts.«

»Es wird immer wieder behauptet, Brahms habe was mit der Frau von Robert Schumann gehabt, aber ich glaube, dass es ganz anders war, ich glaube, dass sich Schumann, als er den jungen Brahms sah und ihn spielen hörte, in diesen jugendlichen Gott aus Hamburg verliebt hat. Schumann sagt ja schließlich, dass Brahms ›auch in seiner Gestalt‹ etwas hatte, das von den Göttern stammte. Ach, der arme Schumann, wie sollte er mit seinen Gefühlen denn auch umgehen? Er verliebte sich, und dadurch wurde er ganz verwirrt. Irgendwann hat er das Haus verlassen, seinen Ehering vom Finger gezogen, ihn in den Rhein geworfen und sich selbst hinterher.«

»Ich versteh nichts von dem, was du mir da erzählst.«

»Das kommt noch«, sagte ich. »Hast du dir inzwischen die Kassette angehört, die ich für dich aufgenommen habe?«

»Ja, schon ein paar Mal, im Auto. Alles ist unbeschreiblich schön, abgesehen vom letzten Stück auf der Kassette.«

»Meinst du das Schubert-Lied?«

»Ja, so ein Lied, schrecklich, schreeeecklich.«

Fast hätte ich erwidert: »Nein, was du nicht sagst!«, aber ich hielt mich zurück. Das letzte Lied auf der Kassette war: »Meine Ruh ist hin, mein Herz ist schwer«. Es wurde von Christa Ludwig gesungen. Wenn man sie dieses Schubert-Lied oder irgendein anderes Schubert-Lied hat singen hören, kann man es sich nie mehr von einem anderen Sänger anhören. Für mich ist Christa Ludwig eine der zwei oder drei größten Sängerinnen dieses Jahrhunderts. Sylvia meinte: »Eine Frauenstimme, die etwas Klassisches singt, das ist wirklich das Allerschlimmste.«

Erstaunt hörte ich diese Bemerkung und dachte: Ich liebe klassische Musik, alle Genres, von der strengsten Orgelfuge bis hin zu den fast frivolen Kompositionen Massenets, aber am allerliebsten ist mir doch die Frauenstimme, die Stimme von Christa Ludwig, die Stimme von Elisabeth Schwarzkopf, die Stimme von Kathleen Ferrier, die Stimme von Elly Ameling, Birgit Nilsson, Elisabeth Grümmer, Anne Sofie von Otter, Cheryl Studer, Joanna …

»Na, wenn du nichts sagst, mach ich ein bisschen Musik«, sagte Sylvia.

»Was für Musik?«, fragte ich.

»Demnächst kommen die Red Hot Chili Peppers in die

Niederlande, und da gehe ich ganz bestimmt hin. Ich werde dir mal was vorspielen.«

Daraufhin erklang aus den Autolautsprechern etwas, das mit »Gebrüll« zu umschreiben ganz bestimmt eine Untertreibung gewesen wäre. Was mir da zu Ohren kam, hatte nichts Menschliches mehr, es war furchteinflößend und schreckenerregend, es hörte sich an, als käme es aus Kellern, in denen die hungrigen Überlebenden eines Atomkriegs einander in kannibalistischer Absicht auf den Pelz rückten. Sylvia sagte: »Als sie das letzte Mal hier waren, hatten sie bei ihrem Auftritt nur noch die Socken an.«

»Das passt ja zu der nackten Musik.«

»Nackte Musik?«

»Ja, es gibt keine Melodie, keine Harmonie und keinen Rhythmus.«

»Keinen Rhythmus? Im Gegenteil!«

»Das Schlagzeug lärmt in einem einzigen Takt ohne jede Variation immer weiter, das kann man doch nicht als Rhythmus bezeichnen; das nenne ich die Negation von Rhythmus.«

Sie bewegte sich im Takt der Peppers. Sie drehte den Kopf ein wenig in meine Richtung und lächelte. Es war das unglaubliche, recht schüchterne Lächeln der ersten Zeit, das Lächeln, das über sie hinauszusteigen schien. Es erschien mir unmöglich, dass jemand, der so lächeln kann, den fürchterlichen Gideonslärm lieben kann, der aus ihren Gott sei Dank winzig kleinen Lautsprechern kam, den Gideonslärm, der so übel nach ungewaschenen Socken roch.

20

Sie wollte die Stadt sehen, in der ich aufgewachsen war. Am letzten Februarsonntag fuhren wir hin. Es war sonnig, aber auch windig. Wir spazierten durch die Straßen und über die Plätze meiner Jugend. Immer wieder wehte der Wind ihr die Locken vor die Augen. Ungeduldig strich sie die Haare zur Seite. Ich sagte: »Warum steckst du dir das Haar nicht auf?«

»Nicht, wenn du dabei bist«, erwiderte sie. »Dann will ich möglichst schön aussehen.«

»Als ob das für mich eine Rolle spielen würde, ob du schön aussiehst oder nicht.«

»Natürlich spielt es eine Rolle. Ich wäre deinetwegen gern ein bisschen schöner, so schön wie diese Frau in dem *Dekalog*-Film.«

»Ich finde dich tausend Mal schöner.«

»Quatsch, die im Film hatte zumindest eine schöne Nase.«

»Du hast das schönste, zierlichste Seehundnäschen, das man sich nur vorstellen kann.«

»Du bist blind. Das sagst du nur, weil du in mich verliebt bist. Wenn du mich so sehen würdest, wie ich bin, würdest du feststellen, dass ich eine viel zu große Nase habe.«

Wir gingen durch die Straße, in der ich geboren wurde. Es schien mir absurd, dass ich ausgerechnet hier mit diesem wunderschönen Wesen unterwegs war, das mit der fixen Idee geschlagen war, eine zu große Nase zu haben. Nichts in dieser Straße hatte mich je auf eine derart dämliche Diskussion über eine derartige Wahnvorstellung vorbereitet. Im Betonsockel neben einem Regenrohr befand sich immer noch die kleine Vertiefung, die wir beim Murmelspiel benutzt hatten. Zwischen den Gehsteigplatten klafften die Spalten, in die ich meinen Kreisel gesetzt hatte. Ich fand es unbegreiflich und tröstlich, dass die Vertiefung und die Spalten die Jahrzehnte überstanden hatten, während in allen Häusern die kleinen Fenster durch größere ersetzt worden waren.

Wir gingen zur Hafenmole. Überall heulte der mürrische Wind um die Straßenecken. Es war, als würde er sich nicht um die Sonntagsruhe kümmern, die in allen Häusern eingehalten wurde. In den dunklen Zimmern hockten die Presbyter und Diakone auf ihren Stühlen. Sie nippten an ihrem Kaffee oder nagten geistesabwesend an ihren Krapfen. Es erschien mir unvorstellbar, dass ich hier einmal gelebt hatte, dass ich einmal dazugehört hatte, Teil dieser Gemeinschaft gewesen war. Es war, als würde mir mit jedem Schritt, den ich zusammen mit Sylvia durch die von der Sonntagsruhe geplagten Straßen ging, ein weiterer Sonntag meiner Jugend geraubt werden.

Selbst als wir am Flussufer standen und ich den leicht salzigen Geruch des Wassers einsaugte und die glitzernden Wellen sah, war mir, als hätte ich diesen Geruch nie zuvor wahrgenommen und als hätte ich das Glitzern der sonnenbeschienenen Wellen nie zuvor gesehen. Meine Jugend entschwand mir, sie zog sich zurück in eine unzugängliche Vergangenheit, in der es bei genauerer Betrachtung für mich keinen Platz zu geben schien. Die Geschichte jedes beliebigen von mir verehrten Komponisten des 20. Jahrhunderts konnte ich adoptieren. Es kam mir wahrscheinlicher vor, dass ich, wie Martinů, in einem Kirchturm aufgewachsen war, als dass ich nach der Schule hier an diesem Fluss entlanggegangen war. Es schien mehr auf der Hand zu liegen, dass ich wie Aaron Copland durch Brooklyn gestreift und niemals an einem Sommerabend am Rand dieses Wassers vorsichtig von einem Basaltklotz zum anderen gesprungen war. Ich war mir vollkommen bewusst, dass meine Liebe zu Sylvia meine Jugend, ja, meine ganze Vergangenheit auslöschte, und ich konnte ihr deshalb unmöglich etwas über die Jahre erzählen, die mir geraubt wurden. Ich konnte ihr höchstens von Dingen berichten, die nicht geschehen waren.

Sylvia sagte: »Ich muss ganz dringend. Können wir vielleicht irgendwo etwas trinken gehen?«

Wir betraten die Kneipe Het Veerhoofd. Nie zuvor war ich dort gewesen, die Inneneinrichtung war mir vollkommen unbekannt. Sylvia erkannte sogleich den Popkrach, der über dem Billardtisch erklang. Sie ging zur Toilette. Da saß ich dann, allein in einer vollkommen fremden Welt mit Blick auf ein Stück Fluss, das mir bekannt vorkam, ein letzter Halt in einem unbekannten Weltall. Eine Frau, die ich nicht kannte, nahm die Bestellung auf und verschwand in den Tiefen des Hauses hinter dem Schankraum. An der Theke saßen drei Männer meines Alters. Anscheinend Einheimische. Vielleicht kannte ich sie noch von früher. Inständig hoffte ich, dass dies nicht der Fall war; es durfte keinen Kurzschluss zwischen Vergangenheit und Gegenwart geben, das wäre katastrophal.

Sylvia kam wieder und sagte: »Ich finde die Stadt wunderschön. Und von hier ist es gar nicht weit bis zu meiner Arbeit, ich könnte vielleicht hier herziehen.«

»Hier herziehen?«, rief ich. »Hierher zurückkehren? Niemals, wir ziehen nach Utrecht.«

Sie beugte sich vor zu ihrer Kaffeetasse. Ein eigenartiges, heimliches Lächeln leuchtete auf. Es war, als sei sie innerlich amüsiert. Rund um ihre Augen herum erschienen Altersfältchen, die sogleich wieder verschwanden. Einen kurzen Moment lang sah ich das Bild von den Marktständen in Den Haag mit ihren flackernden Lampen wieder vor mir, und zu diesem Bild gesellte sich ein leichter Magenkrampf.

Sylvia trank ihren Kaffee und sagte nichts. Ich sah sie an, sie schaute jedoch nicht zurück, sondern summte den Popsong.

Wir standen auf, ich bezahlte, und dann gingen wir über Trottoirs, von denen fast jede Gehsteigplatte eine Erinnerung in mir wachrief, die mir dann sofort fremd wurde. In einer baumlosen Straße, durch die ich Hunderte Male zum Schwimmbad gegangen war, entdeckte Sylvia an einer Fassade den Namen eines Studienkameraden. Als sie den Namen des dort praktizierenden Tierarztes entzückt laut aussprach, wurde mit auf der Stelle klar, dass sie auch mit ihm »etwas gehabt« hatte. Sie spähte durch ein Fenster nach drinnen. Sie sah leere Stühle und stellte fest, dass alles ordentlich aussah. Sie schaute weiter in das leere Wartezimmer, als warte sie auf ihren früheren Geliebten. Jeden Augenblick würde er aus dem Haus kommen und sie umarmen. Und auch wenn diese Umarmung letztlich ausblieb, so verstärkte die Tatsache, dass in einer der Straßen meiner Jugend einer ihrer zahlreichen Anbeter wohnte, nachdrücklich das beinahe gruselige und zugleich auch erleichternde Gefühl, dass meine Vergangenheit ausgelöscht wurde.

Wir fuhren aus der Stadt hinaus. Mir war, als wäre ich den Ort, vorausgesetzt, Sylvia blieb bei mir, endgültig los. Vorsichtig schaute ich zur Seite, sie lächelte, nichts schien sich verändert zu haben, und der Fluss, auf dessen Deich wir fuhren, glitzerte regungslos im Licht der tief stehenden Sonne. Sylvia sagte: »Ich zeig dir schnell ma' die Praxis, sie liegt ganz in der Nähe.«

Wir fuhren an dem Bahnhof vorbei, an dem ich auf dem Weg zur weiterführenden Schule an eiskalten Wintertagen ausgestiegen war. Auch dieser Bahnhof wurde gelöscht.

Bei der Praxis hielten wir an. Sylvia führte mich in ein ziemlich unaufgeräumtes Sprechzimmer. Sie streifte einen weißen

Kittel über, steckte das Haar hoch, setzte ihre Brille auf und sah mich streng an. Von einem Moment auf den anderen hatte sie sich in eine unnahbare Tierärztin verwandelt. Wir stiegen eine Treppe hoch. Auf halber Höhe hing an einer Pinnwand das Foto eines dunkelhaarigen Mannes mit einem riesigen Schnurrbart.

»Mein Chef«, sagte Sylvia.

»Mehr Schnurrbart als Chef«, erwiderte ich.

Neben dem Foto hing ein Schreiben der Polizei. Aus ihm ging hervor, dass der Waffenschein für vier Jahre verlängert worden war. Auf den Brief deutend, sagte ich: »Mit so einem Schnurrbart braucht man bestimmt eine Pistole. Überall lauern Leute mit Scheren, die einem ein Stück vom Bart abschneiden wollen.«

Wir stiegen weiter nach oben und gelangten auf eine Zwischenetage, wo Katzen und Hunde untergebracht waren, die »zur Beobachtung« dableiben mussten. Eine Katze, die einen großen weißen Kragen umgeschnallt hatte, musste eine Spritze bekommen. Sylvia holte sie aus ihrem Käfig. Das Tier wirkte schicksalsergeben, wurde aber zu einer wahren Furie, als Sylvia sie auf die Resopalplatte des Tisches setzte. Sie sprang auf den Boden, fauchte und schlug mit den Tatzen. Sylvia warf mir zwei dicke Handschuhe zu. Schnell zog ich sie an, und zusammen fingen wir das Tier, ich setzte es wieder auf den Tisch und hielt es fest, während Sylvia ihm die Spritze gab. Als sie damit fertig war, setzte ich die Katze zurück in ihren Käfig. Sylvia nickte zufrieden. Während der ganzen Aktion hatten wir kein Wort gesagt, und ich dachte daran, dass Joanna mir, wenn ich dergleichen mit ihr hätte tun müssen, allerlei Befehle und Beschimpfungen an den Kopf geworfen hätte.

»Und jetzt fahren wir noch kurz in meine Geburtsstadt«, sagte Sylvia.

»Ist das nicht ein ziemlicher Umweg?«

»Aber nein.«

»Wäre es nicht besser, wenn wir uns das für ein anderes Mal aufbewahren?«, fragte ich, wobei ich in mir das starke Verlangen spürte, geradewegs zu ihrem Zimmer und zu ihrem Bett zu fahren.

»Wir machen nur kurz einen Abstecher«, sagte sie entschlossen.

Wir fuhren über niedrige Polderwege und hohe Deiche. Es schien nun sonniger zu sein. Der Wind war nur noch eine Brise. Wir fuhren am Fuß eines Deichs entlang, gelangten über eine Steigung schließlich auf dessen Krone und blickten auf einen Fluss.

»Der Lek«, sagte Sylvia.

Lange fuhren wir am Fluss entlang, dann sagte sie: »Da ist es.«

Auf der anderen Seite des mit gelben Schilfblumen geschmückten Wassers duckten sich einige Häuser hinter einem Flussdeich. Eine Kirche dominierte das Stadtbild, und eine riesige, plumpe Fabrik störte die heimelige Skyline. Totenstill lag das Städtchen auf der anderen Seite des Flusses. Nichts regte sich, alles wirkte vollkommen ausgestorben.

»Können wir nicht rüber?«

»Dazu müssten wir ein ganzes Stück bis zu einer Brücke fahren, das bewahren wir uns lieber für ein anderes Mal auf.«

Wir stiegen aus und spazierten ins Deichvorland hinein. Es war, als könnte ich mich aus der Ferne beobachten, als sähe ich mich selbst an diesem betrügerisch sonnigen Februartag, wie ich am Wasser entlangging, inmitten vieler anderer Spaziergänger und an Sylvias Seite.

Noch ja, dachte ich, noch ja, und es schien, als sei jede Zelle meines Körpers traurig, traurig, ohne zu verstehen, warum sie traurig war.

»Ich wünschte«, sagte Sylvia mit dem Kopf in Richtung

Stadt deutend, »ich wäre nie von hier weggegangen, ich wünschte, ich würde noch heute hier wohnen. Ich habe hier alle gekannt, und alle kannten mich. Man wusste genau, was man aneinander hatte. Ich hätte hier vielleicht heiraten können oder so. Ich hätte noch alle meine Freundinnen von früher, und mit denen würde ich mich gut verstehen, weil wir miteinander aufgewachsen sind. Ich würde ihre Kinder kennen, und das stelle ich mir schön vor, die Kinder von den Menschen zu kennen, die man selbst als Kind schon gekannt hat. Fändest du das nicht auch schön?«

»Nein, das fände ich nicht«, erwiderte ich leicht schaudernd, weil der Flusswind ungehindert durch meinen Pullover wehte.

»So, jetzt schnell nach Hause und meine Arbeitssachen packen«, sagte Sylvia.

»Wieso das?«

»Weil ich die ganze Woche die Praxis übernehmen muss. Mein Chef fährt morgen für eine Woche in Urlaub, und da muss ich sämtliche Sprechstunden abhalten.«

»Wir werden uns also die ganze Woche nicht sehen?«

»Nein«, erwiderte sie kurz.

Wir gingen zurück zum Auto. Einmal schaute ich mich noch um zu der geheimnisvollen, totenstillen Stadt, die unerreichbar auf der anderen Seite des Flusses lag.

21

Von dem umgewehten Baum sägte ich während der langen Woche Hunderte Äste ab und legte sie ordentlich auf fünf Haufen. Verzweifelt ging ich in der Dämmerung immer wieder an diesen fünf Haufen vorbei, die von Tag zu Tag höher wurden. Zaunkönige verschwanden im Gewirr der Äste und ließen manchmal ihren schrillen, höhnischen Gesang erklingen. Wie sollte ich diese Reisighaufen entsorgen? Konnte ich sie in Brand stecken? Das erschien mir zu gefährlich, aber wie konnte ich sie sonst loswerden? Wenn die Haufen mich zu sehr bedrückten, rief ich Hester an. Am Mittwochabend erzählte ich ihr, dass wir einen Spaziergang durch meine Geburtsstadt gemacht hatten.

»Das hast du mit mir nie gemacht«, sagte sie.

»Du hast mich nie darum gebeten.«

»Dann bitte ich dich jetzt darum«, erwiderte sie.

»Gut, dann fahren wir mal hin. Erwarte aber nicht zu viel davon, am Sonntag hätte man meinen können, in allen Häusern würden die Leute ›Trauermusik‹ summen. Während ich durch die Straßen gegangen bin, war mir, als hätte ich nie dort gelebt. Es ist beinahe so, als wäre dadurch, dass ich mit Sylvia dort spazieren gegangen bin, meine ganze Vergangenheit ausgelöscht worden.«

»Vielleicht kommt sie zurück, wenn du mit mir hinfährst.«

»Nein, nein, es ist ja gerade schön, dass die Vergangenheit ausgelöscht ist.«

»Kannst du dich inzwischen besser mit ihr unterhalten?«

»Sie redet, wenn sie in Bewegung ist«, sagte ich, »sie redet, wenn man mit ihr spazieren geht. Sie redet auch, wenn sie Auto fährt. Ich wünschte, ich könnte mit ihr eine Fahrradtour machen. Wer weiß, was sie mir dann alles verrät.«

»Und was hat sie bis jetzt von sich verraten ...?«

»Nicht viel. Sie macht sich Sorgen über das, was sie als ihre Schwachstellen bezeichnet. Sie findet zum Beispiel ihre Nase zu groß. Dabei hat sie die schönste Nase auf der nördlichen Erdhalbkugel. Wahrscheinlich kommt das davon, wenn man so unglaublich schön ist, dann macht man sich Sorgen über eventuelle Unregelmäßigkeiten. Ich käme nie auf die Idee, mich zu fragen, ob ich Schwachstellen habe, ich bin schon froh, dass ich ein, zwei Vorzüge aufweisen kann.«

»Hast du Vorzüge?«

»Ich glaub schon.«

»Welche denn?«

»Ich glaube, ich habe schöne blaue Augen.«

»Du?«

»Etwa nicht?«

»Keine Ahnung, ich wage es nie, dir in die Augen zu sehen.«

»Nicht doch, nun ja, sie sind nicht so schön wie deine Augen ...«

»Weißt du, was mir ein Schwachpunkt zu sein scheint«, meinte Hester, »mir scheint es eine Schwäche zu sein, wenn man nur über seine Schwachpunkte reden kann. Oder hast du dich mit ihr auch schon über etwas Substanzielles unterhalten?«

»Du stellst mir immer echte Gewissensfragen.«

»Also nicht«, sagte Hester. »Und Musik, wie ist es damit?«

»Sie will zu den Red Hot Chili Peppers.«

»Den was?«, rief Hester.

»Du hast genau verstanden, was ich gesagt habe.«

»Du hast irgendwelches Grünzeug erwähnt. Hast du tatsächlich vor, mit ihr zu diesem Gemüseensemble zu gehen?«

»Das wäre für meine Bildung vielleicht gar nicht schlecht.«

»Schreib doch mal was für sie, eine Feldsalatsymphonie oder einen Zwiebelkanon oder einen Schlangengurkenwalzer.«

Fast täglich rief ich Sylvia an, und wenn ich sie nicht anrief, rief sie mich an. Jeden Tag bekam ich Klagen zu hören, die mit blumigem Schwung vorgetragen wurden.

»Ich habe es hier nur mit lauter Trotteln zu tun, sie kommen mit einem Hamster, der in der Tür eingeklemmt wurde, und ich muss dann irgendwelchen Small Talk dazu machen. Das ist so nervig, dieses sinnlose Geschwätz raubt mir die letzte Energie, es macht mich total wahnsinnig.«

Am Tag darauf sagte sie: »Heute kam ein Kartoffelbauer in die Sprechstunde, die Schürze noch umgebunden; ich bin immer wieder erstaunt über die Dummheit der Menschen und ihr dämliches Geplapper, dieses sinnlose Gerede, diese Beschränktheit, darüber reg ich mich jedes Mal maßlos auf.«

Am Mittwoch sagte sie: »Das Tischchen hier stört mich kolossal, ich kann es wirklich nicht mehr ertragen … Warte kurz, das Praxistelefon klingelt.« Sie entfernte sich rasch. Durchs Telefon hörte ich deutlich das wütende Klacken ihrer Absätze. Warum rief dieses Geräusch ein derart würgendes Verlangen in mir hervor? Warum war ich so entzückt über ihre wütende Empörung? Sie kam zurück und sagte: »Das war der dämliche Schwätzer wieder, dieser dumme Kartoffelbauer.«

Jedes Mal, wenn sie am Telefon vor Wut raste, bedauerte ich, dass ich die schnellen Rhythmen ihres schnippischen Geschimpfes nicht festhalten konnte. All diese Stakkatosätze –

wie klänge es, würde man ihre Tonhöhe und ihren Rhythmus im Scherzo eines Streichquartetts verarbeiten? Und jedes Mal, wenn Sylvia sich über die Herrchen und Frauchen ihrer Patienten aufregte, dachte ich: Sie liebt mich. Man klagt jemandem, der einen kaltlässt, nicht sein Leid, das tut man nur einem Menschen gegenüber, dem man vollkommen vertraut, und darum liebt sie mich, ja, sie liebt mich. Wenn mir dieser Zusammenhang erneut bewusst geworden war und ich den nächsten großen Ast absägte und auf einen der Reisighaufen schleppte, dann war es, als wäre ich wieder in Den Haag und sähe die flackernden Öllampen, die dort gar nicht gebrannt hatten an jenem Sommerabend im September. Warum nur sagte sie nie, dass es auch ihr schwerfiel, mich eine Woche lang nicht zu sehen? Warum sagte sie nie: »Ich vermisse dich«? In den ersten Wochen hatte sie das manchmal gesagt, wenn wir einander einen einzigen Tag nicht gesehen hatten. Warum sagte sie es jetzt nicht mehr? Wurde sie von der Menagerie aus blöden Trotteln und Kartoffelbauern so in Beschlag genommen, dass sie vergaß, zwischendurch kurz zu berichten, wie sehr sie sich nach mir sehnte?

Am Freitagnachmittag rief sie mich an und sagte: »Mich ödet alles so an, ich kann mir nicht vorstellen, dass es woanders auch so schrecklich ist.«

Am Abend rief sie mich erneut an. Sie sagte: »Ich habe hier zwölf Programme, ich zappe die ganze Zeit nur rum.«

»Das musst du doch nicht, du kannst dich doch auf eine Sendung beschränken.«

»Das kann ich nicht; wenn ich zwölf Programme habe, schalte ich ständig um. Ich schaffe es einfach nicht, mir eine Sendung ganz anzusehen. Und außerdem: Welche soll ich denn nehmen, überall läuft nur Mist.«

»Wie gut, dass es morgen vorbei ist.«

»Ja, nur noch morgen früh.«

»Ich seh dich dann um eins«, sagte ich.

»Ja, beim Zeitschriftenladen in der Bahnhofshalle.«

»Bis morgen, ich kann es kaum erwarten.«

»Bis morgen«, erwiderte sie kurz.

22

Ich kam zu früh in Utrecht an. Siebzig Minuten lang streifte ich durch die Stadt. An der Weerdsingel ging ich zum Wasser hinunter. Ich legte mich auf dem Uferhang ins Gras. Die Sonne schien mir ins Gesicht. Alles drehte sich in meinem Kopf, als ich nach zwanzig Minuten wieder aufstand. Von dort war es nicht weit zum Bahnhof, trotzdem kam es mir vor, als wäre ich Jahrhunderte unterwegs. Beim Zeitschriftenladen wartete ich auf Sylvia. Um zehn nach eins sah ich sie herankommen.

Sie sagte: »Ich habe eine ganze Weile auf dich gewartet. Weil du immer pünktlich bist, dachte ich, es sei etwas passiert, aber dann fiel mir ein, dass es zwei Zeitschriftenläden gibt, und tatsächlich, da bist du.«

Wir küssten einander. Eine Rolltreppe brachte uns zu dem Gleis hinunter, wo der Zug nach Amsterdam abfahren sollte. Vorsichtig sah ich zur Seite. War das die Frau, die über das »dämliche Geschwätz« geklagt hatte? War ich mit ihr auf dem Weg nach Amsterdam? Oder stand ich zufällig neben einem so wunderschönen Wesen auf der Rolltreppe? Es erschien mir vollkommen unmöglich, dass ich alter, blasser, kahler, krummer Vierziger mit so einer atemberaubenden, langbeinigen Prinzessin unterwegs sein sollte. Sie trug ihr graues Kostüm, dazu dunkle Strümpfe. Sie lächelte, und ich erschauderte. Es kam mir so vor, als würde ich, wenn ich mit ihr nach Amsterdam fuhr, gegen einen Kodex verstoßen, Gesetze brechen. Erst als ich mit ihr ein Abteil in der ersten Klasse betrat, verebbte der Schauder, um mir dann allerdings bei jeder Weiche wieder durch den Körper zu fahren.

Umgeben von Hunderten von Leuten, gingen wir nebeneinander durch Amsterdam. Niemand schaute verwundert zu uns herüber, niemand nahm Anstoß daran, dass ich an ihrer Seite ging und gegen ungeschriebene Regeln verstieß. Wir erreichten den Saal, in dem ich einen Vortrag halten sollte. Im Foyer begrüßte uns der Vorsitzende der Mahler-Gesellschaft.

»Ich bin schnell aus der Vorstandssitzung abgehauen«, sagte er. »Sie dauert noch ungefähr zehn Minuten, dann gibt es eine Pause. Es geht also in, sagen wir, etwa einer halben Stunde los. Geh doch so lange nach nebenan in den Kaffeekeller.«

Wir gingen in den Keller hinunter und konfiszierten einen Tisch.

Hinter mir erklang eine Stimme: »Darf ich mich zu euch setzen?«

Erstaunt drehte ich mich um.

»Was machst du hier?«, fragte ich.

»Ich habe gehört, dass hier heute Nachmittag jemand einen Anti-Mahler-Vortrag hält. Und dieser Vortrag scheint öffentlich zu sein. Ich liebe Mahler und bin deshalb sehr neugierig.«

Wir schauten einander lange in die Augen. Obwohl sie immer perfekt angezogen und ebenso perfekt geschminkt war, hatte sie diesmal besonders viel Aufmerksamkeit auf ihr Äußeres verwendet. Gewiss, sie war älter, zerbrechlicher als Sylvia, sie wurde jedoch von Sylvias natürlicher Schönheit nicht in den Schatten gestellt. Sie behauptete sich, bis in die Haarspitzen war sie eine vollkommene Dame.

»Ich will euch erst einander vorstellen«, sagte ich. »Das ist Sylvia, und das ist Hester.«

Sie gaben sich die Hand, und ich fragte mich, ob Hester bemerkte, dass Sylvia die Frau aus der Buchhandlung war.

Wenn sie es tat, so ließ sie es sich nicht anmerken, sondern setzte sich seelenruhig hin. Unbekümmert berichtete sie von den beiden Kätzchen, die sie seit einigen Tagen im Haus hatte. Sie fragte Sylvia: »Magst du Mahler?«

»Ich habe mit jemandem zusammengewohnt«, erwiderte Sylvia, »der plötzlich einen Mahler-Rappel bekam. Er hat alle Symphonien von Mahler gekauft und zu Hause laufen lassen. Ob ich Mahler mag ... diesen Film, *Tod in Venedig,* kann ich jedenfalls nicht mehr sehen.«

»Einen Mahler-Rappel«, sagte Hester, »wie apart! Und hat er sich auch sonst für klassische Musik interessiert?«

»Nein, eigentlich nicht.«

»Unglaublich«, sagte Hester, »dieser Mahler! Er spricht sogar Menschen an, die klassische Musik ansonsten kaum mögen. Tja, verehrter Redner des heutigen Abends, mit Ihrem Anti-Mahler-Vortrag können Sie wohl einpacken.«

Wir sahen einander an, Hester und ich. Wie schade, ging es mir durch den Kopf, dass ich Sylvias Geschichte über ihren René nicht verwenden kann. Wenn irgendetwas deutlich macht, dass dieser ganze Mahler-Kult nur eine Modeerscheinung ist, dann doch wohl die Tatsache, dass jemand, der keine Ahnung von klassischer Musik hat und sich auch sonst nicht dafür interessiert, alle Mahler-Symphonien anschafft, um sie sich mit seinen ungeübten Ohren anzuhören.

Sylvia stand auf und verschwand in Richtung Toilette.

»Und?«, fragte ich Hester.

»Sie ist wunderschön, was für ein engelgleiches Wesen. Aber warum hast du mir nicht gesagt, dass sie die Frau ist ...«

»... die wir damals bei Maria Heiden gesehen haben«, sagten wir beide gleichzeitig.

Wir lachten laut auf, ich nahm ihre Hand und sagte: »Das habe ich mich nicht getraut, vielleicht weil ich gefürchtet habe, du könntest etwas Hässliches über sie sagen.«

»Ich habe damals natürlich gemerkt, dass sie einen gewaltigen Eindruck auf dich gemacht hat. Du hättest es mir ruhig sagen können. Andererseits, wie dumm von mir, ich hätte auch selbst drauf kommen können. Trotzdem verstehe ich nicht, warum du es mir nicht gesagt hast.«

»Sagte ich doch bereits, du hast …«

»Etwas Hässliches? Ach was.«

Sie streichelte mit ihren Fingerspitzen den Rücken meiner Hand. »Kommst du gleich nach der Lesung noch auf ein Glas mit zu mir?«

»Mal sehen, was Sylvia dazu sagt«, erwiderte ich.

Sylvia kam wieder, und auch der Vorsitzende trat an unseren Tisch. »Es ist so weit«, sagte er.

In einem Saal aus dem 19. Jahrhundert zitierte ich die negativen Urteile, die Richard Strauss, Hans Pfitzner, Franz Schmidt, Hendrik Andriessen und Bohuslav Martinů über Mahler gefällt hatten. Anschließend äußerte ich die Ansicht, dass die Musik von Mahler den Zuhörer zwar oft dazu bringe, lebensanschauliche, philosophische und manchmal sogar religiöse Betrachtungen anzustellen, dass aber nur selten die Frage gestellt würde: Kann man bei Mahler von Musik sprechen, die in melodischer, harmonischer und rhythmischer Hinsicht wertvoll ist. »War Mahler ein Melodienerfindern, oder hat er seine Themen geschickt aus Werken großer Vorgänger zusammengestellt?«, lautete die nächste Frage, der ich nachging. Ausführlich machte ich deutlich, wie viele Zitate sein Werk beinhaltet. Zusätzlich zu den vielen bekannten Anleihen hatte ich noch eine Neuigkeit in der Hinterhand. »Mahler hat sich«, sagte ich, »und das weiß bis heute keiner, sehr großzügig bei den Opern Smetanas bedient, vor allem bei der *Dalibor*.«

Während ich sprach, war mir ständig bewusst: Das alles hatte gar keinen Sinn. Und wenn sich die ganze Welt erhoben und mir dargelegt hätte, dass Schubert kein guter Komponist war, so wären ihre Argumente wie Wasser an mir abgeperlt. Genauso perlte alles, was ich gegen Mahler ins Feld führte, wie kaltes Wasser an seinen Bewunderern ab. Dennoch fuhr ich stur fort, die billige Marschrhythmik in Mahlers Werken analysierend und die Abschweifungen tadelnd (wobei ich dachte: das kann man Schubert auch vorwerfen). Mit einem langen Plädoyer gegen Mahlers Niedergeschlagenheit endete ich.

Im anschließenden Gespräch war der Einwand unvermeidlich: »Sie sagen, dass die Melodiebildung bei Mahler selten besprochen wird, Sie sagen, dass Analysen seiner Harmonien selten gemacht werden und dass man sich beim Hören von Mahlers Musik in lebensanschauliche, nicht musikalische Betrachtungen flüchtet. Anschließend rechnen Sie Mahler seine Depressionen negativ an. Aber das ist doch auch ein nichtmusikalischer Vorwurf?«

»Das Modewort ›Depression‹ habe ich vermieden«, entgegnete ich, »und habe stattdessen das Wort ›Niedergeschlagenheit‹ verwendet. Aber Sie haben natürlich recht: Das ist ein nichtmusikalischer Einwand. Dennoch erhebe ich ihn gegen Mahler. Ich denke, dass Melancholie, Schmerz, Trauer selbstverständlich erlaubt sind. Es gibt kaum ein Stück, welches trostloser ist als die *Sechste* von Prokofjew, aber hier haben wir es mit kontrollierter, verarbeiteter Trostlosigkeit zu tun. Mahler hingegen überträgt, wie übrigens auch Schostakowitsch, seine Niedergeschlagenheit auf den Zuhörer.«

»Als wäre es kein Verdienst, dass jemand es vermag, Niedergeschlagenheit so eindrücklich zu vermitteln«, meinte der Fragensteller.

»Das schon, aber ich will mich nicht niedergeschlagen fühlen, nachdem ich Musik gehört habe. Selbstmordstimmung kann mir gestohlen bleiben.«

»Aha«, erwiderte der Frager, »Sie schrecken möglicherweise

davor zurück, sich eingestehen zu müssen, dass Sie selbst einmal depressiv werden könnten. Mahler enthüllt, was Sie im Verborgenen halten wollen. Sie fürchten sich vor sich selbst.«

»Das schließe ich nicht aus«, erwiderte ich.

Während die Anwesenden über die Frage diskutierten, ob Mahler tatsächlich depressive Stimmungen vertont hatte, schaute ich zu Sylvia und Hester hinüber, die schwesterlich nebeneinandersaßen. Das Sonnenlicht, das durch ein hohes Fenster in den Raum schien, kroch in ihre Richtung. Als es Sylvia erreichte, dachte ich zurück an jenen Moment, jenen Augenblick, als ich in ihr Bett gestiegen war und sie ihre Arme nach mir ausgestreckt hatte.

Das gibt es, dachte ich, so kann es sein, Mann und Frau. Vielleicht sogar jahrelang. Man schläft mit ihr in einem Bett. Man riecht sie die ganze Nacht. Sie glüht, sie schmiegt sich an dich, sie wärmt dich. Oh, mein Gott, »es gibt ein Glück, es gibt ein Glück«.

Nach dem Ende der Veranstaltung ging ich neben ihr her über die windige Prins Hendrikkade. Sonnenlicht. Wolken. Passanten. Hester war schon vorgegangen, um Tee zu machen. Mir kam es die ganze Zeit so vor, als hörte ich Elisabeth Grümmers wunderschöne Stimme singen »Es gibt ein Glück«, und Stunden später, als ich in ihrem Doppelbett erneut Ehebruch mit ihr beging, hörte ich noch immer Elisabeth Grümmer.

Hinterher sagte Sylvia: »Ich bin allergisch gegen Frauen wie Hester, gegen diese kultivierten, verwöhnten, freundlichen Damen mit Faltenrock und Perlenkette.«

»Ich habe Hester noch nie in einem Faltenrock gesehen.«

»Trotzdem ist sie auch so eine«, erwiderte Sylvia, »eine von der Sorte, in die René mich verwandeln wollte.«

»Wenn du mit mir zusammenwohnst, musst du keine Angst haben, dass ich dich jemals zu einer kultivierten Dame mache.«

»Ich bin noch nicht so weit, mit jemandem zusammenzuwohnen.«

»Aber du hast doch neulich gesagt ...«

»Vielleicht habe ich damals nur so dahergeredet.«

»Wirklich? Du willst also nicht ...«

»Jedenfalls nicht jetzt. Außerdem gehöre ich zu denen, die erst einmal schauen, wie der Hase läuft, ich muss einen anderen Menschen ein paar Jahre kennen, ehe ich auch nur daran denken kann, mit ihm zusammenzuwohnen.«

»Du kennst mich doch schon seit einigen Jahren.«

»Ja, aus der Ferne, aber nicht aus der Nähe.«

»Nun gut«, sagte ich, »vielleicht überstürze ich alles zu sehr, vielleicht ist es unvernünftig, jetzt schon von einer gemeinsamen Wohnung zu sprechen, aber ich kann nichts dafür, ich würde es nicht tun, wenn du mir nicht den Kopf verdreht hättest.«

»Du hast dir den Kopf verdrehen lassen«, erwiderte Sylvia. Sie erhob sich und sagte: »Soll ich dich rasch zum Bahnhof bringen?«

»Gern«, antwortete ich, »und wann sehen wir uns wieder? Morgen muss ich nach Hilversum, um im Fernsehen mit Ton Koopman über die Wahl des Tempos bei Bach zu diskutieren. Hast du Lust mitzukommen?«

»Die Wahl des Tempos bei Bach? Darunter kann ich mir nichts vorstellen.«

»Ach, wer kann das schon, aber vielleicht findest du es interessant, einmal aus der Nähe zu erleben, wie eine Fernsehsendung gemacht wird.«

»Wirst du denn vorher geschminkt?«

»Das wird man immer.«

»Darf ich dabei sein?«

»Natürlich.«

»Dann komme ich mit.«

»Wann soll ich hier sein?«

»Wie spät fängt die Sendung an?«

»Um vier Uhr. Man muss eine Stunde vorher da sein, genau wie auf dem Flughafen, also um drei Uhr.«

»Dann müssen wir hier gegen halb drei losfahren«, sagte Sylvia.

»Das müsste reichen.«

»Dann komm um zwei.«

Im Zug nach Hause starrte ich auf die Lichter im Dunkeln hinter der Scheibe. Ich hatte gesagt: »Du hast mir den Kopf verdreht«, und sie hatte geantwortet: »Du hast dir den Kopf verdrehen lassen.« Gab es da einen Unterschied? Ich hörte, wie ich die ganze Zeit vor mich hin summte. Ich hörte das Geräusch der näher kommenden Warnglocke eines Bahnübergangs. Als wir an der Glocke vorbeifuhren, schien es, als verwehte, ertränke der hohle Klang in der feuchten Luft. Was summte ich da bloß vor mich hin? Schmerzliche, traurige, bittere Musik. Von wem? In meinem erleuchteten Abteil, das wie ein kleines Zimmer mit sechs Wänden durch die Nacht schnellte, pfiff ich leise das jämmerliche Klagen. Erst nachdem ich die Melodie etliche Male gepfiffen hatte, wurde mir klar, dass ich die ersten Takte von Mahlers *Neunter* vor mich hin gesummt hatte. »Du hast mir den Kopf verdreht.« »Du hast dir den Kopf verdrehen lassen.« Es war, als ließe der Unterschied Raum für Mahlers kummervolle Musik oder als riefe der Unterschied diese Musik hervor, gegen die ich doch so viele Einwände hatte. Mein erleuchtetes Zimmerchen schnellte durch die Nacht, und dort draußen waren Lichter, Lichter, Lichter.

23

Tags darauf spazierte ich zum ersten Mal durch einen kleinen Park namens Pelmolenplantsoen. Im Wasser der Stadsbuitengracht schwamm ein schwarzer Hund. Auf einer Sandbank bei Sterrenburg ging ein Stadtstreicher. Spaziergänger kamen mir entgegen: kultivierte Damen mit Faltenröcken, die einen Dackel ausführten. Dann kam ich wieder an den riesigen Friedhöfen vorbei und dachte an die Zeilen Marvells:

> *Doch ständig hör ich näher eilen*
> *Den Flügelwagen flücht'ger Zeit;*
> *Und vor uns einzig noch verweilen*
> *Wüsten endloser Ewigkeit.*

Auch ich hörte den geflügelten Wagen der Zeit. Sollte ich fünfundsiebzig Jahre alt werden, dann waren jetzt schon drei Fünftel meines Lebens vorbei. Zwei Fünftel blieben mir hoffentlich noch, in denen ich zumindest ein Meisterwerk komponieren musste. Warum arbeitete ich nicht daran? Warum spazierte ich stattdessen an Friedhöfen vorbei? Warum ging mir der Beginn von Mahlers *Neunter* nicht aus dem Kopf? Als ich das rostige Gleis überquerte (fuhr hier nie ein Zug?), dachte ich an das Frühstück mit Joanna. Mit dem Messer hatte ich die Spitze von meinem Ei abgeschlagen.

»Musst du das unbedingt so machen?«, hatte sie mich gefragt. »Kannst du das Ei nicht einfach pellen?«

»So geht es schneller.«

»Sind wir wieder in Eile?«

Darauf erwiderte ich nichts; rasch aß ich das Ei.

»Pfui Teufel«, brach es aus ihr heraus, »du kleckerst vielleicht wieder herum! Nimm doch kleinere Stücke. Und kannst du das Ei nicht einfach im Eierbecher stehen lassen? Musst du es wirklich herausnehmen?«

»Kann ich jetzt nicht einmal mehr ein Ei essen, ohne dass du jede Handbewegung kritisierst?«

»Du isst so unbeherrscht und widerlich.«

»Dann hättest du eben einen kultivierteren Mann heiraten müssen.«

»Ich wünschte, das hätte ich getan.«

»Noch ist es nicht zu spät.«

»Ach, red keinen Mist, Idiot.«

»Der Idiot wird dir heute nicht weiter auf die Nerven gehen. Ich muss gleich nach Hilversum.«

»Du bist in letzter Zeit sehr viel unterwegs.«

»Dann kannst du zumindest ungestört deine hohen Töne üben.«

»Wann kommst du wieder?«

»Im Laufe des Abends.«

»Na, das sehe ich ja dann.«

Mit meinen Gedanken bei Joanna, ging ich durch Sylvias Wald. Als ich die Schneeglöckchenwiese erreichte, vergaß ich meine Frau. Alle Schneeglöckchen blühten. Breit lag die Wiese vor mir und erstreckte sich von dem Weg, auf dem ich ging, bis zu dem Haus, wo sie wohnte. Es war, als verbinde ein riesiger Brautstrauß die Stelle, an der ich stand, mit den Fenstern ihrer Zimmer. Ein Windstoß strich über die weißen Blumen. Sie senkten die Köpfe, sie neigten sich und richteten sich wieder auf. Während ich weiterging, sah ich das weiße Schimmern zwischen den Bäumen, und mir war, als dürfte ich aus all dem gemeinschaftlichen Blühen Hoffnung schöpfen. Bei ihrem Gutshof ließ ich die Wiese hinter mir. Es war noch zu früh, noch nicht zwei Uhr. Langsam ging ich um das Gebäude herum. Erneut setzte ich mich auf die Bank, von der aus man Waldrand, Weide und bäuerliches Nutzwäldchen sehen konnte. Diesmal waren keine Köpfe zu sehen.

Punkt zwei Uhr betrat ich das Herrenhaus. Sie begrüßte mich, als hätte sie tags zuvor nicht gesagt: »Du hast dir den Kopf verdrehen lassen.«

Trotzdem sagte ich: »Ich nehme dich zu sehr in Beschlag.«

Sie nickte.

»Ich habe das Gefühl, ständig zu früh zu kommen«.

»Ja, das macht mich ziemlich nervös«, erwiderte sie.

Sie trug ihr graugrünes Kostüm. Sie war bezaubernder denn je. Nichts wollte ich lieber, als den Rest meines Lebens – die zwei Fünftel – mit ihr teilen. Hab Geduld, dachte ich, wart ab. Lass sie erst einmal verarbeiten, dass sie ihren René vor einem halben Jahr verlassen hat. Und währenddessen: permanente Unterwerfung.

Dann fuhren wir nach Hilversum. Wie wir darauf kamen, weiß ich nicht mehr, aber in der Gegend von Breukelen sprachen wir über ihre Zeit an der weiterführenden Schule.

»Damals habe ich nur geküsst«, sagte sie, »und eigentlich war das sehr schön.«

»Wann hast du angefangen zu küssen?«

»Als ich vierzehn war.«

»Und als du deinen ersten richtigen Freund hattest, wie alt warst du da?«

»Oh, das weiß ich nicht mehr, ich weiß nur noch, dass es mit siebzehn schon ziemlich ernst war. Ich hatte damals ein Verhältnis mit einem dreißigjährigen Mann. Wir fuhren auf seinem Motorrad. Wir trugen beide eine weiße Lederkombi mit einer blauen Biese darauf.

Sie sagte das leichthin, als wäre es etwas ganz Selbstverständliches, etwas, das jeder mit siebzehn getan hat. Dennoch hallte es mir weiter in den Ohren: »Eine weiße Lederkombi mit einem blauen Streifen darauf.« Es schien, als müsste alles, was ich bis dahin für gültig gehalten hatte, einer erneuten Prüfung unterzogen werden. Mit siebzehn hatte ich nichts anderes getan, als stundenlang Klavier zu spielen. Außerdem hatte ich Partituren und Bücher über Harmonielehre studiert. Ich hatte die Biografien großer Komponisten verschlungen. Mein ganzes Tun und Lassen hatte nur einem einzigen großen Ziel gedient: Komponist zu werden, und nicht einfach nur irgendein Komponist, nein, ein herausragender Komponist. Alles hatte ich diesem Ideal geopfert. Noch nie hatte ich meine Vorgehensweise bedauert, auch wenn aus mir höchstens ein fünftklassiger Komponist geworden war. Warum bedauerte ich es nun auf einmal? Weil sie gesagt hatte: »Eine weiße Lederkombi mit einem blauen Streifen darauf«? Das Bedauern zerschnitt jedenfalls meine Seele, es war, als bekäme ich keine Luft mehr. Immer hatte ich die falsche Wahl getroffen, alles, was wirklich wichtig war, hatte ich vernachlässigt. Hätte ich denn in einer blau gestreiften Lederkombi über die Schnellstraßen rasen wollen? Wollte ich das vielleicht heute noch? Natürlich nicht! Aber es war, als symbolisierte die weiße Lederkombi alles, was das Leben eines jungen Menschen in den zehn Jahren nach dem fünfzehnten Geburtstag erfüllen konnte. Rücksichtslos hatte ich diese Dinge beiseitegeschoben, weil ich etwas erreichen wollte, was das Fehlen von Freundinnen, flüchtigen Beziehungen, festeren Verhältnissen, ob mit oder ohne weiße Lederkombi mit blauen Streifen, aufwiegen würde.

Die ganze Zeit starrte ich auf den unterbrochenen Mittelstreifen der vierspurigen Straße, auf der wir gen Hilversum rasten. Die ganze Zeit hörte ich Sylvia reden, aber es war, als würde ich gar nicht mehr existieren. Ich war von diesem einen, bodenlos tiefen Gefühl hinweggefegt worden, das die achtlose Bemerkung in mir hervorgerufen hatte. Und ich wusste, während wir dort mit mehr als einhundert Kilometern pro Stunde fuhren, dass ich Sylvia unwiderruflich verlieren würde. Das war unausweichlich, das folgte direkt aus ihrer Bemerkung über die weiße Lederkombi. Ich würde sie verlieren. Vielleicht würde es ein allmählicher Prozess sein, vielleicht würde ich sie immer seltener sehen dürfen. Ach, der Prozess hatte längst begonnen, die Stunden wurden bereits rationiert. Sie hatte gesagt, dass ich erst um zwei kommen dürfe.

Nach dem gelehrten Gespräch mit Ton Koopman unterhielten wir uns noch in einem Raum, in dem Getränke und Häppchen gereicht wurden. Ein Regieassistent kam mit Sylvia ins Gespräch, und ich sah, dass er sie – wie könnte es auch anders sein – nett fand und dass sie ihn auch nett fand. Fünfundvierzig Jahre lebte ich bereits, fünfundvierzig Jahre ohne weißes Leder und Streifen, drei Fünftel meines Lebens lagen bereits hinter mir, und erst jetzt, bei kleinen Mengen Kaviar auf quadratischen Toaststückchen, *time's wingèd chariot hurrying near,* erfuhr ich, spürte ich, verstand ich, was Eifersucht ist und wie es sich anfühlt, wenn man eifersüchtig ist. Auch das noch, dachte ich, auch das noch.

Auf dem Rückweg sagte ich in scherzhaftem Ton: »Netter Bursche.«

»Sicher«, antwortete sie.

»Ich glaube, ich war tatsächlich ein wenig eifersüchtig.«

»Dann erlebst du das auch mal«, erwiderte sie.

Antworten konnte ich nicht, ich nahm ihren Arm und klemmte meine Hand darum. Erstaunt sah sie mich an, ich bemerkte den Ausdruck von Schmerz in ihrem Gesicht. Ich ließ den Arm los. »Entschuldige«, sagte ich.

»Ich muss plötzlich wieder daran denken«, sagte sie, »dass

ich, als ich dich damals in Den Haag zum ersten Mal sah, dachte: Wie kann ich seine Aufmerksamkeit länger als sechs Sekunden auf mich lenken.«

»Das ist dir doch recht gut gelungen.«

24

Sie rief mich zwei Tage später an.

»Meine Schwester und meine Freundin haben dein Gespräch mit Ton Koopman im Fernsehen gesehen«, sagte sie.

»Und? Wie hat es ihnen gefallen?«

»Sie fanden es sehr schön.«

»Du sagst das, als würde danach noch ein Aber kommen. Also: Aber …?«

»Aber … ähm, nun ja, sie fanden, dass du schon ziemlich alt bist.«

»Findest du das auch?«

»Manchmal schon, manchmal aber auch nicht. Das ist ganz unterschiedlich. Mitunter siehst du ganz schön alt aus, aber oft wirkst du im Gegenteil sehr jungenhaft.«

»Du wirkst ziemlich niedergeschlagen«, sagte ich.

»Ich bin auch niedergeschlagen, das ist bestimmt meine PMD.«

»PMD?«

»Prämenstruelle Depression.«

»Meinst du wirklich?«

»Ich glaub schon, aber …«

»Was aber?«

»Ich bin auch niedergeschlagen wegen der vergangenen fünf Jahre mit René. Ich habe so viele schöne Erinnerungen an unsere Zeit, und jetzt scheint es, als wären die alle weggewischt.«

»Aber warum, die bleiben dir doch?«

»Ja, schon, aber ich kann sie nicht mehr wachrufen.«

»Du kannst mir doch davon erzählen.«

»Das ist nicht dasselbe, man muss sie mit demjenigen wachrufen, mit dem man diese Erinnerungen teilt. Dann ergänzt derjenige manchmal Dinge, die man selbst vergessen hat, und man ergänzt etwas, woran der andere sich nicht mehr erinnert.«

»Du klingst wirklich sehr unglücklich.«

»Ich bin auch unglücklich. Es geht mir wirklich sehr schlecht. Und was mir auch Probleme machte, ist morgen.«

»Morgen? Du meinst: Du solltest morgen früh zu mir kommen, und jetzt ist dir das alles zu viel, und du willst lieber zu Hause bleiben?«

»Ja.«

»Dann bleib doch einfach zu Hause, und ich besuche dich am Freitag.«

»Gut, so machen wir's.«

»Ich wünschte, ich könnte dich aufmuntern.«

»Kannst du nicht, es geht um die vergangenen fünf Jahre.«

»Aber vor ein paar Wochen hast du immer gesagt, dass es dich schon aufmuntern würde, wenn du meine Stimme hörst.«

»Ja, aber diesmal … ich fühl mich so elend …«

»Ich wünschte … he, da kommt ein Mann mit Latzhose auf mein Grundstück.«

»Geh ruhig hin, ich rufe dich dann morgen früh an.«

»Bis morgen, und halt die Ohren steif!«

Der Latzhosenträger klingelte. Nachdem ich die obere Hälfte der Tür geöffnet hatte, sagte er: »Blitzableiterkontrolle.«

»Dort lang«, erwiderte ich.

»Das ist aber ganz schön lästig, dass ich mit meinem ganzen Zeug über den Baum klettern muss«, beschwerte er sich.

Mit roten Kabeln und schwarzen Kästchen ging er kurz darauf ums Haus herum. Mit einer kleinen Feile bearbeitete er die verdickten Kupferrohre an den Mauerecken. Das weit tragende, hohe, schrille Geräusch, das die Feile machte, ließ in der Nachbarschaft die Hunde anschlagen. Rasch suchte ich Notenpapier. Es fiel mir einfach so in den Schoß. In einem Werk für Orchester könnte dieser Klang, von einer Piccoloflöte gespielt, enorme Wirkung erzielen.

Das Haus wurde mit roten Kabeln umsponnen. Überall schlugen auf den schwarzen Kästchen die Zeiger aus. Orangefarbene Lämpchen flackerten. Und ständig dieses Geräusch, die wahnsinnig gewordene Piccoloflöte. Nach seinem zauberhaften musikalischen Rundgang klingelte der Mann erneut.

»Nun, mein Herr«, sagte er, »die einzelnen Erdelektroden sind noch in Ordnung, aber von den sechs Abschirmröhren sind vier noch aus Eisen. Laut Norm ...«, er blätterte in einem Ordner, »... NEN 1014 ist das nicht mehr gestattet.«

Er sah mich streng an.

Ich fragte: »Mach ich mich damit strafbar?«

»Das nicht direkt, aber ich würde Ihnen empfehlen, die eisernen Abschirmröhren durch Röhren aus Kunststoff ersetzen zu lassen.«

»Sind die besser?«

»Ja, sehen Sie, wir können dann verzinnte Messverbindungen aus Kupfer daraufmontieren.«

»Macht das einen großen Unterschied?«

»O ja, denn außerdem können wir dann die Röhren mit Mauerklemmen aus Messing befestigen.«

»Und was kostet das?«

»Grob geschätzt rund fünfhundert Gulden.«

»Mh, und wenn ich das habe machen lassen, wird die Norm NEN 1015 eingeführt, und dann müssen die Abschirmröhren auf einmal aus Kupfer oder was weiß ich sein.«

»Kupfer? Wie kommen Sie darauf, das wäre erst recht gefährlich.«

»Und jetzt? Diese Eisenröhren, sind die gefährlich?«

»Nun ja, sehen Sie, wenn der Blitz einschlägt und es steht eine Gruppe von Schulkindern neben diesen Eisenröhren, dann garantiere ich für nichts.«

»Schulkinder? Und normalen Kindern passiert nichts?«

Der Mann sah mich entrüstet an. Er zog die Latzhose hoch.

»Hören Sie«, sagte er, »alle Kinder sind Schulkinder. Wenn sie noch keine Schulkinder sind, sprechen wir von Wichten oder von Knirpsen, von Dreikäsehochs oder Däumlingen, und wenn sie keine Schulkinder mehr sind, dann sind es Jugendliche.«

»Die gehen aber auch oft noch zur Schule.«

»Ein Grund mehr, alle Kinder als Schulkinder zu bezeichnen. Alle Kinder ab etwa vier Jahren sind Schulkinder. In dem Punkt werden Sie mir doch bestimmt nicht widersprechen, oder?«, fragte er drohend.

»Nein, nein, das liegt mir fern.«

»Dann ist es gut«, erwiderte er milde gestimmt. »Ich selbst habe vier Kinder, einen Knirps, einen Dreikäsehoch und zwei Schulkinder, und ich wäre in dieser Frage nicht so genau, wenn ich nicht selbst Kinder hätte, und das ist auch der Grund, warum ich den Unterschied zwischen Knirpsen, Wichten, Däumlingen, Dreikäsehochs und Schulkindern so exakt kenne, Knirpse sind ...«

»... noch zu klein, um vom Blitz getroffen zu werden.«

»Wie kommen Sie darauf?«

»Weil Sie sagen, dass Schulkinder, wenn sie neben diesen Röhren stehen ...«

»Knirpse würden auch ...«

»Hier laufen aber nie Knirpse rum, und auch keine Schulkinder. Und Wichte schon mal gar nicht.«

Der Mann seufzte tief, sah mich voller Verzweiflung an und sagte: »Lassen Sie es mich dann anders ausdrücken: Sie geben eine Party, und hier neben den Röhren stehen lauter Gäste, und der Blitz schlägt ein, und dann könnte die Party auf einmal zu einem großen Jammertal werden.«

»Schon, aber man hält sich nicht draußen auf, wenn ein Gewitter droht.«

»Aha«, sagte er, »nun sind wir schon ein ganzes Stück weiter, nun hab ich Sie beim Schlafittchen, das kriegen wir nämlic so oft zu hören, täglich entgegnet man uns das, ständig werden wir damit konfrontiert.«

»Womit werden Sie konfrontiert?«, wollte ich wissen.

»Mit Menschen, die meinen, der Blitz würde nur bei Gewitter einschlagen. Hier habe ich die Zahlen …«, er blätterte in seinem Ordner, »… auch bei vollkommen klarem Himmel kann der Blitz einschlagen. Und wenn sich dann Schulkinder neben Ihren Röhren aufhalten …!«

»Jetzt hören Sie mal auf mit den Schulkindern.«

»Studienfreunde dann eben«, sagte er, »oder Hausfrauen oder Mädchen aus dem Dorf … das spielt keine Rolle … es bleibt gefährlich. Der Blitz kann jederzeit unerwartet einschlagen. Man ist nicht unbedingt auf der Stelle tot, es kann auch sein, dass nur die Schuhe weggeschleudert werden. Oder man ergraut von einem Moment auf den anderen. Oder der Bart liegt auf dem Boden. Oder es fallen einem alle Haare aus. Ganz bestimmt, es kann ganz plötzlich geschehen, und glauben Sie mir, auch wenn der Einschlag nicht tödlich ist, oft trägt man einen bleibenden Schaden davon. Man ist nie mehr ganz derselbe, nachdem einem so was passiert ist. An den Folgen trägt man oft ein Leben lang, aber gut …«, er blätterte in seinem Ordner, »… wenn Sie meinen Rat nicht annehmen wollen, dann lassen Sie die Eisenröhren einfach dran.«

»Das hatte ich auch vor«, erwiderte ich.

»Gut, aber dann komm ich nicht, wenn Sie mal eine Party geben.«

»Guter Mann, das Wort Party ist total altmodisch, es wird nur noch in einer einzigen Reklame benutzt, ansonsten hört man es nie, und außerdem: Ich gebe keine Partys.«

»Warum nicht?«, wollte er wissen.

»Weil es viel zu gefährlich ist«, sagte ich, »der Blitz kann jederzeit einschlagen.«

»Das stimmt«, gab er mir recht, »das ist den wenigsten bewusst. Man veranstaltet eine Party, und Mädchen aus dem Dorf … es kann jederzeit passieren, und wenn es passiert, behält man immer ein Andenken daran, eine Narbe, einen Tic, Nervenschwäche, Nervosität, Kahlheit und so weiter …«

In der Nacht träumte ich, ich gäbe eine Party. Dorfmädchen in weiten Petticoats tanzten auf meinem Hof. Der Himmel war blaugrün und klar. Kein Windhauch war zu spüren. Selbst die höchsten Bäume bewegten sich nicht. Obwohl ich noch nie getanzt hatte, tanzte ich an diesem Sommerabend mit Hester. Sie hatte langes Haar, sie trug einen kurzen Rock und hohe Stiefel. Wir sprachen nicht miteinander. Wir tanzten auf die »Zwölf Grazer Walzer« von Schubert. Dann stimmte mein Studienfreund, der am Flügel saß, den »Deutschen Tanz« an, dessen Anfang an die ersten Takte der Fantasie f-Moll erinnert. Bei dem gewagten ais im letzten Takt machte ich einen falschen Schritt, weil ich zu aufmerksam lauschte.

»Pass auf«, sagte Hester.

Wir tanzten weiter. Die Luft rührte sich nicht, sie war warm und feucht. Hester ließ mich los. Wir tanzten getrennt weiter. Immer wieder versuchte ich, sie zu fassen, aber die Luft schien undurchdringlich zu sein. Langsam entfernte sie sich von mir. Die Petticoats drängten sich zwischen uns. In der Nähe des Blitzableiters tanzte sie einsam weiter. »Pass auf«, wollte ich ihr zurufen, »der Blitz kann jederzeit einschlagen!« Aber ich brachte keinen Ton heraus. Von dem Schrei, den ich nicht ausstoßen konnte, wurde ich wach.

Ich lag im Dunkeln, starrte auf einen fahlen Lichtstreifen an der Decke und fragte mich: »Warum habe ich von Hester geträumt? Nicht Hester entfernt sich beim Tanz von mir, sondern Sylvia. Und warum habe ich geträumt, dass Hester langes Haar hat, dass sie hohe Stiefel und einen kurzen Rock trägt?«

»Wie auf dem Foto«, flüsterte ich. Vor langer Zeit hatte Hester mir ein Foto gezeigt, das einen tiefen Eindruck auf mich gemacht hatte. Sie saß rittlings an einem kleinen Schreibtisch. Auf dem Foto hatte sie langes Haar, sie trug einen kurzen Rock und hohe Stiefel.

Der fahle Lichtstreifen leuchtete auf. Ein Flugzeug flog übers Haus hinweg.

Am Mittwochmorgen rief ich Sylvia an.

»Ich habe geträumt, ich würde mit dir tanzen«, log ich, »wir haben eine ganze Weile zusammen getanzt. Und dann hast du dich allmählich tanzend von mir entfernt, auch wenn wir auf Distanz weiter miteinander getanzt haben. Am Ende warst du aber ganz weit weg.«

Sylvia schwieg mindestens dreißig Sekunden. Dann sagte sie: »Du klingst so traurig, ich habe dich noch nie so traurig gehört.«

»Ich fühle mich so elend«, sagte ich, »ich spüre, dass ich dich verliere.«

»Wäre ich heute Morgen doch nur zu dir gekommen. Aber wir sehen uns am Freitag, komm ruhig früh, um halb neun, dann haben wir ordentlich viel Zeit.«

25

Am Freitagmorgen wetzten im Pelmolenplantsoen die Jogger an mir vorbei. Es schien, als würden sie hinter den Bäumen auf mich warten, um mir, wenn ich näher kam, entgegenzulaufen. Ein Stück weiter hatte es den Anschein, als würden sich die Jogger, die sich von mir entfernten, plötzlich wieder umdrehen und auf mich zukommen. Im grauen Morgenlicht wurden ihre blauen, rosafarbenen und silbernen Anzüge durch ihre Geschwindigkeit zu huschenden Farbklecksen vor einem grünlich beschlagenen Hintergrund. Radfahrer, die sich um Polizeiverordnungen einen Dreck scherten, fuhren im höchsten Gang durch den Park. Hunde wurden gruppenweise ausgeführt. Ein riesiger Bouvier ging freundschaftlich neben mir her. Immer wieder lief er ein paar Schritte voraus und sah sich dann um. Es war, als wollte er mich ermahnen, schneller zu gehen in dieser sausenden Welt. Erst als ich an den drei Friedhöfen entlangging und der Bouvier wieder zu der Dame zurückgekehrt war, die mit ihm Gassi ging, fiel der Lärm von der erwachenden, joggenden Stadt ab. Im Wald tauchten jedoch die Jogger wieder auf, manchmal einzeln, manchmal in Gruppen, immer jedoch teilnahmslos an mir vorbeiflitzend. Weil ich zu früh bei ihrem Gutshaus ankam, suchte ich erneut die Bank auf, von der aus ich den bäuerlichen Nutzwald sehen konnte. Ein rosafarbener Anzug huschte am Waldrand entlang, ein Polizeiauto näherte sich langsam, ein Radfahrer wich der rosafarbenen Erscheinung aus. Im Nutzwald fehlten die Köpfe.

Zwei Minuten vor halb neun erhob ich mich. Schlag halb neun trat ich in ihr Zimmer. Sie kam auf mich zu, küsste mich. Alles schien unverändert. Ich sagte: »Ich glaube, die Leute sind aus dem Nutzwald verschwunden.«

»Ja, sie sind weg, wir haben doch neulich abends noch zusammen nachgeschaut. Nur ein Teller lag noch da. Kannst du dich nicht mehr erinnern?«

»Wir sind zusammen …?«

»Ja, oder …?«

Sie runzelte die Stirn und fragte dann munter: »Möchtest du Tee?«

»Gern«, erwiderte ich.

Gierig trank ich den glühend heißen Tee und fragte mich dabei: Mit wem ist sie zu dem Wald gegangen? Gleichzeitig rief ich mir in Gedanken zu: Halt, tu's nicht, sei stark, wenn sie mit jemand anderem hingegangen ist, dann ist das ihre Sache, wir sind nicht verheiratet und auch nicht verlobt, ich habe kein Recht, Eifersucht oder irgendein verwandtes Gefühl zu empfinden, hör auf. Trotzdem verkrampfte ich mich, trotzdem schien es, als spürte ich, weil ich kein Recht dazu hatte, diese Empfindungen nur umso heftiger. Ich bekam Schluckauf, und sie meinte: »Du trinkst den Tee viel zu schnell und viel zu heiß, ich mache mir Sorgen um deine Speiseröhre.«

»Und mir bereiten deine Essgewohnheiten Sorgen«, entgegnete ich. »Immer nur aufgewärmte Iglo-Mahlzeiten, das kann auch nicht gut sein.«

»Ich habe keine Zeit zum Kochen.«

»Du kriegst nicht genug Vitamine.«

»Ich schlucke Pillen in der Praxis.«

»Die gleichen den Mangel an normalen Vitaminen und Mineralstoffen nicht vollständig aus. Und außerdem sind die für Hunde gemacht. Nachher fängst du noch an zu bellen.«

»Neulich habe ich auf der Arbeit von einem Papagei gehört,

der drei Wochen in einem Haus untergebracht war, in dem es einen Hund gab. Als der Papagei wieder bei seinem Herrchen war, hat er den ganzen Tag gebellt.«

»Nachher fängst du von den Pillen auch noch an zu bellen. Oder zu miauen.«

»Das wäre natürlich schade. Würdest du mir bei meiner Steuererklärung helfen? Die muss ich jetzt fertig machen, weil ich noch in Urlaub fahren will.«

»Wohin willst du?«

»Nach Aruba, wie ich dir bereits sagte.«

»Allein?«

»Ja«, antwortete sie kurz.

»Möchtest du nicht mit mir zusammen ein wenig … Jetzt könnte ich problemlos reisen, ich würde gern mal nach Lissabon …«

»Lissabon? Wie kommst du darauf? Dort ist es zwischen René und mir endgültig schiefgelaufen. Das ist wirklich die letzte Stadt, die ich besuchen würde.«

»Meinetwegen, wir können auch woanders hinfahren, Korfu soll zu Beginn des Frühlings wunderschön sein.«

»Ich will nach Aruba.«

»Warum? Eine Insel mit lauter windschiefen Bäumen!«

»Dort wohnt ein Exfreund, der ebenfalls Tierarzt ist. Vor langer Zeit haben wir verabredet, dass ich ihn mal besuche.«

»Ein Exfreund?«

»Ja, es ist angenehm, wenn es ein Ex ist, dann ist die Spannung raus.«

»Und du willst nicht, dass ich mitfahre nach Aruba?«

Es war, als schüttelte sie einen Moment den Kopf. Das beruhigte mich einerseits, denn ein so langer Flug und der Aufenthalt auf der Insel unter den Winden erschien mir alles andere als verlockend; andererseits hatte ich das Gefühl, als würden alle meine Körperteile der Reihe nach in Schluchzen ausbrechen.

Sie setzte ihre goldene Brille auf, steckte ihre Locken hoch und fixierte sie mit einer schwarzen Schleife. Ich war erleichtert, denn sie war mit einem Schlag weniger attraktiv, sie hatte nun etwas von einer strengen Lehrerin, die ab und zu einen kleinen Schlag mit dem Lineal austeilt. Während im Wald draußen eine Kohlmeise höhnisch sang, füllten wir ihr Steuerformular aus. Nach all den Zahlen gingen wir noch eine halbe Stunde spazieren. Wir kletterten über umgestürzte Bäume. Überall spross Scharbockskraut, das aber noch nicht blühte. Ab und zu flitzte ein Jogger vorbei. Neben einem geschützten Pfad blühte eine Schlehdornhecke. Wir gingen schweigend an den noch blattlosen ins Brautkleid gesteckten Sträuchern vorbei.

»Wir müssen zurück«, sagte sie, »ich muss zur Arbeit.«

Auf der Schnellstraße sah ich einen weißen Streifen, und ich dachte gleich an die weiße Lederkombi mit dem blauen Streifen, und ohne nachzudenken sagte ich: »Sollte ich jemals einen Wagen kaufen, dann nur einen Saab.«

»Einen Saab? Wirklich!«

»Warum bist du so erstaunt darüber?«

»Du und ein Auto, das kann ich mir überhaupt nicht vorstellen! Und dann sprichst du ausgerechnet von einem Saab! Das ist das schönste Auto, das es gibt. Es war immer schon mein größter Wunsch, einen Saab zu haben.«

Sie legte ihre freie Hand auf mein Knie. Es schien, als nähme die Beklemmung in meiner Brust ein wenig ab. War es mir doch wieder gelungen, eine Brücke zu schlagen, einen Punkt zu erzielen? War Polen vielleicht doch noch nicht verloren?

»Will Joanna einen Saab haben?«

»Oh, ich glaube, sie hätte nichts dagegen, wenn ich einen Saab kaufen würde, sie hätte sehr gern ein Auto.«

»Warum habt ihr denn nie, oder dergleichen … ich kann es nicht begreifen, dass ihr schon mehr als zwanzig Jahre zusammen seid, da muss es doch etwas geben.«

»Sie ist ständig unterwegs, ich lebe, als wäre ich nicht verheiratet. Wenn wir die ganzen Jahre über tatsächlich beieinander gewesen wären, dann hätten wir uns längst getrennt. Wir führen eine LTA-Beziehung, Living Together Apart, wir machen nichts gemeinsam, darum geht es.«

»Das kann ich einfach nicht glauben, da muss doch etwas sein.«

»Sie hat eine wundervolle Stimme.«

»Deswegen bleibt man doch nicht mit jemandem zusammen, wenn es sonst nichts gibt.«

»Ich will ja auch gar nicht mit ihr zusammenbleiben, ich möchte mit dir ... ach, du fährst nach Aruba, und du willst nicht einmal, dass ich mitkomme.«

»Stell dir bloß vor«, sagte sie, »einen Saab, ein Cabrio, dann müsste man zumindest keine Angst mehr vor den Typen haben, die im Sommer neben einem herfahren, wenn man das Dach offen hat, denn die könnte man dann mühelos abhängen.«

Sie lächelte. Schlagartig verwandelte sie sich von der strengen Lehrerin wieder in ein schüchternes, fast noch kindlich wirkendes Mädchen. Wieder einmal schien es, als erhebe ihr Lächeln sie, als mache es sie großartiger, schöner, edler und klüger und zugleich auch rätselhafter. Wer so lächelt, kann eigentlich keine sachliche, schnell redende Tierärztin sein, keine dreißigjährige Frau, die ausstrahlt, dass sie zumindest genau weiß, was sie nicht will, und die ihre Liebhaber mit souveräner Verachtung für deren Gefühle wählt und wieder in die Wüste schickt. Alles, was ich mir eventuell ausdenken konnte, um meine Bewunderung für sie zu verringern und so meiner Schmerz über den drohenden Verlust abzuschwächen, wurde durch dieses Lächeln mit einem Schlag vernichtet.

Später, im Zug, verwischte ihr Gesicht allmählich. Ihr Lächeln blieb übrig, und ich sah es vor mir wie das Lächeln der

Grinsekatze. Es hatte sich von ihr gelöst, hatte ein selbstständiges Dasein zu führen begonnen und schwebte mir nun vor Augen, als wollte es besiegeln, dass ich mich vielleicht nie wieder von ihr würde losmachen können. Trotzdem sagte ich später am Tag, als ich mit Hester telefonierte: »Das Merkwürdige ist: Wenn ich sie sehe, denke ich, ich kann durchaus auch ohne sie. Aber ich muss sie sehen, muss sie in meiner Nähe haben, um diesen Gedanken denken zu können. Das Elend ist: Nur wenn ich bei ihr bin, kann ich auf sie verzichten. Wenn ich mich von ihr verabschiedet habe, empfinde ich, solange ich mir ihr Gesicht noch ins Gedächtnis rufen kann, ein Gefühl der Erleichterung. Dann bin ich in Sicherheit, dann vermisse ich sie nicht, dann sehne ich mich nicht nach ihr. Später beginnt ihr Gesicht dann zu verwischen, und gleichzeitig macht sich in meinem Bauch ein dumpfes Gefühl breit; mir ist dann, als würde mein Bauch zuerst leer gepumpt und anschließend mit Luft gefüllt.«

»Ich kenne das«, sagte Hester, »ich hatte das früher auch bei dem Cellisten, von dem ich dir schon mal erzählt habe.«

»Grundgütiger! Bei dem Cellisten! Und du bist immer noch nicht darüber weg?«

»Darüber werde ich nie so ganz wegkommen. Ich werde ihn immer lieben, immer und ewig, auch wenn er sich von mir getrennt hat, als wäre ich ein altes Auto. Vielleicht gerade deswegen. Man ist dann am meisten verletzlich, wenn der andere sich die Hacken abgelaufen hat, um dich zu kriegen, und dich, sobald er dich hat, achtlos fallen lässt. Es ist, als würden solche Menschen es nur deswegen tun, als wollten sie sich an deinem Kummer laben.«

»Glaubst du, ich wollte …«

»Ach, das weiß man nie, es gibt in der Liebe kein festes Schema, es ist immer wieder anders, aber dich hat es schwer erwischt, sehr schwer, sie hat dich sehr tief getroffen.«

»Sie fährt für vierzehn Tage nach Aruba.«

»Vielleicht ist das gut so. Dann habt ihr beide Zeit, zur Ruhe zu kommen. Du kannst davon ausgehen, dass es mit ihren Gefühlen auch auf und ab geht, von ›ja, ich will‹ bis hin zu ›nein, vielen Dank‹.«

»Auf Aruba wohnt ein Exfreund von ihr«, sagte ich.

»Vielleicht ist sie eine von der Sorte, die sich alle Exfreunde warmhält. Na, dann hast du es doch gut getroffen, dann wird sie sich auch dich warmhalten.«

»Ich will nicht in ihre Exsammlung aufgenommen werden.«

»Was willst du dann? Mit ihr zusammenziehen? Mit einer, die einem Gemüseensemble hinterherläuft? Wie willst du das musikalische Problem lösen?«

»Mit Kopfhörern.«

»Wie nett, ihr sitzt zusammen am Tisch, und jeder hat seinen Kopfhörer auf. Aber vergiss ja nicht, dass du diese Gärtner bis zu dir herüberkrakeelen hörst, wenn du den ›Walkürenritt‹ auf den Ohren hast.«

»Ach, Hester, hör doch auf, ich krieg sie schon noch rum, ich werde sie erziehen, und irgendwann wird auch sie ›Puisqu'ici bas‹ von Fauré lieben.«

»Ihr Gehör ist von den Gärtnern längst so geschädigt, dass sie Fauré nicht einmal mehr hören kann.«

»Sollen wir mal wieder gemeinsam Fauré spielen?«

»Ja! Dann spielen wir ›Au bord de l'eau‹, das ist ein so wunderbares Lied, und natürlich ›Après un rêve‹.«

26

Eine Woche lang war ich damit beschäftigt, die riesige Pappel, die am 26. Januar entwurzelt worden war, Stück für Stück zu entasten. Wenn ich mit meiner Husqvarna-Kettensäge zugange war, konnte ich die Schneeglöckchenwiese aus meinen Gedanken verbannen. Doch die Fenster meiner Seele waren beschlagen. Nichts gab mir noch Halt, nichts hatte Bedeutung. Nicht einmal die Tatsache, dass ich sie am Sonntag wiedersehen würde, konnte mich aufmuntern. Dass es so weit hatte kommen können! Als sie vergessen hatte abzubiegen und mich am Straßenrand hatte stehen lassen, war ich darüber nicht betrübt gewesen. Und nach dem ersten Sonntag in Breukelen hatte ich denken können: Was mich angeht, ist es jetzt vorbei. Warum war es jetzt, als hörte ich die ganze Zeit jemanden das Lied von Sibelius singen: »Säg, varför ar du sa ledsen i dag, du, som alltid är sa lustig och glad?« In meinem Garten wuchsen doch keine nachtschwarzen Rosen?

Während ich Zweige abbrach, sah und hörte ich die gläsernen, klimpernden Ohrhänger, die sie nach jenem Sonntag nie wieder getragen hatte. Erneut sah ich vor mir, wie sie ihre Arme nach mir ausgestreckt hatte. Eine Nacht, eine einzige Nacht hatte ich an ihrer Seite gelegen. Geschlafen hatte ich nicht. Ihr Duft und ihre Wärme hatten mich wach gehalten. Dass ein Duft, ein Lächeln, Körperwärme, die Art, wie sie meinen Kopf zwischen ihre Hände genommen hatte, so wichtig sein konnten. Dass diese Dinge entscheidend sein konnten!

Während der Woche, in der ich mich um die Pappel kümmerte, kam meine Nachbarin auf mein Grundstück. Meine Säge heulte, sie kam näher, ich schaltete die Säge aus, sie sah mich an, es schien, als wollte sie in Tränen ausbrechen, aber sie sagte bloß, auf einen der fünf Haufen deutend: »Warum lässt du Hissik nicht kommen?«

»Hissik? Wer ist Hissik?«

»Hissik hat einen riesigen Häcksler. Ein Nachmittag, und er hat alles beseitigt.«

»Das ist eine gute Idee«, sagte ich.

Nachdem ich Hissik angerufen hatte, kam er am Donnerstagabend vorbei, um zu schauen, wie viel gehäckselt werden musste. Unter einem kraftlosen Mond ging ich mit ihm zu den fünf Reisigstapeln.

»Das ist ein schöner Haufen«, sagte er, »für zweihundertfünfzig mach ich ihn klein.«

»Einverstanden«, erwiderte ich, »wann können Sie anfangen?«

»Morgen in aller Frühe, es gibt nur ein Problem: Ich komm mit meinem Krempel nicht an der Pappel vorbei. Darf ich über den Rasen fahren?«

»Das gibt natürlich Reifenabdrücke im Gras.«

»Leider ja, aber das ist unvermeidlich, wie der Mann so schön in der Hochzeitsnacht sagte.«

»Wie lange dauert es, bis die Abdrücke wieder verschwunden sind?«

»Ach, die wachsen in null Komma nichts raus.«

»Wichtig ist, dass sie verschwunden sind, wenn meine Frau wiederkommt. Die macht ein Riesentheater, wenn sie die Reifenabdrücke auf dem Rasen sieht.«

Hissik grinste. »Morgen in aller Frühe fahre ich über Ihren Rasen.«

Es lag mir auf der Zunge zu sagen: »Morgen früh? Dann

kann ich nicht.« Sylvia konnte schließlich heute noch anrufen und fragen: »Kannst du am Freitag?«

»Sie müssen dafür nicht zu Hause sein«, sagte Hissik, »ich weiß, wo die Stapel liegen, ich kann mich einfach an die Arbeit machen.«

»In Ordnung«, sagte ich, »kommen Sie morgen früh.«

Am Tag darauf fuhr er um halb zehn mit einer riesigen rot angemalten Mondlandefähre, aus der ein schräger Schornstein ragte, über den Rasen in meinen Hof.

»Morgen in aller Frühe habe ich Sie gestern, wenn ich mich nicht irre, sagen hören, jetzt ist es halb zehn«, sagte ich spitz.

»Ich bin ein wenig spät dran«, sagte er munter, »aber dafür gut ausgeschlafen.«

Er rückte seine blaue Baseballkappe zurecht und bugsierte sein Mastodon zum ersten Reisighaufen. Riesige Stahlfüße wurden ausgefahren; sie senkten sich zögernd und erreichten tastend den Boden. Klappen öffneten sich, wodurch ein gewaltiger Trichter entstand. Hissik warf einen Motor an. Kreischend begann sich in dem Trichter eine gezackte Rolle zu drehen. Der Lärm dröhnte über mein Grundstück, jagte die Kohlmeisen aus den Bäumen, übertönte den schrillen Gesang der Zaunkönige.

Ich suchte im Schuppen nach Ohrschützern. Nachdem ich welche gefunden und aufgesetzt hatte, erschien mir der Lärm fast ebenso dröhnend wie vorher. Als ich wieder ins Freie trat, war es, als würde das Geräusch nicht durch meine Ohren zu mir hereinkommen, sondern durch meinen mitvibrierenden Bauch. Trotzdem begab ich mich mutig zum Reisighaufen. Mit einem großen Ast ging ich zu dem brüllenden Monster. Vorsichtig schob ich das Ende des Astes in Richtung der rotierenden Rolle. Es war, als würde mir das Ding aus den Händen gerissen. Erst brummend, dann ratternd verschlang die Rolle

163

den Ast. Durch den hohen Schornstein erbrach die Maschine in einem zierlichen Bogen winzige Holzstücke.

»Sie helfen selbst mit?«, brüllte Hissik.

»Das hatte ich vor«, schrie ich.

»Dann habe ich einen zu hohen Preis genannt«, erwiderte er.

»Sie sagten gestern«, brüllte ich zurück, »dass mich die Sache zweihundertfünfzig Gulden kosten würde, und dabei bleibt es, auch wenn ich mithelfe.«

»Da sage ich nicht Nein«, grölte Hissik.

Er schaffte Äste herbei, ich schob sie in den Trichter. Es war, als würde mit jedem Ast, den der Häcksler packte, mein Kummer kleiner. Das donnernde Klappern, gegen das meine Ohrschützer nichts ausrichten konnten, betäubte mich. Sogar das elende hohle Gefühl in meinem Unterbauch, das immer in meine Magengegend hochzusteigen und sich dort dauerhaft niederzulassen drohte, wurde beim Anblick des Stroms aus weißlich-gelben Holzschnitzeln, die der Schornstein ausspuckte, erträglicher. Dank des dröhnenden Lärms schrumpfte die Welt, wurde das Universum kleiner, und dadurch schien es, als würde auch mein Leid kleiner.

Als wir den ersten Haufen verarbeitet hatten, schaltete Hissik das Mastodon aus.

»Die Maschine muss kurz abkühlen«, sagte er, »und währenddessen haben wir Zeit für ein Käffchen.«

»Gute Idee«, sagte ich.

Wir gingen zur Küchentür. Weil das Geräusch der Mondlandefähre verstummt war, schien es, als sängen die Zaunkönige unter dem Spülstein. Die Enten schnatterten, als würden sie das Einmaleins aufsagen.

Als der dampfende Kaffee vor uns stand, sagte Hissik: »Ich schaff das auch allein, Sie müssen mir wirklich nicht mehr helfen.«

»Mir gefällt die Arbeit«, erwiderte ich, »zwei Monate lang habe ich mir die Haufen ansehen müssen, es tut gut, sie verschwinden zu sehen.«

»Ich habe aber bemerkt, dass Sie zwischendurch ziemlich bedröppelt dreinschauen, bei Ihnen läuft im Moment wohl nicht alles wie geschmiert?«

Ich zuckte die Achseln, und er fuhr fort: »In der Schule wurde ich immer Cleverle genannt. Darum ist es auch so seltsam, dass ich es nicht weiter als zum Zweigezerhäcksler gebracht habe. Aber auch wenn ich nicht mehr so pfiffig wie früher bin, ich weiß zumindest, dass immer, wenn ich irgendwo häcksle und man mir helfen will, irgendwas nicht stimmt, und seltsamerweise ist es immer das Gleiche, jedes Mal ist es Liebeskummer, ja, ich bin nicht mehr ganz so pfiffig wie früher, aber trotzdem fällt mir auf, dass Sie schauen, als würde es auf altes Eis frieren.«

»Auf altes Eis frieren?«, fragte ich ihn erstaunt.

»Ja«, sagte er, »kennen Sie den Ausdruck nicht? Früher sagte man: Auf altes Eis friert es leicht. Damit wollte man sagen, dass jemand, der schon älter ist, sein Herz leichter an eine junge Dame verliert. Das ist das Problem, ja, ja, nicht umsonst hat man mich Cleverle genannt.«

»Sollen wir dann mal den nächsten Haufen ...«

»Was, jetzt schon? Immer mit der Ruhe, Mann, Rom wurde auch nicht an einem Tag erbaut. Warum haben Sie es so eilig? Ich habe keine Zeit, um Eile zu haben.«

Er schob seine leere Kaffeetasse ein wenig zu Seite und sagte tröstend: »Mein Vater hat immer zu mir gesagt: Wenn es eine gibt, die dich verschmäht, dann stehen zehn bereit, dich zu trösten.«

Erwartungsvoll sah er mich an. Er schien tatsächlich zu glauben, mich mit diesem Allgemeinplatz aufmuntern zu können. Als er sah, dass es nicht gelang, sagte er: »Jetzt überlegen

Sie mal selbst: Wie oft ist es schon vorgekommen, dass Sie sich Knall auf Fall verguckt haben? Mich hat die Erfahrung gelehrt, dass man, wenn man sich an die Frau erinnert, für die man vor zwanzig Jahren auf den Knien nach Rom gekrochen wäre, jedes Mal denkt: Was hab ich für ein wahnsinniges Glück gehabt, dass ich an der nicht hängen geblieben bin.«

Er nahm seine Baseballkappe ab und stellte den Verschluss ein Loch weiter, als müsste er in seinem Kopf Raum für weitere subtile Formen des Trostes schaffen. Er sah mich streng an und sagte mahnend: »Mann, Mann, Sie hat es aber ordentlich erwischt, ja, ja, ich weiß, wovon ich rede, in der Schule haben sie mich immer Cleverle genannt, und trotzdem hat mich mal eine Frau vollkommen aus dem Konzept gebracht. Ich habe ihr eine Liste mit Namen gegeben, unter denen sich auch ihrer befand. Ich sagte zu ihr: Gib mir einen Rat, wen soll ich heiraten? Tja, und dann hat sie mich genommen. Mir war, als würde mir Zucker in den Arsch geblasen, das können Sie sich bestimmt vorstellen. Wenn sie sich hingesetzt hat, brauchte sie eine halbe Stunde, um ihre Reize ordentlich zu verpacken. Als ich mit ihr zum Standesamt ging, war ich der glücklichste Mensch auf der Welt. Ich glaube, das Gefühl hat zwei Wochen angehalten. Wenn wir bei Tisch saßen, sagte sie immer mit schnurgeraden Lippen: Artis. Zunächst dachte ich noch: Was meint sie denn nur, will sie mit mir einen Ausflug in den Amsterdamer Zoo machen?«

»Artis?«, fragte ich verwundert.

»Aha, Sie begreifen es auch nicht. Sie wollte damit sagen, dass ich nicht anständig aß, dass ich mein Essen in mich hineinstopfte wie ein Flamingo oder dergleichen im Zoo.«

Er stülpte sich die Baseballkappe wieder über und sagte: »Und außerdem war sie eine von denen, die ihr ganzes Geld in die heiligen Hallen schleppen. Ständig hieß es Jesus hier und Jesus da, Mann, Mann, diese Religion ist schrecklich. In einem

Satz zusammengefasst läuft sie auf Folgendes hinaus: Den hübschen Kerl, die prächt'ge Maid, verdammt er bis in Ewigkeit, doch den allergrößten Schuft holt er mit Freuden aus der Gruft.« Er grinste breit. »Dann ist sie schwanger geworden. Sie bekam Schwangerschaftswahn. Bei V&D riss sie alles aus den Regalen. Oder war es bei C&A, egal, ich wollte das nicht mehr. Jeden Tag sah es so aus, als wäre sie mit dem falschen Fuß aus dem Bett gestiegen. Jeden Tag saß sie da, als hätte ihr jemand in die Suppe gespuckt. Wenn bei uns früher eine Frau einmal im Monat übellaunig und unausstehlich war, dann haben wir gesagt: ›Ach ja, das Mädel hat die rote Hölle‹, aber meine Frau hatte jetzt anscheinend jeden Tag die rote Hölle.«

»Oh, Mann, aber auf jeden Fall sind Sie sie los«, sagte ich.

»Ich sie los? Wie kommen Sie bloß darauf?«

»Sie reden die ganze Zeit in der Vergangenheit von ihr.«

»Wenn Wünsche Pferde wären, könnten die Bettler reiten.«

Er stand auf und sagte: »Wir sollten uns wieder an die Arbeit machen.« Er rückte seine Kappe zurecht und murmelte: »Als das erste Kind kam, wollte sie den Fußboden gefliest haben. Ich sag noch zu ihr: Muss das ausgerechnet jetzt sein? Demnächst rennt hier so ein kleiner Wicht rum, den müssen wir dann mit Knieschützern ausrüsten. Aber mit ihr war ja nicht zu reden.«

Auf dem Weg zu dem Mastodon blieb er plötzlich stehen. Er fasste mich am Ärmel und sagte: »Ein Freund von mir ist Witwer geworden, der Glückspilz! Und wissen Sie, was er daraufhin getan hat? Er heiratete wieder! Der hatte es wirklich nicht verdient, dass er Witwer wurde!«

Er schlurfte zum Häcksler, schaltete ihn an und rief, das Gedröhn übertönend: »Liebe? Mehr Leid als Freud!«

Ich nickte höflichkeitshalber. Er schrie: »In solchen Fällen hilft es mitunter, wenn man sich von Damen der horizontalen Kunst verwöhnen lässt.«

»Das ist nichts für mich«, antwortete ich und bugsierte dabei einen großen Ast in den Trichter. Er sah mich aufmerksam an, dann überbrüllte er das Geschepper seines Mastodons: »Die Wunde, die das Herz verletzt, sich jeder Heilung widersetzt.«

27

18. März, aber in Rotterdam schien die Sonne, als wäre es Sommer. Ich wartete vor dem Bahnhof. Um halb zehn wollte sie mich abholen. Um zwanzig vor zehn fuhr sie auf den Bahnhofsvorplatz. Sie küsste wie früher, sie trug das graugrüne Kostüm, alles schien unverändert.

»Wann musst du da sein?«, fragte sie mich.

»Um elf.«

»Dann haben wir noch fast anderthalb Stunden. Was sollen wir tun?«

»Wir könnten im Park beim Euromast ein wenig spazieren gehen.«

»Lass uns hinfahren«, sagte sie.

Wir rasten über die wie ausgestorben daliegenden Straßen. Menschenleere Straßenbahnen fuhren an uns vorbei. Die Stadt schlief.

Wir parkten an der Westerkade und stiegen aus. Es schien, als könnte die brüchige Wirklichkeit mit all dem unmärzlichen Sonnenlicht jeden Moment in sich zusammemfallen. Was geschah, wirkte wie Schein. Trotzdem sog ich den Duft der Nieuwe Maas ein, trotzdem sah ich, wie das Sonnenlicht die kleinen Wellen zur Ruhe ermahnte.

»Ich würde lieber am Wasser entlanggehen«, sagte sie.

Wir gingen am Fluss entlang. Alle Spaziergänge, die ich im Sommersonnenlicht an Flüssen gemacht hatte, schienen Generalproben für diesen einen Spaziergang an der Nieuwe Maas

169

gewesen zu sein. Meine Füße kickten Steinchen ins Wasser. Wo die Westerkade in den Veerhaven überging, setzten wir uns auf eine Bank. Wir schauten zum Veerdam hinüber. Alles schien gut, so wie es war. Dieser eine Moment – um den ging es doch, oder? Warum sollte man verlangen, dass er ewig währt? Ich saß doch neben ihr? Was spielte es schon für eine Rolle, dass sich dieser Zustand ändern konnte? Das Hier und Jetzt zählte doch?

Vorsichtig legte ich einen Arm um sie. Ihr Rücken gab nicht nach, mir war, als spürte ich Widerstand.

»Was ist?«

»Ach, die Menschen«, sagte sie, »ich kann keine Menschen mehr sehen. Keine Hunde, meine ich, und keine Katzen. Ruft gestern am späten Abend noch ein Rottweiler an, den ich im Laufe des Tages schon drei Mal am Apparat hatte. Wollte nicht kommen, wollte nur übers Telefon behandelt werden. Wie soll ich denn jemanden behandeln, wenn ich ihn nicht zu sehen kriege? Haben zu viel Schiss vorbeizukommen! Meinen, man könnte durchs Telefon sehen, ob das Tier eine Nierenbeckenentzündung hat. Ich war ziemlich schnippisch, und dann sagt diese Nervensäge, er werde sich bei meinem Chef beschweren.«

Verbittert starrte sie über das bezaubernde Wasser. Ein Mann mit einem weißen Pudel an einer grünen Leine ging an uns vorüber. Auf dem Fluss war fast geräuschlos ein Schiff unterwegs, auf dem eine Frau summend die Wäsche von der Leine nahm. Alles, was geschah und was in das seltsam unzeitgemäße Sommersonnenlicht getaucht wurde, schien sich lange vor meiner Geburt oder lange nach meinem Tod abzuspielen. Dass ich dort saß, wirklich saß, neben der Herrscherin meines Herzens, das konnte einfach nicht wahr sein. So viel unverdiente Gnade, konnte mir die wirklich in einem Mal so großzügig gewährt werden?

»Sollen wir weitergehen?«, fragte sie.

Wir spazierten weiter, Hand in Hand. Ich spürte, wie ihre Hand widerstrebte. Ich spürte Groll, Brummigkeit, Eingeschnapptsein, es war, als würde ihre schlechte Laune die zerbrechliche Traumsphäre vertiefen.

Wir gingen bis zum Westerplein, kehrten um, gingen am Fluss entlang zurück, wo das Wasser aus den Bergen und das Wasser des Meeres ewig Hochzeit miteinander feiern, und Gott sah, dass es gut war, sogar ihre schlechte Laune. Wir gingen in den leeren Park. Sogar die Jogger schliefen noch. In einiger Entfernung stand eine schlanke rothaarige Frau mit einem rot-weißen Hund.

»Das ist ein Drentscher Hühnerhund«, sagte Sylvia, »das sind schöne Hunde.«

Wir setzten uns wieder auf eine Bank.

»Ich zeig dir ein paar Fotos«, sagte Sylvia.

Sie holte einen Stapel Farbfotos aus ihrer Handtasche. Ich sah Schwager und Schwestern. Sie waren jung, sie gehörten einer anderen Generation an. Selbst ihr Vater und ihre Mutter waren nicht alt. Als ich ein Foto der ganzen Familie bei Tisch am Nikolausabend – Mozarts Todestag – sah, erschien es mir unmöglich, dass ich jemals ein Teil dieser Familie sein könnte.

Sie steckte die Fotos wieder ein. Die Sonne schien überreichlich auf die kaum knospenden Bäume. Gleichzeitig lag ein grünlicher Dunst über dem ganzen Park. Das Licht, das meine Augen so lieblich berührte, war das goldene Licht des Septembers. Trotzdem duftete der Park nach Frühling. Rotkehlchen und Zaunkönige sangen wie Kirchgänger.

»Ich glaube, wir sollten uns auf den Weg zu deiner Besprechung machen.«

Wir gingen zu ihrem silbernen Wagen, fuhren über stille Uferstraßen und gelangten über die Hauptverkehrsstraßen Vasteland und Boompjes zum Haringvliet. Dort hielten wir an. Durch Seitenstraßen gingen wir zu dem Restaurant beim Bahnhof Rotterdam Blaak, wo in einem geräumigen Saal im oberen Stockwerk ein Rotary Club seine Jahresversammlung abhielt, zu der auch Frauen und Kinder zugelassen waren. Als wir den Raum betraten, drückte man uns gleich ein Glas Champagner in die Hand. An vornehmen Damen vorbei, die aussahen, als hätte man sie noch rasch aus einem Friseursalon oder einem Nagelstudio geholt, führte man uns zu einem Tisch, wo ein älterer, aber gut erhaltener grauhaariger Mann Sylvia sofort in Beschlag nahm. Wir aßen Köstlichkeiten eines Traiteurs. Dann wurde angekündigt, dass ich über die Frage »Was ist Musik?« sprechen würde.

»Musik ist eine Sprache«, sagte ich, »genauso wie das Niederländische oder das Deutsche. John Eliot Gardiner meinte unlängst in einem Interview: ›Ich habe gelernt, in welchem Maße Mozarts Musik mit der Sprache, dem Sprechen, mit Satzbau und Konversation verwandt ist. Es geht um Rhetorik, Vortragskunst.‹«

Geduldig legte ich meiner Zuhörerschaft, die nach Chanel und Azzaro roch, dar, dass man eine Sprache nun mal lernen müsse und dass dies auch für die musikalische Sprache gelte. Während ich redete und spürte, dass mir – sosehr ich mein reiches Publikum auch verabscheute – mein Vortrag gut gelang, schaute ich immer wieder zu Sylvia. Permanent gingen mir beim Sprechen die Psalmenzeilen durch den Kopf:

> *Ich hab gelobt, wenn Du mir, dem Elenden,*
> *Beistand gewährst und Unheil ab willst wenden,*
> *will ich zu Dir, o Gott, mein Loblied senden.*

Mir war klar, dass kein einziger Lobgesang das Unheil noch abwenden konnte. Nicht einmal das beste Stück, dass ich mit dem mir gegebenen Talent zu komponieren imstande gewesen wäre. Es war, als trüge ich damit all meine Ambitionen zu Grabe, all meine Hoffnung auf Verwirklichung dessen, wovon ich als Kind gedacht hatte, dass es in mir stecken würde. Was mich schon immer bedrückt hatte – dass ich nicht einmal ein Johan Wagenaar oder Alphons Diepenbrock war –, schien sich nun in einen Gerichtsprozess zu verwandeln, in dem ich gnadenlos und endgültig verurteilt wurde. Selbst wenn ich das Talent eines Prokofjew gehabt hätte und ein unvergleichliches Meisterwerk wie dessen *Sechste* schaffen könnte, so hätte es doch nichts genützt, ich würde Sylvia trotzdem nicht halten können.

Langsam taumelte ich hinab in die Tiefen des Elends, und trotzdem redete ich ruhig weiter, trotzdem ging ich ohne zu schwanken zum Klavier und führte vor, wie man über die Quinte modulieren kann und wie über die Terz. Sylvia lachte über meine Musikerwitzchen. Sie saß in der Nähe, in Reichweite, aber die Psalmenzeilen polterten durch meinen Kopf. Nicht einmal der donnernde Applaus am Ende meines Vortrags brachte sie zum Verschwinden. Dann kamen die Fragen.

»Was halten Sie von Schönberg?«, fragte ein Herr mit einer altmodischen Lorgnette.

»Antal Dorati hat über ihn gesagt, und das unterschreibe ich ohne jede Einschränkung«, erwiderte ich, »dass sein Ausruf ›So kann es nicht weitergehen‹ ein Schrei des Intellekts war, nicht des Instinkts. Er blieb ein unglücklicher Romantiker, eine Gefangener seines Systems, ein Papst in seinem eigenen Vatikan.«

»Aber lehnen Sie die Zwölftonmusik denn nun ab?«, wollte eine alte Dame wissen.

»Sie war und ist eine Sackgasse«, antwortete ich.

»Aber was ist mit dem Violinkonzert von Berg? Und *Wozzeck?*«

»Phantastische Werke, am *Wozzeck* können Sie allerdings sehen, wie belanglos die Dodekaphonie ist. Zum Ende hin wird das Werk immer beeindruckender, aber es wird zum Ende hin auch immer tonaler.«

Ein Kerlchen mit einer riesigen Brille auf der Nase erhob sich und fragte mit schneidendem Stimmchen: »Was sind Ihrer Ansicht nach die zehn besten Musikstücke?«

»O Gott«, sagte ich, »auf diese Frage kann ich Ihnen nicht so mir nichts, dir nichts eine Antwort geben. Darüber müsste ich erst nachdenken.«

»Dann machen wir an dieser Stelle eine Pause«, unterbrach der Vorsitzende die Diskussion.

»Und ich kann kurz zur Toilette«, murmelte ich.

Als ich wiederkam, sah ich Sylvia lachend in Gesellschaft des grauhaarigen Mannes. Mir stockte der Atem, mein Herz setzte zwei Schläge aus.

Als ich wieder auf der Bühne stand, klopfte mein Herz, als würde es permanent den Takt wechseln. Trotzdem sagte ich: »Die zehn besten Kompositionen, das ist unglaublich schwierig. Es wäre leichter, die besten einhundert Stücke zu nennen. Aber gut, ich will es versuchen. Auf dem ersten Platz steht für mich schon seit Jahren das Adagio aus dem Streichquintett *C-Dur* von Schubert. Dann folgt der *Don Giovanni* von Mozart. Und das Terzettino aus *Così fan tutte*. Bach, die *Matthäuspassion,* daran führt kein Weg vorbei, und ›Isoldes Liebestod‹ aus dem *Tristan* und das Ende der *Walküre,* ab der Stelle, wo Wotan singt: ›In festen Schlaf verschließ' ich dich‹, und die Oper *Otello* von Verdi und das Quintett aus den *Meistersingern* … wie viele hab ich jetzt?«

Das bebrillte Kerlchen, das alles genau aufgeschrieben hatte, sah von seinem Blatt auf. »Wir sind bei acht«, sagte es streng.

»Oh, dann ist Nummer neun das Adagio aus der *Siebten* von Bruckner, und die Nummer zehn ist …«

»Nicht schon wieder Wagner«, rief eine Frau, »das ist alles so bombastische Musik.«

»Ach, gnädige Frau«, entgegnete ich, »hören Sie sich doch nur die ›Verwandlungsmusik‹ aus dem *Parsifal* an, das ist so unglaublich. Oder den ›Karfreitagszauber‹. Gott selbst hätte das nicht besser komponieren können.«

Nach dem Ende der Veranstaltung begaben Sylvia und ich uns zur Nieuwe Maas. Tief gebückt gingen wir unter der Auffahrt zur Willemsbrücke hindurch. Wir schlenderten über die Boompjeskade. Es war so warm, dass ich heftig ins Schwitzen geriet. Und das im März! Ständig dachte ich an das Quintett aus den *Meistersingern*: »Wach' oder träum ich?« Vorsichtig drückte ich Sylvia gegen die Betonwand der Willemsbrücke. Sie küsste so, wie sie immer geküsst hatte, lange, geduldig, leidenschaftslos. Nichts schien sich geändert zu haben, das Unheil schien abgewendet.

Das Wasser glitzerte, die Sonne brannte.

»Selbst im Sommer haben wir in den Niederlanden nur selten so schönes Wetter«, sagte ich.

»Ja«, sagte sie. »Ich sollte jetzt nach Hause fahren. Dann kann ich bei dem schönen Wetter noch ein bisschen im Wald spazieren gehen.«

Wir gingen zu ihrem silbernen Wagen. Auf den Terrassen saßen hemdsärmelige Rotterdamer. Frauen in weißen Kleidern flanierten über die Spaanse Kade. Das Wasser im Oude Haven roch.

Der Wagen war glühend heiß, als wir einstiegen. Auf der Westblaak und der Coolsingel fuhr sie schneller als fünfzig. Sie raste über die Weena. Beim Großhandelsgebäude hielt sie an.

»Ich glaube, es ist am bequemsten, wenn du hier aussteigst«, sagte sie. »Dann musst du nur noch den Platz überqueren, und schon bist du beim Bahnhof.«

Darüber, dass sie mich achtlos absetzen wollte, war ich zu erstaunt, um zu protestieren. Vor mir lag der Bahnhofsvorplatz mit seinen Straßenbahnhaltestellen, mit Straßenbahnschienen, gelben Bussen und mit Leuten, die in alle Richtungen gingen. In weiter Ferne glänzte der schmutzig-weiße Bahnhof. Ich machte mich auf, den Platz zu überqueren, und es sah so aus, als wäre ich nur ein Passant, den Sylvia ein kurzes Stück mitgenommen hatte und der nun wieder seines Weges ging.

Erst später, als der Zug über die Weichen schwankte, erlaubte ich mir in meinem leeren Abteil, laut zu seufzen. Es war seltsam, mich selbst so zu hören. Trotz allem konnte ich dabei noch denken: Die Liste, die zehn Meisterwerke, o nein, es waren erst neun, ich hatte die Oper *Carmen* noch nicht genannt, ja, *Carmen, Carmen,* und ich saß da und schluckte, ich schluckte und schluckte, um zu verhindern, dass ich dort, auf den knarrenden Weichen und in einem leeren Abteil, plötzlich zu schluchzen begann.

Es war, als sähe ich die Fledermaus wieder flattern, und laut sagte ich zu ihr: »Vielleicht kann man es besser ertragen, wenn man sicher weiß, dass es vorbei ist, und wenn der andere es auch gesagt hat, aber so, diese Ungewissheit, diese Gleichgültigkeit … einfach aus dem Auto geworfen … vor dem Großhandelsgebäude … und vor noch nicht mal einem Monat war ihr keine Anstrengung zu groß, um mich zu sehen. Sie hat sich sogar abends nach der Sprechstunde noch auf den weiten Weg zu mir gemacht … und jetzt, o mein Gott, das ist so schwer, das ist so hart, verdammt noch Mal, verdammt, verdammt, verdammt.«

28

Zu Füßen der Sankt-Bavo-Kirche lag der städtische Konzertsaal. Als ich an den Strebepfeilern der Kirche vorbeiging,
musste ich unwillkürlich an Mozart denken. Als Kind hatte er
auf der Orgel von Sankt Bavo gespielt. Wer auf der Orgelbank
Platz nimmt – ich habe das einmal gemacht –, weiß, dass er
nun genau dort sitzt, wo ein pockennarbiges kleines schmäch-
tiges Kerlchen, ein Hosenmatz, der mit seinen Füßen nicht an
die Pedale kam, seine Dreiklänge spielte. An das kleine Kerlchen werde ich nicht gern erinnert. Als er starb, so berichtet
sein Biograf Niemetschek, sagte ein Wiener Komponist, und
zwar kein unbekannter, ganz offen und ehrlich zu einem Kollegen: »Es ist zwar schade um ein so großes Genie; aber wohl
uns, dass er tot ist. Denn würde er länger gelebt haben, wahr-
lich! die Welt hätte uns kein Stück Brot mehr für unsere Kompositionen gegeben.« War das wirklich einmal gesagt worden?
Spielte es eine Rolle? Fest steht, Mozart hatte das allergrößte
Talent, und die Kompositionstechnik beherrschte er wie kein
anderer. In einem Zug hat er das *Ave Verum* niedergeschrieben.
Ohne etwas durchzustreichen, ohne jede Verbesserung. Ganz
mutlos macht einen das. Wenn ich an Mozart denke, habe
ich das Gefühl, als Komponist kein Existenzrecht zu haben.
Kommt man in einen Plattenladen – er nimmt den meisten
Platz ein. Schlägt man einen CD-Katalog auf – ihm sind die
meisten Seiten gewidmet. Liest man die Programme der Kon-
zert- und Opernhäuser – er wird am häufigsten genannt. Führt

man ein Jahr lang Strichlisten der im Radio ausgestrahlten Kompositionen – er wird am häufigsten gespielt. Man muss nur die *Maurerische Trauermusik* hören, um zu wissen, wie berechtigt das ist. Wenn man selbst das Bedürfnis und vielleicht auch das Talent hat zu komponieren, dann muss man ihn radikal vergessen, sobald man ein unbeschriebenes Notenblatt zur Hand nimmt.

In dieser Stimmung, mit vor Mozart schwerem Herzen, betrat ich den Haarlemer Konzertsaal. Damen in Faltenröcken und Twinsets schlenderten umher; Herren hielten dampfende Kaffeetassen in den Händen. Was ich auch sah, keine Frau wie Sylvia. Komponierte ich nur für diese jung Altgewordenen?

Ich sollte im Foyer des Hauses, so war es verabredet, über meine *Sinfonietta* sprechen. Auf Klappstühlen hockten bereits die Senioren und falteten ihr Programm.

Der Leiter des Haarlemer Orchestervereins begrüßte mich, und wir nahmen in der ersten Reihe Platz, ebenfalls auf Klappstühlen. Er sagte: »Die *Lydischen Nächte* von Diepenbrock können leider nicht aufgeführt werden, der Sänger ist krank geworden.«

»Das ist schade«, sagte ich.

»Wir haben es erst heute Morgen erfahren«, fuhr er fort. »In der kurzen Zeit konnten wir kein anderes Stück mehr ins Programm nehmen. Daher würden wir Ihre *Sinfonietta* gern zwei Mal spielen, einmal vor der Pause und einmal nach der Pause.«

»Ich hoffe, mein Stück ist gut genug, um das auszuhalten«, erwiderte ich.

Entschuldigend meinte er: »Das ist doch ganz bestimmt kein Stück, das man einfach so beim ersten Hören aufnehmen kann. Ich denke, es ist für die Zuhörer bestimmt ein Luxus, es ein zweites Mal hören zu können.«

»Ich fühle mich sehr geehrt«, log ich.

»Wir uns auch«, sagte er.

Der Leiter des Orchestervereins erhob sich, drehte sich um und wandte sich an die besetzten und unbesetzten Klappstühle und sagte: »Der Komponist der heute Nachmittag auf dem Programm stehenden *Sinfonietta* wird uns sein Werk nun ein wenig erläutern. Ich erteile Alexander Goudveyl das Wort.«

Er streckte die rechte Hand nach mir aus.

Auch ich erhob mich. Vorsichtig wandte ich mich dem Saal zu. »Wir sind von Geräuschen umgeben. Stille ist selten geworden. Selbst um vier Uhr nachts ist es unmöglich, Totenstille zu erleben. Immer bellt irgendwo noch ein Hund, auf der vierspurigen Schnellstraße fahren immer noch ein paar Autos, und ihr Geräusch trägt weit. Wie anders war es vor einhundert Jahren. Wie anders wird es wahrscheinlich in einhundert Jahren sein, wenn wir ein Transportsystem erfunden haben, das es ermöglicht, den Menschen wie Radiowellen über große Entfernungen zu transportieren. Wenn man heute abends über die Straße geht, hört man überall Geräusche, die es vor zehn Jahren noch nicht gegeben hat und die es in zehn Jahren wahrscheinlich nicht mehr geben wird.«

Mit beiden Fäusten trommelte ich abwechselnd auf einen der Klappstühle.

»Erkennen Sie das Geräusch?«, fragte ich das Publikum.

Stille im Saal.

»Zur Zeit hört man es abends überall«, sagte ich.

»In Haarlem hört man dieses Geräusch abends nie«, sagte ein Mann mit großer Entschiedenheit.

»Möglicherweise«, erwiderte ich, »aber das erscheint mir unwahrscheinlich. Wenn man hier am Abend an der Spaarne entlangspaziert, kann man es meiner Meinung nach Dutzende Male hören.«

Erneut ließ ich meine Fäuste abwechselnd auf die Sitzfläche des Klappstuhls fallen.

»Nein, ich weiß wirklich nicht, was Sie meinen könnten«, sagte der graue Mann.

»Gehen Sie abends nie raus?«, fragte ich ihn.

»Um halb acht gehe ich immer mit dem Hund Gassi«, sagte er.

»Was hören und sehen Sie dann?«

»Autos. Spaziergänger. Mofas. Manchmal ein Flugzeug.«

»Sonst nichts? Gibt es hier in Haarlem denn keine Jogger?«

»Die Jogger, die machen meinen Hund wild. Sie rennen einfach an einem vorbei, und der Hund will jedes Mal hinter ihnen her, und man muss jedes Mal wie ein Idiot an der Leine ziehen.«

»Diese Jogger«, fuhr ich fort, »trommeln unterschiedliche Rhythmen auf die Gehwege und auf den Asphalt. Es ist kein großartiges, auffallendes Geräusch, aber es ist eigenartig und faszinierend. Trifft man zwei Jogger, die in unterschiedlichem Tempo laufen, hört man das Folgende:« Mit Fäusten und Füßen trommelte ich zwei Rhythmen auf Klappstuhl und Boden. »Kommt noch ein dritter aus der entgegengesetzten Richtung hinzu, dann kommt etwas heraus, das ich hier im Alleingang nicht imitieren kann. In meiner *Sinfonietta* habe ich die Rhythmen der Jogger in Töne gefasst. Jetzt werden Sie fragen: Warum? Warum sollte ein Komponist alltägliche Geräusche imitieren? Niemand von Ihnen war sich bewusst, dass Sie, wenn Sie abends noch eine Runde drehen, tagtäglich mit dem rhythmischen Getrappel der Jogger konfrontiert werden. Jahrelang haben Sie darüber hinweggehört. Kunst hat die Aufgabe, die Sinne zu schärfen, zu reinigen. Nichts ist schwieriger, als sich eine unbefangene Wahrnehmung zu erhalten.«

Später, als meine *Sinfonietta* erklang, schämte ich mich für die Unbeholfenheit meiner Komposition. Außerdem schämte ich mich dafür, meinem Publikum weisgemacht zu haben, ich hätte den Rhythmus der Jogger in Musik gefasst. Als ich das

Werk komponierte, hatte ich keinen Moment an Jogger gedacht. Ich hatte mir die Geschichte nur aus den Fingern gesogen, um ihnen einen Anhaltspunkt beim Hören zu geben. Spielte es eine Rolle, dass dieser Anhaltspunkt nur ausgedacht war? Schließlich wäre die Musik ohne diesen Anhaltspunkt vollständig an ihnen vorbeigegangen.

Verzweifelt lauschte ich meinem eigenen Werk. Es wurde hervorragend gespielt. Umso mehr fiel mir auf, wie sehr jeder Takt um Verbesserung flehte. Auf der Bühne ließ eine junge Frau mit einem großen Schopf blonder Locken ihre Geige sinken. Wurde es ihr auch zu viel?

Nach dem Konzert fragte mich der Leiter des Orchestervereins: »Gehen Sie noch mit, etwas trinken?«

»Gern«, sagte ich.

Wir gingen durch die sonnige Janstraat. Wir betraten ein Restaurant, wo mich beim Reinkommen zwei Mädchen ansahen, als wäre ich eine Berühmtheit. Eine Dame in einem ledernen Glockenrock sagte: »Ein schönes Stück, Ihre *Sinfonietta*.«

»Das kann man wohl sagen«, kommentierte ein alter Mann.

Rasch trank ich zwei Gläser Weißwein. Fühlte ich mich weniger unglücklich? Es kam mir jedenfalls absurd vor, dass ich komponierte. Ich war sowieso nur ein Stümper. Jeder Takt von Mozart war besser. Wieder war mir, als spazierte ich zwischen den Marktständen und sähe die flackernden Öllampen.

Die Geigerin mit den blonden Locken kam ins Lokal. Sie könnte mich Sylvia vergessen lassen, dachte ich. Sie verschwand, kam kurze Zeit später mit zwei Teenagern wieder, die offenbar die ganze Zeit schon im Gastraum gewartet hatten. Sie kam auf mich zu; aus der Nähe wirkte sie älter, faltiger als auf der Bühne. Sie sagte: »Darf ich Ihnen meine beiden Söhne vorstellen?«

»Welchem Umstand habe ich diese Ehre zu verdanken?«, fragte ich.

»Sie wollen gerne einmal einen echten Komponisten aus der Nähe sehen, und außerdem joggen sie beide.«

Während ich den Jungen die Hand gab, sagte die Geigerin: »Vor allem das joggende kleine Mädchen, das am Ende Ihres Stücks mit heruntergerutschten Socken vorbeirennt, hat mir gefallen.«

»Aha, Sie wissen auch, was Satie zu Debussy bei der Uraufführung von *La Mer* gesagt hat?«

»Hätten Sie doch wenigstens so getan, als ob ich etwas Originelles gesagt hätte«, beklagte sie sich. »Nun denn, dann eben nicht, dann sage ich auch ehrlich, dass ich Ihre *Sinfonietta* nicht originell fand. All diese ostinaten Motive. Genau wie bei Tubin.«

»Tubin?«, fragte ich erstaunt, »wer ist Tubin?«

»Sie wollen mir doch nicht weismachen, dass Sie das Werk Tubins nicht kennen. Ihr Stück klingt wie eine geschickte Imitation seiner *Sinfonietta. Ostinato.*«

Warum betrübte es mich, aus ihrem Mund zu vernehmen, dass mein Stück eine Imitation war, obwohl ich doch selbst zweimal gehört hatte, wie schwach meine Komposition war?

»*Ostinato*«, sagte ich, »das ist das eintönige Trappeln der Jogger.«

»Ach was, ich wette, Sie haben keinen Moment an Jogger gedacht, als Sie Ihre *Sinfonietta* komponiert haben.«

Ich sah sie an, sie sah mich an, sie hatte graugrüne Augen. Dann sagte sie: »Ich benehme mich wieder unmöglich! Nicht umsonst hat mein Mann mich verlassen. Kann ich meine Unhöflichkeit vielleicht gutmachen, indem ich Ihnen ein Glas Wein besorge?«

»Das muss nicht sein, lieber ein hartes, ehrliches, aufrechtes Urteil über mein Werk als das ganze höfliche, scheinheilige

Lob, das ich mir vorhin anhören musste. Und außerdem … leider …«, seufzte ich, »wir können nicht alle Mozart sein.«

»Wenn alle Mozarts Talent hätten, würden wir sein Talent nicht als etwas Außergewöhnliches empfinden, und es gäbe gar keinen Mozart. Gäbe es keine zweitklassigen Komponisten, hätten wir auch keine erstklassigen.«

»Dennoch bitter, dass man als zweitrangiger Komponist eigentlich nur das Treppchen für die erstrangigen ist.«

»Die Größten«, erwiderte sie, »haben alles gekonnt. Aber eines nicht: Sie konnten nicht über ihre Mittelmäßigkeit trauern. Darum können große Komponisten, und für andere große Künstler gilt das ebenso, einem nie Mut machen, wenn man gerade denkt, was bin ich doch für ein Stümper. Nehmen wir Mozart, er konnte alles und hat sich nur ein einziges Mal geirrt, nämlich als er *Ein musikalischer Spaß* komponiert hat. Hier zeigt sich, dass er außerstande war, etwas Mittelmäßiges zu schreiben. Ganz zu schweigen, dass er es nie vermocht hätte, die Niedergeschlagenheit eines Menschen auszudrücken, der weiß, dass er eine Null ist.«

»Und bei welchem Komponisten kann man diese Niedergeschlagenheit hören? Wer macht einem Mut, wenn man denkt: Was bin ich für ein Versager?«

»Ein Komponist wie Lalo«, antwortete sie, »oder Hermann Goetz. Neulich fragte man mich, ob ich Lust hätte, ein Violinkonzert von Goetz zu spielen. Ein wunderbares Stück. Goetz betrauert erstklassig seine Zweitklassigkeit.«

Unvermittelt ging sie weg, kam mit zwei Gläsern Wein wieder, überreichte mir eines und sagte: »Größe bedeutet auch: Unerreichbarkeit. Nehmen Sie Schubert und Schumann. Sind Sie mit mir einer Meinung, dass Schubert größer ist als Schumann?«

»Tausendmal größer, wobei ich anmerken will, dass ich Schumann unendlich liebe.«

»Ich auch«, sagte sie, »Schubert ist viel größer, aber wissen Sie, was der Unterschied zwischen den beiden ist? Schubert macht dies ...«

Sie ging ein paar Schritte zurück, sah mich herablassend an und winkte mich mit einem Finger zu sich heran. Dann stellte sie ihr Glas ab und sagte: »Und wissen Sie, was Schumann macht? Er macht dies ...«

Sie breitete die Arme aus, sah mich an, als wäre sie verliebt, kam auf mich zu und schlang ihre Arme um mich. Instinktiv umarmte ich sie auch. Eng umschlungen standen wir da, wir hörten Stimmen, niemand achtete auf uns, die Sonne schien durch die hohen Fenster nach drinnen. Sie ließ mich wieder los, machte einen Schritt nach hinten, errötete und sagte: »Warum nur hat Schumann zuerst seinen Ehering in den Rhein geworfen und ist erst dann hinterhergesprungen?«

»Bernstein meinte neulich in einem Fernsehinterview, der junge Brahms habe Schumann total durcheinandergebracht. ›Der schönste Jüngling in Deutschland‹ soll er gesagt haben.«

»Ob Schumann deswegen ...? War er vielleicht homosexuell? Mensch, welch ein Gedanke. Darauf kann auch nur der bisexuelle Bernstein kommen!«

Wir unterhielten uns weiter. Wir tranken. Die ganze Zeit dachte ich: Gott sei Dank, eine Frau, mit der man sich über Musik unterhalten kann. Das ist doch etwas anderes als Sylvia.

Auf dem Weg zum Bahnhof gab ich ihr meine Telefonnummer, und sie gab mir ihre. »Ich ruf dich bald an«, sagte sie.

29

»Darf ich dich noch einmal sehen, bevor du nach Aruba fährst?«, fragte ich am Telefon.

»Ich muss noch so viel erledigen. Einen Bikini brauche ich noch, und Sommersachen muss ich auch noch kaufen, ich habe wirklich keine Zeit.«

»Es ist aber schon vier Wochen her, dass ich dich das letzte Mal gesehen habe.«

»So lange ist das her? Na ja, davor haben wir uns jedes Wochenende einmal gesehen und in der Woche auch oft ein- oder zweimal. Deinetwegen habe ich den ganzen Schlussverkauf verpasst.«

»Soll ich dich nach Schiphol zum Flughafen bringen?«

»Meine Eltern bringen mich hin. Die machen daraus ein regelrechtes Happening.«

»Dann hole ich dich wieder ab.«

»Nein, nein, meine Eltern kommen mich auch holen, nein, das geht nicht.«

»Willst du mich überhaupt noch sehen? Ich habe den Eindruck, du wimmelst mich ab. Dann sag lieber offen: Ich hab genug von dir.«

»Ganz und gar nicht, ich mag dich immer noch sehr, ich finde auch, dass wir uns zu selten sehen, aber ich habe in der Praxis so viel zu tun, laufend kommen Fällen von Trommelsucht rein ...«

»Trommelsucht, was ist das?«

»Das kommt bei Kaninchen oft vor. Sie fressen zu viele Kohlblätter, die dann im Magen und Darm zu gären anfangen. Dadurch entstehen große Mengen Gas, wodurch der ganze Bauchraum aufgebläht wird. Daran sterben die Tiere dann. Erst gestern ist ein Kaninchen im Sprechzimmer gestorben. Tja, wenn man zu lange wartet ...«

»Warum heißt die Krankheit Trommelsucht? Fangen die Kaninchen wegen ihrer aufgeblähten Bäuche an, mit den Hinterläufen zu trommeln?«

»Oh, das weiß ich nicht, ich weiß nur, dass man die Krankheit eben Trommelsucht nennt.«

»Infolge von Trommelsucht werde ich dich also nicht mehr sehen, bevor du verreist?«

»Nicht doch, ich muss einfach noch sehr viel erledigen, ich ...«

»Nun gut, dann sehen wir uns, wenn du aus Aruba zurück bist.«

»Noch etwas«, sagte sie, »Briefe schreiben und so was, das kann ich nicht, damit fang ich gar nicht erst an, und Karten schicken, das hasse ich. Wundere dich also nicht, wenn du vierzehn Tage nichts von mir hörst.«

»Was machst du noch gleich auf Aruba?«

»Surfen, schnorcheln und vielleicht, wenn ich mich traue, tauchen.«

Im Videotext las ich nach, wann ihre Maschine ging. In Gedanken flog ich einen ganzen Samstag mit ihr über den Atlantischen Ozean. Am späten Abend – bei uns war es Sonntagmorgen – landete ihr Flugzeug auf der Insel. Die ganze Zeit über war ich wach geblieben, sozusagen aus Solidarität mit ihr. Später am Tag rief ich Hester an.

»Sie ist weg«, sagte ich.

»Du Ärmster«, erwiderte Hester.

»Sie will surfen, schnorcheln und tauchen.«

»Sie ist eine Nixe«, rief Hester aus, »hättest du das mal gleich gesagt.«

»Wieso hätte ich das früher sagen sollen?«

»Dann hätte ich dich warnen können. Nymphen sind ungreifbar. Denk an Undine. Denk an Rusalka. Im Studium habe ich eine Hausarbeit über das Motiv der schönen Melusine geschrieben. Ich werde sie für dich raussuchen, damit du sie lesen kannst. Alle Melusinen, echte Nymphen, sind ungreifbar.«

»Als ob mich das trösten würde.«

»Musst du denn getröstet werden?«

»Sie ist vierzehn Tage weg.«

»Zwei Wochen. Ist das alles? Die sind um, wenn du zweimal gewaschen und zweimal gebügelt hast.«

Wie wenig stimmte das! Träge verstrichen die Tage. Die Stunden krochen dahin. Nachts lag ich hellwach in meinem Bett und lauschte Joannas Schnarchen, das bis zu mir durchdrang, obwohl ihr Zimmer von meinem weit entfernt lag. Manchmal schlief ich um fünf Uhr ein, die Zeit, um die ich eigentlich aufstehe. Dann wachte ich ein, zwei Stunden später mit einer Seele aus Blei auf. Oder mit einem Gefühl des Aufgeblähtseins im Unterleib, für das ich jetzt – seltsam, dass mich das ein klein wenig tröstete – einen Namen hatte: Trommelsucht. Ich litt an Trommelsucht. Wenn ich dieses Wort benutzte, kam es mir so vor, als könnte ich die Ursache meines Leidens vergessen.

Manchmal rief ich Hester an. Sie sagte: »Bestimmt, sie denkt an dich, sie denkt ebenso oft an dich, wie du an sie denkst. Sie ist so weit weg verreist, weil nur zehntausend Kilometer ihr helfen können, zu etwas auf Distanz zu gehen, was sie zu sehr in Beschlag genommen hat.«

»Sie denkt nicht an mich«, sagte ich, und es schien, als

spielte das keine Rolle. Es war, als hätte Sylvias Abwesenheit nichts mit dem bleischweren und zugleich hohlen Gefühl, mit der Trommelsucht, zu tun, die mich an mein Bett fesselte, in dem ich nicht mehr schlafen konnte. Es war, als trauerte ich vielmehr um die zu Unrecht durch »Feldeinsamkeit« zustande gekommene Ehe. Oder hatte es auch damit nichts zu tun, und es war einzig und allein das verzweifelte Gefühl der Mittelmäßigkeit, der Zweitklassigkeit, das mir Probleme machte?

Manchmal dachte ich an die Geigerin. Wenn ich sie einfach anrief? Vielleicht würde ich in ihren Schumann-Armen alles vergessen. Aber dann schien es mir die denkbar schlechteste Medizin gegen meine Trommelsucht zu sein. Nein, ich konnte mich besser nach anderen Heilmitteln umsehen. Wie hatte ich das früher bloß gemacht? Damals hatte ich meinen seltenen, niemals in Trommelsucht entartenden Liebeskummer mit meiner Begeisterung für einen der großen Komponisten heilen können. Aber die großen Komponisten waren mir ausgegangen. Dann dachte ich: Tubin. Ich schlug in Groves *Dictionary of Music and Musicians* nach. Darin stand nur: »Eduard Tubin, geboren am 18. Juni 1905 in Tartu; schwedischer Komponist estnischer Herkunft.«

Manchmal wurde das bleischwere, hohle Gefühl gegen Ende des Nachmittags schwächer. Dann war es abends beinahe ganz verschwunden, und ich konnte wieder atmen, reden und sogar Klavier spielen. An einem dieser trommelsuchtfreien Abende ging ich zur Bibliothek. Ich lieh vier CDs mit sieben Werken von Tubin aus. Als ich wieder zu Hause war, legte ich die *Zweite,* die *Legendäre,* auf. Schon bei den ersten Takten wusste ich, dass die blonde Geigerin recht hatte. Lange vor mir hatte jemand ausdrücken, mitteilen wollen, was ich heute sagen wollte. Tubin. Und er hatte es besser gemacht, als ich es je können würde. Gefesselt lauschte ich der *Zweiten.* Als noch meisterlicher erwies sich die *Dritte,* auch wenn die Lebenslust des ersten Satzes im Finale zu hohem Geschepper verkam. Nun ja, das Gleiche konnte man auch von Beethovens *Fünfter* sagen. Tubins *Vierte* war noch eine Stufe besser. Augenblicklich nahm mich diese souveräne pastorale Musik gefangen. Mit der monotonen *Fünften* scheiterte er, in der gekonnten *Sechsten* versank er in Niedergeschlagenheit, und noch düsterer war die *Achte* – ein hervorragendes Werk –, die *Neunte* erwies sich als grimmig.

Während ich an diesen von Trommelsucht geprägten Tagen ständig Tubin hörte, versank auch ich in tiefe Niedergeschlagenheit. Hier war ein wahrhaftig großer Komponist und trotzdem: Niemand kannte ihn. Wenn selbst so jemand unbekannt geblieben war, wie sollte dann ich mir Hoffnung auf eine bescheidene Fußnote in der Musikgeschichte machen dürfen?

Joanna verreiste. Sie sprang in Aachen ein. Ich war wieder allein zu Hause. Niemand erwartete von mir, dass ich aufstand oder etwas zu essen machte. Also tat ich es nicht mehr. Ich lag die ganze Zeit auf dem Bett, schlummerte manchmal für kurze Zeit ein und träumte dann von Reklameflugzeugen.

Ich konnte mich auch nicht mehr aufraffen, Hester anzurufen. Sie allerdings rief mich regelmäßig an, um besorgt zu fragen, wie es mir gehe.

»Einigermaßen«, sagte ich, »aber ich träume ständig von Reklameflugzeugen.«

»Reklameflugzeugen?«

»Ja, sie brummen die ganze Zeit herum.«

»Und wofür machen sie Reklame?«

»Weiß ich nicht, ich schau nicht auf, wenn sie vorbeifliegen.«

»Du solltest mal hochsehen.«

»Werde ich machen«, versprach ich.

»Du klingst ziemlich erschöpft. Ist alles in Ordnung?«

»Ja, sei unbesorgt, ich liege den ganzen Tag auf dem Bett und höre per Kopfhörer Tubin.«

»Tubin?«

»Ja, ein estnischer Komponist, der von 1905 bis 1982 gelebt hat. Er hat alles gesagt, was ich vielleicht zu sagen hätte. Nun bin ich endgültig überflüssig geworden. Jetzt kann ich wirklich mit dem Müllauto entsorgt werden. Oder recycelt.«

»Ich wünschte, ich hätte Zeit, zu dir zu kommen. Du isst natürlich auch nichts.«

»Das muss ich auch nicht, ich habe bereits einen vollen Bauch, einen sehr vollen, als hätte ich Trommelsucht.«

»Trommelsucht?«

»Schau einfach ins Lexikon, da steht alles genau drin.«

»Es geht dir überhaupt nicht gut.«

»Nein, aber vielleicht wird auf diese Weise noch was aus mir. Martinů hat schließlich seine Meisterwerke auch erst geschrieben, nachdem er vom Balkon auf einen Betonfußboden gestürzt war und bis zu seinem Tod an Kopfschmerzen litt.«

Sie legte auf, und bald darauf schlummerte ich ein. Wieder hörte ich das Brummen der Reklameflugzeuge. Als ich aufschaute, sah ich, dass am aschgrauen, bewölkten Himmel ganze Schwadronen vorüberflogen. Alle Flugzeuge zogen ein Transparent mit demselben Text hinter sich her. Die Banner flatterten wild im Wind und waren daher beinahe unlesbar. Außerdem stand der Text auf der von mir abgewandten Seite. Stand am Anfang jetzt ein d, oder war das der letzte Buchstabe? Drei e konnte ich erkennen und ein h am Anfang oder eben am Ende. War da noch ein l? Es sah ganz so aus.

Es kamen immer neue Flugzeuge, eins nach dem anderen, schwindelerregend langsam und durch den bleigrauen Novemberhimmel brummend, als hätten sie eine Nachricht, die für die ganze Welt bestimmt war.

30

Im Videotext wurde bereits zehn Stunden vor Ankunft des Flugzeugs angegeben, wann es voraussichtlich landen würde. Im Laufe der Nacht wurde die Ankunftszeit immer wieder korrigiert. Schließlich landete die Maschine eine Dreiviertelstunde später als geplant. Stundenlang starrte ich auf die grünen Buchstaben und Zahlen. Als sie gelandet war, schaltete ich den Apparat aus.

Die Sonne schien, es war Ostermontag. Auf der Straße am Wasser joggten Tautreter. Die Nachbarsfrau harkte im Garten. Beim Anblick all diesen Eifers hatte ich das Gefühl, es sei meine Pflicht, auch etwas zu tun. Unter einem mit kleinen weißen Wolken gesprenkelten Himmel hackte ich Buchenscheite. Das erinnerte mich zu sehr an den ersten Abend. Zu der gebückten, verbissen harkenden Nachbarin hinüberschauend, sagte ich: »Fledermaus, ich muss sie sehen, ich muss sie sehen, wenn ich sie jetzt nicht sehe, sterbe ich, dann ist es mit mir aus und vorbei.« Ängstlich vermied ich es, auch nur einen Blick auf das Telefon zu werfen. Wenn ich sie anrief, würde sie sagen, sie habe keine Zeit oder sie müsse sich vom Jetlag erholen. Ich holte mein Fahrrad heraus, schloss das Haus ab und fuhr zum Bahnhof. Ich kaufte eine Rückfahrkarte nach Utrecht. Dort angekommen, überlegte ich, unangemeldet bei ihr aufzutauchen. Sie war auch einmal unangekündigt zu mir gekommen, ich hatte also das Recht, einmal das Gleiche zu tun. Trotzdem war mir, als würde ich alles verderben, wenn ich das wagen sollte. Langsam ging ich durch den Utrechter Bahnhof zu einem öffentlichen Telefon. Mein Herz joggte in meiner Kehle, als ich ihre Nummer eintippte.

»Sylvia.«

»Ich bin's, Alexander, du bist also wieder da. Bist du noch wach? Musst du nicht schlafen? Wegen des Jetlags?«

»Ich habe schon im Flugzeug geschlafen.«

»Erschreck nicht, ich bin hier in Utrecht, kann ich dich kurz sehen?«

»Du bist in Utrecht? Wieso?«

»Wegen eines Osterkonzerts. Passt es dir, wenn ich kurz vorbeikomme?«

»Hier herrscht Chaos. Ausgepackte Koffer, Wäsche, Krempel.«

»Das macht nichts, darüber schaue ich einfach hinweg.«

»Außerdem kommt nachher eine Freundin.«

»Das macht doch nichts, oder? Wir werden einander nicht an die Gurgel gehen.«

»Nun gut, dann komm kurz auf eine Tasse Tee vorbei.«

Auf kürzestem Wege rannte ich von der Telefonzelle zum Taxistand. Mit beiden Händen riss ich eine Wagentür auf.

»Was soll das? Haben Sie es eilig? Müssen Sie vielleicht zum Arzt?«, fragte der Fahrer, der in seinem Wagen Zeitung las.

»Ich muss zu einem Tierarzt«, sagte ich, »in Rijnouwen.«

»Da gibt es einen Tierarzt?«

»Ja«, sagte ich.

»Oh, das wusste ich nicht. Als ich neulich einen Tierarzt brauchte, habe ich ganz hier in der Nähe einen gefunden. Soll ich Sie nicht hinfahren, der Mann hat mir damals vortrefflich geholfen.«

»Nein, nein, ich muss nach Rijnouwen.«

»Ich bring Sie dahin, wo Sie hinwollen, sogar zum Parlament, aber eines muss ich Ihnen sagen«, er startete unterdessen den Wagen, »mir ist neulich spitzenmäßig geholfen worden. Nun ja, neulich, vorigen Winter war's. Wir hatten ein Pony auf der Wiese. Meine Freundin fand, dass es zu kalt für das Tier wäre, und da wollte sie es in einem kleinen Nebenzimmer unterbringen. Davon war sie nicht wieder abzubringen, und das Pony kam ins Nebenzimmer. Nach einer Woche sah es da aus wie in einem Schweinestall. Und wie das gepisst hat, das Tier, einfach so aufs Parkett. Eine regelrechte Sintflut. Nach drei Tagen oder so hat das Parkett schon Wellen geworfen. Ich dachte: Dagegen müssen wir was unternehmen, ich also zum Tierarzt …«

Der Fahrer bremste vor einer roten Ampel, die Ampel sprang auf Grün, das Taxi beschleunigte wieder, und der Fahrer sagte: »Es kostet einen jedes Mal ein Vermögen, der Tierarzt, aber was sollte ich tun, ich stand da mit den Wellen im Parkett – also, um es kurz zu machen: Ich landete bei einem Mann mit kräftigen Handgelenken, und der war bereit, meiner Freundin am Telefon zu versichern, dass Ponys sehr leicht an Klaus…, mein Gott, jetzt habe ich das Wort vergessen … egal, irgendwas, weshalb sie nicht in kleinen Zimmern gehalten werden können, jedenfalls, das hat mich fünfundsiebzig Gulden gekostet, Mann, diese Tierärzte, die nehmen's von den Lebenden, und mindestens die Hälfte auch noch schwarz, aber das Pony stand am Ende wieder glücklich auf seiner Weide.«

Wir kamen am Gartenbauzentrum Koningsdal vorbei. Der Fahrer sagte: »Hier habe ich im Laufe des Tages schon ganze Wagenladungen abgeliefert. Die Leute hören sich heutzutage ihre Osterpredigt hier an. Wie dem auch sei, um auf den Tierarzt zurückzukommen: Früher hatte ich zu Hause mal ein aggressives Kaninchen, das kam angelaufen, wenn Besuch da war, und versuchte dann in die Zehen zu beißen. Ich musste das Tier abschaffen, es hat mir fast das Herz gebrochen, aber was sollte ich tun, das geht doch nicht, Gäste mit angeknabberten Zehen, also habe ich es beim Tierarzt einschläfern lassen.«

»Sie hätten das Kaninchen doch selbst ...«

»Sie sind aber brutal, mein Herr. So ein kleines Tier, das jahrelang ganz süß alle übriggebliebenen Kohlstrünke weggemümmelt hat! Dem schlägt man doch nicht selbst den Schädel ein, nein, das habe ich damals für ... lassen Sie mich kurz nachdenken ... ich glaube für zwei Zehner, oder waren es fünfundzwanzig Gulden ... egal, es war jedenfalls nicht billig, aber man hat dann auch weiter keine Arbeit damit.«

»Hier abbiegen«, sagte ich.

»Das ist nicht erlaubt«, erwiderte der Fahrer.

»Dann lassen Sie mich hier raus.«

»Wie Sie wollen. Und passen Sie beim Tierarzt auf. Die fangen schon an zu kassieren, wenn man reinkommt.«

Nachdem ich bezahlt hatte, rannte ich in den Wald. Der Wald summte vor lauter Joggern. Auf dem Rasen vor dem Herrenhaus saßen Senioren, die unter Anleitung einer schreienden Dame ihre Arme und Beine rhythmisch bewegten. In der Nähe des Hauses flammten auf dem Kies kleine Feuer auf. Ich hatte das Gefühl, überall ein Außenstehender zu sein, so als hätte ich mich in eine andere Zeit verirrt. Fand dieser Ostermontag überhaupt zu meinen eigenen Lebzeiten statt?

Rannte ich hier über die Wege? War ich selbst ein Jogger? Wenn ich einfach stur weiterrannte, würde ich sie dann vergessen, würde ich einfach nur müde werden und, wenn ich immer weiter und weiter rannte, irgendwann vor Erschöpfung zusammenbrechen?

Als ich ihre Wohnung betrat und sie mich flüchtig auf die Lippen küsste, da war mir, als bekäme ich mein Dasein wieder ein wenig in den Griff. Sie war jodbraun gebrannt, trug eine weiße Bluse und eine blaue Hose. Immer wieder schaute ich erstaunt zu ihr hin. Sie? Hatte ich ihretwegen so gelitten? Sie war doch auch nur eine der zwei oder drei Milliarden Frauen auf dieser Welt. Warum sie? Warum ich?

»Ich bin noch ganz durcheinander«, sagte Sylvia. »Ich kann kaum glauben, dass ich wieder hier bin, hier ist es so kalt.«

Sie machte Tee. Nebeneinander saßen wir auf der Couch. Sie roch anders als früher, aber immer noch herrlich. Es war, als wäre ich nur dieses Duftes wegen hergekommen. Sie sagte: »Ich habe Fotos. Willst du sie sehen?«

»Gern«, sagte ich.

Sie zeigte mir rund drei Dutzend Farbfotos. Auf den meisten war sie selbst zu sehen.

»Wer hat die Fotos gemacht?«, wollte ich wissen.

»Die hab ich selbst gemacht, mit dem Selbstauslöser«, erwiderte sie leichthin.

Auch das hier?, wollte ich fragen, tat es aber nicht. Die Antwort darauf konnte nämlich nicht positiv sein. Mit einer Tauchausrüstung auf dem Rücken stieg sie aus dem Wasser. Sie konnte das Foto nicht selbst gemacht haben. Die meisten anderen übrigens auch nicht. Warum log sie mich an?

»Du warst tauchen«, sagte ich.

»Ja, unter Anleitung. Es war gar nicht so schwer. Erst habe ich mich nicht getraut, aber dann ging es wie von allein. Und ich habe auch viel geschnorchelt. Das ist phantastisch. Man sieht unglaublich viele Fische! Ich könnte Stunden unter Wasser bleiben, ich könnte mein Leben lang schnorcheln. Und tauchen.«

»Warum bist du dann nicht Taucher geworden? Oder Tiefseeforscher? Warum bist du Tierärztin geworden?«

»Ich wollte Tierarzt werden, weil ich gern in der Nähe von den Jungs sein wollte, weil ich mit den Jungs Bier trinken wollte, ich wäre so gern selbst ein Junge gewesen.«

Auf einem der Fotos, das unmöglich mit dem Selbstauslöser gemacht sein konnte, stand sie, winzig, weit weg, in einem

Pavillon. Sie trank mit einem Strohhalm aus einer Kokosnuss. Sie trug eine weiße Bluse und einen kurzen blauen Jeansrock. Beim Trinken lächelte sie schalkhaft dem unsichtbaren Fotografen zu. Als das Foto gemacht worden war, war es bei uns Nacht gewesen. Ich hatte mit Trommelsucht im Bett gelegen und nicht schlafen können.

Auch auf den anderen Fotos war unbekümmerte, sonnenüberflutete Urlaubsfreude zu sehen. Bei jedem Foto, das sie mir zeigte, war mir, als wüsste ich, zu welchem Zeitpunkt es gemacht worden und wie meine Gemütsverfassung zu diesem Zeitpunkt gewesen war. Es war, als markierten die dreißig Fotos dreißig Momentaufnahmen aus den vergangenen vierzehn Tagen meines Lebens, und es kam mir so vor, als hörte ich die Reklameflugzeuge wieder brummen, als sähe ich wieder die flatternden Transparente, auf denen das Wort stand, welches der Taxifahrer mir auf dem Weg zu Sylvia nun verraten hatte, und die ganze Zeit sang es in meinem Kopf: »Ich trage Unerträgliches, und brechen will mir das Herz im Leibe.«

Während ich mir die unschuldigen, zum größten Teil nicht mit dem Selbstauslöser aufgenommenen Fotos ansah, kam es mir so vor, als wäre mir das Lied von Schubert zwei Wochen lang umsonst durch den Kopf gegangen. Ihr Unterwasserglück stand im Widerspruch zu meinen vierzehn Tagen Trommelsucht. Es reimte sich nicht damit, es passte nicht dazu, es war nicht hier Glück und dort Unglück, hier Dur und dort Moll. Meine Schlaflosigkeit hatte nichts mit ihrem Schnorchelvergnügen zu tun. Das eine rief das andere nicht hervor; was ich erlebt hatte, wurde nicht dadurch vervollständigt, dass sie über Korallenriffen geschwommen war. Es war alles umsonst gewesen; was sie erlebte, empfand, war so viel Trauer meinerseits nicht wert. Was die Flugzeuge mit ihren Bannern an den Himmel geschrieben hatten, schien mir fehl am Platz, es passte ganz offensichtlich nicht zu einer jungen Frau, die triefend aus

dem Meer emporstieg oder träge über majestätisch schweben-
den Rochen schwamm.

»Beinahe wäre ich auch noch bekehrt worden«, sagte sie.
»Abends habe ich kurz einen Tauchlehrer besucht, und der
fing an, über die Bibel zu reden.«

Hat dieser Tauchlehrer die ganzen Fotos gemacht, wollte ich
sie fragen, aber draußen kreischte ein Fasanenhahn.

Vorsichtig sah ich sie an, sie war so schön, so unglaublich
schön. Jodbraun stand ihr wunderbar. Leise fragte ich sie:
»Hast du während der vierzehn Tage auch mal an mich gedacht?«

»Ja«, sagte sie, »als die *Matthäuspassion* im Fernsehen war,
mit dem ›Erbarme‹, davon habe ich ein Stück gesehen.«

Erbarme dich, wollte ich sagen, aber stattdessen fragte ich
sie: »War es schön, deinen Exfreund wiederzusehen?«

»Sehr schön, es geht ihm gut auf der Insel da.«

»Ist das denn nicht schwierig, einen Ex…«

»Nein, im Gegenteil, es ist immer schön, eine alte Liebe
wiederzusehen.«

»Triffst du dich öfter mit deinen Verflossenen?«

»Ich schleppe alle meine alten Lieben hinter mir her«, sagte
sie feierlich.

»Ich geh dann mal wieder.«

»Ich bring dich schnell zum Bahnhof.«

»Das ist nicht nötig, du bist müde, du hast Jetlag, du kannst
jetzt nicht so gut fahren.«

»Ich bring dich schnell«, sagte sie.

Wir fuhren an den sich noch immer rhythmisch bewegenden Senioren vorüber, an noch glühenden Osterfeuern und
ausweichenden Joggern.

Am Bahnhof kaufte ich ein Zusatzticket, um in der ersten
Klasse fahren zu können. Wieder hatte ich das Bedürfnis nach
einem leeren Abteil.

Als wir an Breukelen vorbeikamen und ich vom Zug aus das kleine Fenster des Mansardenzimmers sehen konnte, wo ich das erste Mal mit ihr geschlafen hatte, hörte ich mich selbst murmeln: »Fledermaus, weißt du, wie es sich verhält: Vielleicht war ich ja stolz darauf, dass ich vierzehn Tage lang ihretwegen so viel Kummer hatte. Und jetzt, nachdem ich die ganzen Fotos gesehen habe, weiß ich, dass dieser Stolz auf jeden Fall fehl am Platz war.«

31

Ende April, es war noch Frühling, schien aber bereits Sommer zu sein. Die dunklen Wipfel im Pelmolenplantsoen verschränkten ihre beblätterten Äste und bildeten so einen langen Tunnel. Ging ich hier zum letzten Mal entlang? Auch die Friedhöfe leuchteten feierlich hellgrün. Sonnenlicht glühte auf Kieswegen. Wenn ich dort einmal liegen würde, in meinem kleinen Zimmer mit sechs Wänden, dann müsste ich nie wieder komponieren. In der Gracht rund um die Bastion Sterrenburcht balzten Haubentaucher. Schon von Weitem hörte ich aus dem Wald den heiseren Ruf eines Fasanenhahns erschallen.

Um nicht zu früh zu kommen, schlenderte ich am Kromme Rijn entlang. Auf dem Treidelpfad lief nur eine Joggerin an den Vogelwicken vorüber. Sie überholte mich, hielt ein Stück weiter bei einer Bank an, setzte sich und schnürte ihren Schuh fester. Während ich an ihr vorbeiging, musterte ich ihr rotes, verschwitztes Gesicht und ihr Haar, das von einem blauen Band gehalten wurde. Sie überholte mich erneut und hielt wieder bei der nächsten Bank, um dort ihren anderen Schuh zu schnüren. Als ich zum zweiten Mal an ihr vorbeiging, sah ich ihr frech in die Augen. Sie grinste, zog das blaue Band aus den Haaren, und blonde Locken fielen links und rechts an ihrem verschwitzten Gesicht herab. Sie stand auf und ging dann neben mir her. Schweigend schlenderten wir eine Weile am Wasser entlang. Sie fragte: »Träumen Sie in Farbe oder in Schwarz-Weiß?«

»Da fragen Sie mich was«, erwiderte ich, »darauf habe ich noch nie geachtet.«

»Früher habe ich in Schwarz-Weiß geträumt«, sagte sie, »aber seit wir Farbfernsehen haben, träume ich in Farbe, seltsam, nicht?«

»Eigenartig«, sagte ich.

Sie lächelte. Wir gingen gemütlich am sich kräuselnden, glitzernden Wasser des Kromme Rijn entlang. Es war, als würde mir irrtümlich ein kleines Stückchen Leben einer anderen Person zuteil. Es handelte sich nur um einen unschuldigen Spaziergang mit einer jungen Joggerin am Ufer. Es war nicht schlimm, es kurz zu übernehmen. Außerdem trappelte die Joggerin schon wieder, sie lief schon wieder, zweimal schaute sie sich noch um und winkte zweimal, und dann flitzte sie am Wasser entlang davon.

Um halb zehn kam ich beim Gutshaus an. Vor gar nicht allzu langer Zeit hatte sie noch gesagt: »Komm um halb neun, sonst haben wir so wenig Zeit.« Jetzt wurden sogar schon die Stunden rationiert.

Im Flur hörte ich Stimmen, die aus ihrer Wohnung drangen. Vorsichtig klopfte ich an ihre Tür. Sylvia rief: »Herein!« Langsam öffnete ich die Tür. Außer Sylvia saß die Frau am Tisch, die ich bei unserer allerersten Begegnung in Den Haag auf dem Platz gesehen hatte.

»Schön, dich einmal wiederzusehen«, sagte ich zu der Frau.

Sie lachte laut auf. Sie war kleiner, zierlicher als Sylvia, aber ihre Zähne und Augen waren größer. Sie sah aus wie ein überaus schönes Rhesusäffchen. Sie wollte etwas sagen, aber da klingelte das Telefon.

»Gehst du kurz ran?«, fragte Sylvia ihre Freundin.

Diese nahm den Hörer ab, horchte und sagte dann: »Nein, tut mir leid, die ist nicht da«, und legte den Hörer wieder auf.

Lächelnd schaute sie auf und sagte unbekümmert zu Sylvia: »Du hast es dir bestimmt schon gedacht, und tatsächlich, es war Richard.«

Sylvia erstarrte, fasste sich aber sogleich wieder, und ich dachte: Wer ist Richard? Ach, ganz gleich, wer er ist, sie will jedenfalls nicht mit ihm telefonieren, also … wie dem auch sei, Sylvia und Petra haben heute Nacht zusammen in Sylvias Bett geschlafen. Bestimmt haben sie auch Herzensgeheimnisse ausgetauscht, und Petra weiß jetzt genau, wie Sylvia über mich denkt.

Darum redete, lachte und scherzte ich mit Petra. Ich hoffte, von ihr erfahren zu können, wie meine Aktien stehen. Wir tranken erst Tee, gleich danach dann Kaffee. Immer wieder gelang es mir, Petra zum Lachen zu bringen. Allmählich wurde meine Stimmung besser. Petra behandelte mich so selbstverständlich als Sylvias Geliebten, dass alles in bester Ordnung zu sein schien.

»Träumst du in Schwarz-Weiß oder in Farbe?«, fragte ich.

»Oh, das weiß ich nicht«, erwiderte Petra lachend. »Ich träume eigentlich nie, aber neulich, da habe ich geträumt, ich …«

»He, pfeift da draußen nicht jemand?«, fragte ich.

Sylvia ging zum Fenster, schaute hinaus und bewegte ihre rechte Hand vorsichtig hin und her. Gab sie jemandem ein Zeichen?

»Du hörst mir ja gar nicht zu«, beschwerte sich Petra.

»Doch«, sagte ich, »du hast neulich geträumt.«

»Genau«, sagte Petra, »ich habe neulich geträumt.« Sie sah mich mit ihren großen Rhesusaffenaugen an, und wir lachten beide.

Wir brachten Petra zum Bahnhof. Zusammen fuhren wir, Sylvia und ich, zurück zum Wald. Auf einem schmalen Pfad, der an einem Wassergraben mit abfallender breiter Böschung und an Kopfweiden entlangführte, gingen wir spazieren. Wir gingen Hand in Hand, und bei jedem Schritt schwangen unsere Hände weit nach vorn und nach hinten, als bildeten sie zusammen eine Schaukel. Auf dem höchsten Punkt krümmte sie jedes Mal ihre Finger. Verärgerung? Ein älterer Jogger lief an uns vorbei.

»Bestimmt jemand vom Inlandsgeheimdienst, der uns beobachtet«, sagte ich.

Ihre Hand spannte sich, ich spürte ihre Knöchel. Wie beiläufig sagte ich: »Wenn es dir zu viel wird, dich zu viel Zeit kostet oder du aus anderen Gründen nicht mehr willst, musst du es sagen.«

Sie schüttelte den Kopf.

»Es passiert meistens von ganz allein«, sagte ich, »aber es ist schwer, Schluss zu *machen*. Dafür müsste mal jemand ein Handbuch schreiben, darüber, wie man einen Schlussstrich zieht.«

Sie schüttelte erneut den Kopf. Unsere verschränkten Hände schaukelten jetzt bei jedem Schritt wie wild durch die Frühlingsluft.

»Wir müssen zurück«, sagte sie, »ich muss zur Arbeit.«

»Und ich fahre nach Amsterdam. Kannst du mich noch ein Stück weit in Richtung Bahnhof bringen?«

»Ich fahr dich hin«, erwiderte sie kurz.

Wir fuhren in die Stadt. An einer Tankstelle hielt sie an.

»Ich muss tanken«, sagte sie. »Von hier aus ist es nicht mehr weit bis zum Bahnhof.«

»Prima, dann gehe ich zu Fuß.«

Nachdem ich erneut vergeblich bei der Stiftung Donemus gewesen war, ging ich zu Hester.

»Du bist nur noch Haut und Knochen«, sagte sie, als sie mich umarmte.

»Ich habe noch nie so wenig gewogen«, sagte ich stolz.

»Hast du sie in letzter Zeit gesehen?«

»Noch heute Morgen.«

»Und, wie sieht es aus?«

»Keine Ahnung, ich werde aus all dem nicht schlau. Eine Freundin war bei ihr zu Besuch. Die benahm sich, als seien Sylvia und ich immer noch fest verbunden. Später haben Sylvia und ich noch einen Spaziergang an den Kopfweiden entlang gemacht. Ich habe ihr vorgeschlagen, einen Schlussstrich zu ziehen, aber sie hat mit dem Kopf geschüttelt.«

Um nicht plötzlich in Tränen auszubrechen, ballte ich die Fäuste.

»Man sagt doch, ein Mensch bestünde zu achtzig Prozent aus Wasser«, sagte ich.

»Was hat das denn jetzt damit zu tun?«, fragte Hester erstaunt.

»Achtzig Prozent Wasser können doch nicht so viel Trauer empfinden. Nun gut, meinetwegen auch neunundsiebzig Prozent«, fügte ich hinzu, während ich energisch die beiden Tränen wegwischte, die ungeachtet meiner geballten Fäuste die Chance ergriffen hatten, meine Wangen herunterzurollen.

»Das Ganze ist so erniedrigend«, fuhr ich fort. »Sie bestimmt, wann und wie lange wir uns sehen, und ich muss mich fügen.«

»Wer am stärksten verliebt ist, ist die schwächere Partei.«

»Ich würde so gern wieder das Heft in die Hand nehmen, ich bin so abhängig von ihr, ich wünschte, ich hätte die Kraft zu sagen: Ich ziehe einen Schlussstrich. Das Merkwürdige ist, dass ich da, obwohl ich doch realistisch gesehen schon drei Fünftel meines Lebens hinter mir habe, erst jetzt drauf komme, dass derjenige, der Schluss macht, der ist, der die Beziehung eigentlich fortsetzen will. Man macht nicht Schluss, weil man selbst nichts mehr für den anderen empfindet, sondern weil der andere nichts mehr für dich empfindet. Das fühlt man permanent, wenn man den anderen wiedersieht, und das ist unerträglich, und darum macht man Schluss.«

Ich schwieg einen Moment. Dann sagte ich: »Diese Ausdrücke, die man dafür benutzt! Schluss machen! Schon dieses Wort macht mich todunglücklich.«

Mit noch immer geballten Fäusten schaute ich zu Hester hinüber und sah, wie zerbrechlich, wie fragil sie war. Sie ist eine zarte Schönheit, dachte ich, und meine Fäuste entspannten sich.

»Ich verstehe das einfach nicht«, sagte ich, »sie war so verliebt in mich, sie ist abends spät fünfzig Kilometer in dreißig Minuten gefahren, um mich noch kurz zu sehen. Jahrelang hat sie die Veranstaltungshinweise in den Zeitungen studiert, um zu erfahren, wo wir auftreten. Und jetzt?«

»Sie ist eine Nixe«, sagte Hester, »wirklich, das erklärt ...«

»Ach, komm, was soll das denn jetzt, sie war so verliebt, und dadurch bin ich ... bestimmt, wenn sie ... sie hat das Feuer entfacht ... ich hätte nie ... ich bin gar nicht so, verdammt, was soll ich jetzt tun, womit habe ich das verdient, ich will das überhaupt nicht ...«

»Sie saugt all deine Liebe aus dir heraus, ohne sie zurückzugeben«, sagte Hester, »und solche Frauen üben laut Freud die größte Anziehungskraft auf Männer aus ...«

»Ach, Freud«, sagte ich gequält, »Psychoanalyse! Diese Leute behaupten doch auch, alle Musiker seien anal fixiert.«

»Sind sie das denn nicht? Lies Mozarts Briefe. Nichts als Scheiße, Kacke und Pisse, und dazu ein Kanon auf ›Leck mir den Arsch fein recht schön sauber‹.«

»Angenommen, du glaubst, was Freud sagt«, entgegnete ich, »was bringt dir das dann? Empfinden achtzig Prozent Wasser dann weniger Trauer?«

»Vielleicht kann man ja etwas leichter auf Distanz gehen ...«

»Ach, nein, das macht keinen Unterschied. Weil sie so heftig in mich verliebt war, habe ich mich in sie verliebt. Sie hat mich mit offenen Armen ins Paradies geholt, und nun schiebt sie mich sanft wieder hinaus. Sie hat mich in den siebenten Himmel hochgezogen, und jetzt werde ich jede Woche einen Himmel weiter nach unten versetzt. Ich begreife das nicht. Kann große Verliebtheit so schnell vergehen?«

»Meistens tut sie das nicht.«

»Warum dann bei ihr? Wirklich, das ist doch unakzeptabel. Du darfst kurz ein wenig im Garten Eden herumspazieren, und anschließend wirst du wieder hinausgeschmissen. Das geht doch nicht.«

»Vielleicht verstehst du jetzt, warum Don José Carmen am Ende erdolcht.«

»Nein, das verstehe ich nicht, das will ich auch nicht verstehen ...«

»Wart's ab, vielleicht kommst du ja noch dahinter, auf jeden Fall verstehst du jetzt bestimmt, warum Donna Elvira ...«

»O Gott, die! In meinen Augen ist sie immer nur ein hysterisches Weib gewesen, und jetzt bin ich selbst ... jetzt kann ich ... warum ... nein, damit will ich auch nichts zu tun haben, dann lieber Madame Butterfly: ›Ehrenvoll sterbe, wer nicht länger mehr leben kann in Ehren.‹ Es ist so unendlich erniedrigend, so abhängig von der Gunst eines anderen Menschen zu sein.«

»Ein bisschen gekränkter Stolz, ein bisschen Schmerz, ist das denn so schlimm?«

»Das kommt zu allem anderen noch dazu, sie küsst so phantastisch, sie riecht so herrlich, ich kann ohne sie nicht mehr leben. Stell dir doch mal vor: Noch vor drei Monaten sind meine Tage sorglos und unbekümmert verstrichen. Dann steht sie eines Abends bei mir vor der Tür, und jetzt ...«

Wieder musste ich die Fäuste ballen und die Lippen fest aufeinanderpressen. Ich ging zum Fenster, schaute auf die Gracht, an der Hester wohnte, und sagte zum Fenster: »Jedes Wort, das der andere Mensch sagt, das legt man auf die Goldwaage, jede Handlung, jeden Gesichtsausdruck beobachtet man ängstlich, um daraus sein Schicksal zu deuten, und das will ich nicht, ich will nicht wie Wachs in den Händen anderer sein, und ich will auch nicht das Gefühl haben, dass ich mich dem anderen aufdränge, dass ich um die Gunst eines anderen bettle, ich will das nicht, ich will das nicht.«

32

Es war Mai, es war ein guter Tag, um das erste Lied aus *Dichterliebe* zu singen. Sie hatte versprochen, um halb zwölf zu kommen. Oder hatte sie damit gemeint, dass sie um halb zwölf zu Hause losfahren wollte? Ich wusste es nicht mehr, ich rechnete aus, wie viele Tage ich sie nicht gesehen hatte. Es waren neun. All diese Tage wurden aus meinem Leben gelöscht, nur die Tage mit Sylvia zählten. Tage? Stunden! Ich dachte an die zahllosen Telefongespräche, an all die Male, wo sie gesagt hatte: »Wir sehen einander viel zu wenig«, und: »Ich finde dich immer noch sehr nett.« Sie hatte das wirklich gesagt, und sie meinte, was sie sagte. Trotzdem sah es so aus, als spräche sie mit diesen Worten das Urteil über mich. Wenn sie anrief und etwas Beruhigendes sagte, dann sank mein Mut. Rief sie nicht an, litt ich an Telefonkummer. Manchmal dachte ich, ich könnte über das Telefon und über die Liebe je eine Abhandlung schreiben. Darüber, dass man es kaum wagt, einen Fuß vor die Tür zu setzen, weil man fürchtet, sie könnte anrufen, sobald man die Tür hinter sich zugemacht hat. Oder über die Tatsache, dass der Apparat selbst mit der Zeit immer mehr zum Beteiligten wird, der sich frech in deine Angelegenheiten einmischt und ein lebendes Wesen zu sein schien.

Sie wollte um halb zwölf kommen oder um halb zwölf zu Hause losfahren. So viel stand fest. Mit laut klappernden Holzschuhen ging ich durch den Garten. Bei der Erlenhecke, welche die Grenze zu meinen Nachbarn markiert, hörte ich ein dünnes, summendes, gespenstisches Geräusch. Ich schlüpfte aus meinen Holzschuhen und stellte mich auf sie drauf. Als ich über die Erlenhecke schaute, sah ich, dass die Nachbarn, um die Vögel zu verscheuchen, schmale braune Stoffstreifen über ihre Erbsen und Kaiserschoten gespannt hatten. Stoffstreifen? Es waren keine Stoffstreifen, es waren lange Stücke Band, die von einer altmodischen Spule abgerollt worden waren, wie man sie früher für Tonbandgeräte verwendet hatte. Die braunen Bänder raschelten im Wind, flatterten auf und ab und rieben aneinander. Manchmal, wenn der Wind kurz zunahm, sangen die alten Bänder ein ätherisches Lied: »Ein Lied im höhern Chor. Aus der Tiefe rufe ich, Herr, zu dir. Herr, höre auf meine Stimme, lass deine Ohren merken auf die Stimme meines Flehens!«

Während die Bänder leise, aber ausgelassen jubelten, kam meine Nachbarin in den Garten. Sie war bleich, und es war, als stimmten die Bänder für sie Psalm 42 an: »Was betrübst du dich, meine Seele, und bist so unruhig in mir?« Weil ich lieber nicht von ihr gesehen werden wollte, stieg ich von meinen Holzschuhen. Schmerzlich summten die Bänder, und ich bemerkte, dass die Blätter der Erle mit dunkelgrünen Erlenblattkäfern bedeckt waren, es kam mir vor, als sängen die Bänder: »Deine Fluten rauschen daher, dass hier eine Tiefe und da eine Tiefe brausen; alle deine Wasserwogen und Wellen gehen über mich.«

Schnell ging ich zurück ins Haus. Auf dem Speicher fand ich noch zwei alte Tonbänder. Vor langer Zeit hatte ich darauf Kantaten von Bach aufgenommen. Mit den Spulen ging ich in den Garten, ich wickelte sie ab und spannte lange Bänder zwischen den Bäumen. Als ich sechs Bänder angebracht hatte, bekam der Wind sie zu fassen. Aber ihre ätherische Musik klang anders als die, welche über den Erbsen und Kaiserschoten ertönte. Trotzdem schien auch diese transparente, ungreifbare

Sechstonmusik, die lauter und leiser wurde, je nachdem ob der Wind zunahm oder abflaute, wie komponiert, um Psalmtexte zu begleiten: »Die Pflüger haben auf meinem Rücken geackert und ihre Furchen lang gezogen.«

Um halb drei fuhr sie auf mein Grundstück. Sie parkte ihren Wagen genau vor der Pappel. Sie kletterte über den Stamm und sagte: »Kannst du den Baum nicht mal entfernen lassen?«

»Das sagt Joanna auch immer, aber ich weiß nicht, wie. Keiner kann mir helfen, nicht einmal der Fachmann für Baumfällungen hier im Dorf. Er sagt, ich müsste warten, bis es friert. Dann könnte man die Krone, die über dem Wasser hängt, absägen und den Stamm vielleicht wegschleppen.«

Sie sah mich düster an: »Ich bin in einer schrecklichen Stimmung, ich sehe alles schwarz.« Dann fuhr sie fort: »Das Wetter ist so wunderbar, kann ich mich hier vielleicht ein wenig sonnen? Hast du einen Liegestuhl oder so?«

Ich holte zwei Luftmatratzen vom Speicher. Sie zog ihren Rock und ihre Bluse aus und legte sich auf die eine Luftmatratze. Ich streckte mich auf der anderen aus.

»Wie geht's dir?«, fragte sie.

»Ein wenig deprimiert?«

»Bin ich daran schuld?«

»Ach.«

»Bestimmt bin ich daran schuld. Auf Aruba habe ich mit meinem Exfreund sehr viel über Beziehungen gesprochen. Er hat mir erzählt ... wie soll ich mich ausdrücken ... nun ja, es läuft darauf hinaus, dass er eine sehr lange Beziehung hatte, dann haben sie sich getrennt, und immer, wenn er sich danach verliebt hat, musste er feststellen, dass die Verliebtheit plötzlich wieder vorbei war. Da habe ich gedacht: Oh, daran liegt es also, fünf Jahre war ich mit René ... dann haben wir uns getrennt ... und dann kamst du. Mitte März habe ich gefühlt, wie mir meine Verliebtheit zwischen den Fingern hindurchrann.«

Regungslos lag ich auf meiner Luftmatratze. Über mir wölbte sich ein tiefblauer Himmel. Aus weiter Ferne war das Dröhnen eines Flugzeugs zu hören.

Was sie sagte, klang – es war mir ganz unbegreiflich – sehr beruhigend. Es war, als tröstete sie mich und als wäre das sogar ihre Absicht. Sie beugte sich zu mir und küsste mich behutsam. Ich erwiderte den Kuss, und wir umarmten uns. Sie sagte: »Hast du es schon mal im Freien gemacht?«

»Nein, nie.«

»Einmal muss das erste Mal sein.«

Um zehn Uhr abends fuhr sie dann in die Praxis. Sie hatte Nachtdienst. Nachdem sie gegangen war, ging ich in den Garten, um der Musik zu lauschen, die über den Erbsen und Kaiserschoten erklang. Als sich der Nachtwind erhob, sangen die Bänder die Psalmen Davids. Es erstaunte mich, dass die Musik über den Erbsen kräftiger, ätherischer, unirdischer klang als der Gesang der Bänder, die ich selbst gespannt hatte.

Später versuchte ich, das Summen der Bänder in Noten zu fassen. Es gelang mir kaum, es waren zu viele Halbtöne, Vierteltöne, Obertöne dabei. Ich dachte an den vergangenen Nachmittag unter dem tiefblauen Himmel. Immer wieder ging mir unser weiteres Gespräch durch den Kopf.

»Als du auf Aruba warst«, hatte ich unbeschwert gesagt, »habe ich jede Nacht von Reklameflugzeugen geträumt.«

Ich hatte zum strahlend blauen Himmel hinaufgeschaut. Es war, als würden die Flugzeuge gleich wieder erscheinen. Ich hatte gesagt: »Ganze Schwadronen waren das, sie haben gebrummt und alle ein Transparent hinter sich hergezogen, und auf jedem Transparent stand dasselbe Wort. Ich konnte es zunächst nicht entziffern, und erst später bin ich dahintergekommen … aber das ist an dieser Stelle nicht so wichtig. Es war so komisch, immer wieder von Reklameflugzeugen zu träumen, die alle dasselbe Wort hinter sich herzogen, also, eigentlich war es ziemlich dämlich. Verrückt, dass der Geist nichts Erhabenes oder Großartiges ersinnen kann, wenn man träumt. Reklameflugzeuge, banaler geht es fast gar nicht, mindestens einhundert, und auf allen Transparenten stand dasselbe.«

»Was stand denn darauf?«, hatte sie mich gefragt.

»Herzeleid«, hatte ich fröhlich erwidert, »Herzeleid.«

Sie hatte sich aufgerichtet, hatte mich mit ihren dunklen Augen angesehen und gesagt: »Aber ich will dir überhaupt keinen Kummer machen.«

Einen Tag später rief sie mich an. Sie hatte in der Nacht und am Morgen vier Patienten gehabt. Sie sagte: »Als ich gestern Abend auf dem Weg zur Praxis war, bin ich an dem Haus vorbeigefahren, wo ich früher gewohnt habe. Ich habe angehalten, bin ausgestiegen und durch meine alte Nachbarschaft spaziert. Ich bin auch an meinem alten Haus vorbeigegangen. Drinnen brannte Licht.«

»Das solltest du lieber nicht tun.«

»Du hast recht, aber wenn ich von dir zur Praxis fahre, liegt das Haus praktisch auf dem Weg.

»Warum fährst du dann nicht eine andere Strecke?«

»Das wäre bestimmt besser.«

»René hast du aber nicht gesehen?«

»Nein, die Vorhänge waren zugezogen, aber drinnen brannte Licht.«

»Das nächste Mal klingelst du.«

»Das habe ich nicht vor. Ich habe nur manchmal das Bedürfnis, ihn anzurufen. Wenn es mir schlecht geht, dann habe ich das Gefühl … wie soll ich sagen …«

»Sag's lieber nicht. Besser, du meidest dein altes Haus.«

»Ich würde doch gerne wissen, wie es ihm geht. Am Dienstag bin ich bei alten Freunden von uns zum Essen eingeladen. Die können mir vielleicht von ihm berichten.«

Am Mittwoch rief sie mich an, sie sagte: »Ich bin nicht sonderlich fröhlich gestimmt.«

»Was ist denn?«

»Ich war gestern bei meinen Freunden essen. Sie haben gefragt: ›Hast du was mit Alexander Goudveyl? Ein Bekannter, der regelmäßig im Wald joggt, hat dich Hand in Hand mit ihm gesehen.‹«

»Alles wird immer gesehen, aber ist es so schlimm, dass sie von uns wissen?«

»Jetzt erfährt vielleicht auch René bald davon.«

33

Alles gar nicht so schlimm, dachte ich, als ich Mitte Mai erneut durch den Pelmolenplantsoen ging, letztes Mal sah es noch so aus, als würde ich nie wieder hierherkommen, und jetzt spaziere ich schon wieder hier herum. Im Park war es dunkel. Riesige Bouviers rannten den Abhang zum Wasser entlang.

Um zehn Uhr betrat ich ihre Wohnung. Sie gab mir einen flüchtigen Kuss, dann machte sie Kaffee.

»Warum benutzt du nicht deine Kaffeemaschine?«, fragte ich sie.

»Das ist der erste Gegenstand, den ich nach meinem Weggang aus Rijswijk gekauft habe. Ein absoluter Fehlkauf.«

»Aber ich habe hier immer ganz hervorragenden Kaffee getrunken.«

»Es war ein Fehlkauf«, sagte sie.

Als sie den selbst gemachten Kaffee eingoss, fragte ich sie: »Könnte ich ein Foto von dir haben?«

»Ein Foto? Wie kommst du plötzlich auf die Idee?«

»Ich möchte schon seit Langem sehr gern ein Foto von dir haben.«

»Wie kann es sein, dass du ausgerechnet heute davon anfängst? Erst gestern habe ich noch einen Karton mit Sachen aus Rijswijk bekommen. Darin waren auch Fotos. Die hat René einfach hineingepfeffert.«

»Könnte ich davon …«

»Nein«, sagte sie, »nein, ganz bestimmt nicht, vollkommen ausgeschlossen.«

Sie sah mich streng an und sagte: »Das sind kompromittierende Fotos. Nacktaufnahmen.«

Sie stand auf, ging in ihr Schlafzimmer und kam mit schmutziger Wäsche wieder.

»Ich schalte nur schnell die Waschmaschine an.«

Sie verließ das Zimmer. Vor mir auf dem Tisch lag die Mappe mit den Urlaubsfotos, die angeblich mit dem Selbstauslöser gemacht worden waren. Vorsichtig nahm ich den Umschlag, wobei der Fotostapel herausrutschte. Rasch schaute ich die Aufnahmen ihrer unbekümmerten Urlaubsfreude durch. Dann hielt ich auf einmal ein Foto in der Hand, das ich bisher noch nicht gesehen hatte. Vollständig angezogen lag Sylvia auf einem Bett. Neben ihr, eng an sie geschmiegt, lag ein mir unbekannter Mann, dessen kantige Gesichtszüge mit seinem strubbeligen Haar kontrastierten. Er trug nur einen Slip. War das der Kollege, bei dem sie gewohnt hatte?

Rasch schob ich das Foto unter den Stapel. Das folgende Foto kannte ich bereits und das nächste auch. Dann jedoch kam eine Aufnahme, auf der ihr silbernes Auto zu sehen war. Langsam dämmerte mir, dass das Foto in den Niederlanden gemacht worden sein musste. Es sah so aus, als parkte der Wagen auf einem Strandweg. Gleich daneben stand, eine Hand besitzergreifend auf ihrem Auto, ein schlanker junger Mann mit auffallend langen, blonden, lockigen Haaren.

Ich hörte ihre Schritte im Flur. Schnell legte ich die Fotos zurück auf den Tisch. Sie kam ins Zimmer und fragte: »Meinst du, man kann einen Regenmantel schleudern?«

»Das erscheint mir heikel.«

»Ich versuch's einfach.«

Sie verließ das Zimmer, dann hörte ich das Klappern ihrer Schritte auf der Treppe.

Mit einem schlechten Gewissen schlenderte ich durch ihr Zimmer. Auf dem Kaminsims bemerkte ich ein paar Ansichtskarten. Eine zeigte einen alten, hässlichen, grinsenden Männerkopf, und darunter standen in harten weißen Buchstaben die Worte: *Keep smiling.*

Neugierig, wer eine solche Geschmacklosigkeit verschickt haben könnte, drehte ich die Karte um. Ich las:

»Liebstes Schmatzi,

ich höre, Du fährst nach Aruba. Das ist genau das Richtige für Dich, glaube ich. Lauter swingende Menschen! Außerdem bist Du eine Weile erlöst von you know who. Einen dicken Kuss von Kootje«

»You know who«, war ich das? Und wer war Kootje, der sie mit »Liebstes Schmatzi« angesprochen und sie mit einem papiernen Kuss beglückt hatte? War es der Kerl mit den strubbeligen Haaren auf dem Strandweg? Während ich auf die Buchstaben starrte, hatte ich das Gefühl, als würde meine Seele mit dem Regenmantel geschleudert. Mit zitternder Hand drehte ich eine weitere Postkarte um. »Alles Liebe, Frank« stand darunter. Die Karte daneben kam aus Aruba, und es stand nicht viel darauf. Ich las: »Vielen Dank für den wunderbaren Honeymoon, Dein Alex«.

Ihre Schritte waren wieder zu hören. Ganz langsam stellte ich die Karte zurück, als wollte ich die Handbewegung absichtlich verzögern, um ihr die Gelegenheit zu geben, vorher ins Zimmer zu kommen. Aber sie kam erst herein, als der Honeymoon schon längst wieder auf seinem Platz stand.

»Sollen wir noch ein bisschen spazieren gehen?«, schlug sie vor.

»Ja, gut«, sagte ich. Wie seltsam, meine Stimme funktionierte noch, ich existierte noch, ich lebte einfach weiter, das war doch unmöglich, das war doch der Gnadenstoß gewesen, der Gnadenschuss – wie sollte ich es nennen? Trotzdem konnte ich offenbar ganz normal gehen, ganz normal zuhören. Sie sagte: »Wir nehmen einen anderen Weg, sonst begegnen wir dem Jogger wieder, der erzählt hat, wir hätten was miteinander.«

»Haben wir was miteinander?«, fragte ich.

Sie schwieg. Wir gingen am Kromme Rijn entlang. Ich trat fehl und geriet auf den Grünstreifen. Blühende Vogelwicke verdeckte dort ein Loch. Mein Bein verschwand, sie hielt mich fest und zog mich hoch. Wir kehrten um und gingen zu ihr nach Hause zurück.

Später im Auto sagte ich zu ihr: »Wir beide irgendwann einmal in einem Saab, daraus wird wohl nie etwas werden.«

Sie schüttelte den Kopf.

»Warum nicht?«, wollte ich wissen, »was ist schiefgelaufen, was habe ich verkehrt gemacht? Gibt es etwas an mir, worüber du dich ärgerst, etwas, das dich so sehr stört?«

Sie schüttelte den Kopf. Dann schaltete sie das Radio ein und sagte: »Ich möchte mir kurz eine Sendung über die Rolling Stones anhören. Die kommen demnächst in die Niederlande. Ich geh zu ihrem Konzert.«

Als sie mich am Bahnhof absetzte, kostete es sie ganz offensichtlich große Mühe, mir einen Abschiedskuss zu geben. Komm, Sylvia, dachte ich, sei tapfer, gib mir noch einen einzigen Kuss, dann bist du mich los. Sie gab sich einen Ruck und küsste mich rasch auf den Mund. Ich stieg aus, ging in den Bahnhof, schaute mich noch einmal um und winkte ihr zu. Sie fuhr langsam davon und winkte zurück.

Um vier Uhr nachmittags klingelte das Telefon. Ich verspürte keinerlei Lust, von meinem Bett aufzustehen. Ich lag gut, ich hatte schon den ganzen Nachmittag gelegen, ich wollte dort liegen bleiben, bis es Zeit war, wirklich ins Bett zu gehen. Dann fiel mir ein, dass vielleicht Hester anrief. Ich sprang von meinem Bett. Beim siebten Mäuseschwanengesang nahm ich ab.

»Alexander.«

»Ich bin's, Sylvia. Du warst heute Morgen meinetwegen traurig, das kann ich nicht ertragen.«

Ich schwieg, ich wusste überhaupt nicht, was ich darauf erwidern sollte.

»Weil dein Kummer mich stört, reagiere ich dann sehr schnippisch«, sagte sie. »Ich will das überhaupt nicht, aber ich bin dann so, um dich abzuschrecken und fernzuhalten.«

»Durch schnippisches Verhalten vergeht meine Verliebtheit aber ganz bestimmt nicht.«

»Meine Verliebtheit ist vergangen, auch wenn ich spüre, dass du noch ab und zu sehr zärtliche Gefühle in mir weckst. Aber ich will nicht mit dir zusammenziehen, und ich denke, andere würden jetzt sagen, dass es besser ist, wenn wir uns nicht mehr sehen.«

Wir schwiegen lange. Ihr Atem ging ruhig. Sie sagte: »Mein Gefühl des Verliebtseins ist zu einem freundschaftlichen Gefühl geworden.« Es klang feierlich, beinahe erhaben, und ich verspürte den unwiderstehlichen Drang, ihr mit einem Kloß in der Kehle nachzuplappern: »Mein Gefühl des Verliebtseins ist zu einem freundschaftlichen Gefühl geworden.« Aber ich tat es nicht. Ich atmete nur ein, und schon das kostete mich große Mühe.

»Ich muss wieder an die Arbeit«, sagte sie, »es stehen noch zwei Penisamputationen auf dem Programm. Tschüs.«

»Wer ist eigentlich Kootje?«, fragte ich rasch.

»Das ist meine Schwester«, sagte sie. »Wir haben uns früher immer Jungennamen gegeben, und diese Namen benutzen wir heute noch manchmal. Aber jetzt muss ich wirklich wieder an die Arbeit.«

»Tschüs, Sylvia«, sagte ich.

Sie legte auf, ich behielt den Hörer in der Hand. Es war, als wäre, solange ich den Hörer festhielt, das Unausweichliche noch nicht besiegelt. Lange stand ich da, mit dem Hörer in der Hand. »Christ, unser Herr, zum Jordan kam«. Wie ging die Melodie gleich wieder?

34

Warum traute ich mich nicht, Hester anzurufen? Warum rief Hester mich nicht an? Oder rief sie mich an, wenn ich hinten im Garten der Bändermusik lauschte? Aber ich war doch fast nie draußen, ich lag doch beinahe den ganzen Tag auf meinem Bett. Hester, warum rufst du nicht an?

Ich schlief nur noch tagsüber. Und immer nur für kurze Zeit, höchstens zwanzig Minuten am Stück. Wenn ich aufwachte, flehte ich: »Hester, ruf doch an«, und dann dachte ich: Wie gut, dass Joanna weg ist und noch lange wegbleibt. Was mich an den kurzen Schlummerphasen störte, war, dass ich jedes Mal mit Tränen in den Augen aufwachte. Ich, der ich selbst als Kind fast nie geweint hatte. Ich hasste mich selbst wegen der blöden Tränen. Kummer, einverstanden, Tränen: nein!

Trotzdem war ich vier Tage nach dem Ansichtskartenmittwoch so verzweifelt, dass ich morgens früh, als es draußen noch dunkel war, alle leeren Flaschen und Marmeladengläser zusammensuchte. Mit Plastiktaschen voller Glas radelte ich zum Glascontainer. Der Reihe nach warf ich alle Flaschen und Gläser wütend und mit der Zeit auch schluchzend in den Behälter. Wenn eine Flasche in Scherben zersplitterte, schien es, als würde ich trotz allem noch Klänge produzieren, als arbeitete ich noch an einer Komposition. Als ich aber nach all dem Klirren nach Hause fuhr, wollte ich in die noch stille Welt hinausrufen: »Wozu komponieren? Wozu Musik? Dürftiger Trost für entgangene erotische Genüsse. Verzweifelte Versuche, die Tatsache abzumildern, dass du die Herrscherin deines Herzens nicht in den Armen hältst. Man muss sich nur ansehen, was für Leute klassische Musik lieben: einsame Junggesellen, die in ungeheizten Mansardenzimmern die Symphonien von Sibelius wieder und wieder hören.«

In der Morgendämmerung radelte ich an Häusern vorbei, deren Vorhänge noch zugezogen waren. Es war sehr früh, der ganze Tag lag noch vor mir. Warum sollte ich zurück nach Hause fahren? Mein Herz verkrampfte sich: Wie sollte ich den Tag überstehen? Und alle Tage, die noch kamen? Wie viele mochten das sein? Zehntausend? Musste ich noch zehntausend Tage leben? Mit dieser Last auf meinen Schultern, der »ganzen Welt der Schmerzen«? Fünfzehntausend Tage hatte ich bereits gelebt. Wie war das möglich, wie überstand ein Mensch so viele Tage? Und ich fuhr auf meinem Rad, und die fünfzehntausend Tage kamen mir wie eine Computerdatei vor, die problemlos gelöscht werden konnte.

Das Dorf hatte ich hinter mir gelassen und fuhr nun an Wiesen voller verblühtem Löwenzahn vorbei. Überall fingen die runden grauen Bällchen ein wenig Sommersonne, und ich dachte daran, wie schön ich das gefangene Licht gefunden hätte – ohne das Atlasgewicht auf meinen Schultern. Ich radelte an einem Flugplatz vorbei. Grüne Propellerflugzeuge stiegen auf, und ich murmelte: »Wäre nur Krieg, dann hättest du zumindest etwas, worüber du wirklich traurig sein könntest, dann bestünde zumindest die Chance, dass eine verirrte Bombe dich trifft, eine Bombe auf die Trommelsucht, das wäre die Lösung.«

Stundenlang fuhr ich weiter, und ich spürte, dass mir das Radfahren half, dass ich mich zumindest bewegte; allerdings waren meine Beine schwer wie Blei, und es fühlte sich so an, als wäre die Trommelsucht in meine Waden gesackt. Dann kam ich an einer Tankstelle vorbei. Der Radweg bog ab, und ich kam in eine Straße, die nach Diepenbrock benannt war. Gemächlich fuhr ich weiter und sah links von mir den Namen der Straße, in der Sylvia mit René gewohnt hatte. Augenblicklich begriff ich, wusste ich, dass diese Straße das Ziel meines Fahrradausflugs gewesen war. Schnell bog ich ab. Es war eine lange Wohnstraße. Die allerersten Hausfrauen waren schon mit ihren Einkaufswägelchen auf dem Weg zu dem Supermarkt, der auch am Sonntag geöffnet hatte. So eine Straße war das, eine Straße mit Einkaufstaschen auf Rädern, die klickend über den Bürgersteig rollten. Und mit sonnengebräunten Lehrern, die mit ihren Hunden Gassi gingen. Ich fuhr einfach weiter. Die Wohnstraße wurde von einer Durchgangsstraße gekreuzt. Jenseits der Durchgangsstraße standen größere Häuser. Hier hatte sie gewohnt, hier war sie auf dem Bürgersteig gegangen, in der Vorzeit, als ich noch nichts von ihrer Existenz gewusst hatte, sie aber bereits von meiner. Jahrelang war sie heimlich in mich verliebt gewesen. Schließlich hatte sie meine Nähe gesucht, hatte mir den Kopf verdreht. Nach zwei Monaten hatte sie gespürt, dass ihr die »Verliebtheit zwischen den Fingern hindurchrann«. War ich denn so langweilig? War ich eine so große Enttäuschung gewesen? So viel stand fest: Wenn ich bei Hester war, war ich witziger, geistreicher.

Langsam fuhr ich an den Häusern vorüber, die weiter hinten in der Straße standen. In einem davon hatte sie gewohnt. Dann sah ich in einem Fenster im ersten Stock den Mann stehen, mit dem sie fünf Jahre zusammen gewesen war. Ob er mich auch sah – ich weiß es nicht. Er stand einfach nur da, er sah gut aus, hatte kohlrabenschwarze Haare, und selbst aus der Ferne sah ich, dass er die Ausstrahlung eines Mannes hatte, der weiß, dass Frauen ihn unwiderstehlich finden.

Dagegen kam ich nicht an. Sie trauerte offenbar immer noch um das, was sie verloren hatte. Einen Mann mit Sex-Appeal.

Ich hätte es ahnen können, sie selbst war ebenfalls unwiderstehlich. Schließlich gab es ungeschriebene Gesetze. Sie konnte sich doch nicht mit einem krummen, kahlen, klapperigen Kerl wie mir zeigen. Sie gehörte an die Seite des rabenschwarzen Adonis. Er war ihr männliches Ebenbild. So wie es Unterschiede in Rang und Stand gab, so gab es auch Unterschiede zwischen wunderschön und potthässlich, mit allen Abstufungen dazwischen. Wunderschön konnte nicht mit potthässlich verkehren, natürlich nicht.

Es war, als würde dieser eine Blick auf den schwarzen Erzengel mich zugleich aufmuntern und tiefer in den Abgrund schleudern. So jemand musste nicht komponieren oder schreiben oder malen, so jemand hatte keine Zeit für diese Dinge, so jemand lebte nur, um zu erobern. Genau wie sie. Solche Leute mussten außerdem mit ihren Gefühlen des Verliebtseins nicht sparsam umgehen. Sie brauchten nur mit den Augen zu zwinkern, und schon war da wieder jemand, der sich in sie verliebte. Sie joggten von einem Herzen zum anderen, alle Elviras und Butterflys und Josés auf ihrem Weg weit hinter sich lassend. Was kümmerte sie das Leid, das sie verursachten?

An einem kleinen Platz bog ich ab. Eine breite Straße brummte. An einer Kreuzung standen fünf Tramper. Alle fünf hielten ein Schild mit ihrem Zielort in die Höhe: Breda, Amsterdam, Utrecht, Arnheim, Hawaii. Total erstaunt betrachtete ich den jungen Mann, der einen Ring im linken Ohr und eine blasslilafarbene Jacke trug und der dort mit seinem Hawaiischild stand. Dann dachte ich: Ich kann mich auch so hinstellen, hier oder irgendwo anders, an der Ausfallstraße zum Beispiel, wo sie immer vorbeifährt. Mit einem Schild. Und darauf schreibe ich: *Sylvia*.

35

Um halb drei schlief ich tatsächlich ein. Um halb vier wachte ich zwischen zerwühlten Laken wieder auf. Draußen begann es bereits hell zu werden, es war ja schließlich Juni. Auf Socken ging ich in den Garten. Es war windstill. Die alten Bänder sangen nicht. Ich ging wieder ins Haus und zog die Laken von meinem Bett. Ich strich die Decken glatt und legte mich darauf. Mein Herz wummerte ohrenbetäubend und unregelmäßig. Ich presste das rechte Ohr auf das Kissen, um meinen Herzschlag besser hören zu können. Ich hörte nichts mehr. Mein Herz hatte offenbar zu schlagen aufgehört. War das möglich? Aber dann musste ich doch jetzt tot sein? Mein Herz machte drei dröhnende Schläge nacheinander und kehrte dann langsam zu seinem alten Rhythmus zurück.

Die Stunden vergingen, ich lag da, manchmal lauschte ich meinem unregelmäßigen Herzschlag, aber meistens lauschte ich nicht, weil der unnormale Takt mir Angst einjagte.

Um halb zehn klingelte das Telefon. Das konnte niemand anderes als Hester sein. Langsam stand ich auf, ich wusste, dass sie das Telefon lange würde klingeln lassen. Als ich den Hörer abhob und meinen Namen nannte, war ich so sicher, Hester am Apparat zu haben, dass ich nicht passend reagieren konnte, als ich ihre Stimme hörte: »Ich bin's, Sylvia.«

»Wie geht's dir?«, fragte ich desinteressiert.

»Ich war gestern bei den Rolling Stones, wir hatten Karten fürs Spielfeld, wir standen ganz vorne, und es war beeindruckend, sie so aus der Nähe zu sehen.« Sie schwieg eine Weile und fragte dann: »Wie geht es dir?«

»Beschissen«, erwiderte ich.

»Ich fühle mich so schuldig, ich habe angefangen, ich bin zu dir hingegangen, damals auf dem Platz.«

»Ja.«

»Und später noch einmal, in der Buchhandlung.«

»Ja.«

»Es gibt schon so viel, worüber ich grüble«, sagte sie, »ich kann diese Schuldgefühle wirklich nicht auch noch gebrauchen.«

»Natürlich nicht.«

»Ich will eigentlich nicht am Telefon darüber sprechen. Wenn du darüber reden möchtest und es dir helfen würde, dann müssen wir uns verabreden. Aber mir ist es an sich nicht wichtig, dass wir darüber reden. Das Einzige, was dir helfen würde, wäre, wenn ich dir sage, dass ich mich wieder in dich verliebt habe. Aber das stimmt nicht, und darum hat es eigentlich keinen Sinn, darüber zu reden.«

»Vor einer Woche bin ich mit dem Rad an deiner alten Wohnung vorbeigefahren«, sagte ich, »ich hab deinen René gesehen, er stand am Fenster.«

»Unmöglich, wir wohnten im Obergeschoss.«

»Stimmt, er stand an einem Fenster im ersten Stock.«

»Das glaube ich nicht ... ob er das wirklich ... wie sah er aus?«

»Hübsch, sehr hübsch, kohlrabenschwarzes Haar, ich kann jetzt sehr gut verstehen, dass dir deine Verliebtheit zu mir durch die Finger geronnen ist. Gegen den komme ich nie an. Er hat alles, was mir fehlt. Ich bin alt, kahl, ge...«

»Ach, diese Äußerlichkeiten, die sind doch nicht wichtig.«

»Trotzdem glaube ich, dass er ein richtiger Eroberer ist.«

»Ach nein, das ist er nicht, er nimmt dich auseinander, er

macht dich ständig auf deine Fehler aufmerksam, er hat ein psychiatrisches Gutachten über mich anfertigen lassen, ich bin ein hoffnungsloser Fall, ich bin …«

»Was bist du?«

»Was hast du davon, wenn du es weißt?«

»Komm, sag schon, was bist du. Vielleicht hilft es, wenn ich weiß, dass du unmöglich bist, vielleicht fühle ich mich dann weniger elend.«

»Ich bin eine vermeidende Persönlichkeit.«

Wir schwiegen, ich hörte sie atmen, dann fragte sie: »Bist du sehr niedergeschlagen?«

»Frag mich nicht danach«, sagte ich, schon wegen des Wortes »niedergeschlagen« war ich gereizt. »Ich komme mir vor wie eine Niete, wie ein Jammerlappen, wenn ich mich dir gegenüber beklage.«

»Ach, das ist gar nicht so schlimm, du beklagst dich ja gar nicht. Warum hast du mich nicht ein einziges Mal angerufen? Ich finde das so merkwürdig, sonst …«

»Was sonst?«

»Meistens haben sie ständig angerufen, wenn ich Schluss gemacht hatte, oder sie haben vor meiner Tür gestanden, mich nicht in Ruhe gelassen, sie haben mich verfolgt, aber du … du lässt einfach gar nichts mehr von dir hören.«

»Was mich angeht, so musst du dir wirklich keine Sorgen machen, dass ich dir noch lästig fallen könnte«, sagte ich.

Im Laufe des Abends berappelte ich mich, ich schaffte es, aus dem sicheren Bett aufzustehen, und es gelang mir sogar, das Haus zu verlassen und mit dem Fahrrad loszufahren. Lange fuhr ich unter einem weitgespannten, immer dunkelblauer werdenden Himmel dahin. Als es wirklich zu dämmern begann, machte ich mich auf den Weg zu Frank. Er musste es erfahren, er musste mir helfen, denn schließlich hatte er mit dem Wort »Frauenwehr« alles in Gang gesetzt.

Noch auf dem Sattel sitzend, klingelte ich an seiner Haustür. Franks wunderschöne Frau öffnete.

»Ist Frank da?«

»Schon, aber er ist ein bisschen krank.«

»Schade«, sagte ich, »nun ja, dann komme ich …«

Aus den Tiefen des Hauses erklang Franks Stimme.

»Bist du es, Alexander? Komm rein, setz dich in den Garten, ich bin gleich bei dir.«

Der Himmel war immer noch tiefblau, als ich auf der Terrasse Platz nahm. Über mir flatterte geräuschlos eine kleine Fledermaus. Immer wieder kurvte sie an meinem Stuhl vorbei. Manchmal flog sie sehr weit nach unten, als wäre sie angeschossen, doch rechtzeitig, bevor sie den Boden berührte, schwang sie sich wieder in die Höhe. Frank kam. Er trug einen Hausmantel. Ich fragte ihn: »Was ist eine vermeidende Persönlichkeit?«

»Eine ›avoidant personality‹? Ach, das ist alles Unsinn, wir sind beizeiten alle ›avoidant personality‹.«

»Hast du Literatur zu dem Thema?«

»Natürlich, das steht alles in DSM-III, ich hol's dir.«

Er ging zurück ins Haus, und die Fledermaus flatterte weiter herum, drehte Kreise und Ellipsen. Wie schade es war, dass ich sie nicht hören konnte. Frank kam mit einem großen grünen Handbuch wieder, blätterte darin, reichte es mir aufgeschlagen und deutete dabei auf einen dunkelgrau gedruckten Abschnitt in der Mitte der Seite, über dem stand: »Diagnostic criteria for Avoidant Personality Disorder«. Gleichzeitig fing er an, die Kriterien des Persönlichkeitsschemas auf Niederländisch aufzuzählen: »Überempfindlich gegenüber Ablehnung, Beziehungen gegenüber abgeneigt, außer, wenn es überaus große Garantien für kritiklose Akzeptanz gibt. Geht Bindungen aus dem Weg, will geliebt und akzeptiert werden, hat ein unterentwickeltes Gefühl für den Eigenwert.«

»Das alles gilt ebenso gut für mich wie für sie«, sagte ich.

»Sie? Welche Sie?«

»Ach, eine Tierärztin, die durch deine Frauenwehr hindurchgebrochen ist, weil sie so schrecklich verliebt in mich war, und dadurch habe ich mich ... habe ich ... und nach zwei Monaten meinte sie, ihre Verliebtheit sei ihr zwischen den Fingern zerronnen, und heute rief sie an, um mich zu fragen, wie es mir geht, und dabei sagte sie, sie sei eine vermeidende Persönlichkeit. Deshalb bin ich hier.«

»Und was hast du geantwortet, als sie dich gefragt hat, wie es dir geht?«

»Beschissen«, sagte ich.

»Du bist total abgemagert«, sagte Frank, »offenbar isst du nicht mehr. Mensch, pass bloß auf, unterschätz das Ganze bloß nicht, an einem gebrochenen Herzen kann man sterben. Ich habe neulich von jemandem gehört, der infolge von Liebeskummer immer stärkere Herzrhythmusstörungen bekommen hat, und als er dann mit einem Taxi auf dem Weg ins Krankenhaus war, hat ihn der Fahrer geradewegs in den Himmel gebracht.«

Er sah mich ernst an und sagte: »Sieh auf jeden Fall zu, dass du in Bewegung bleibst. Leg dich nicht hin, sonst versinkst du immer tiefer in deiner Depression.«

»Ich wünschte, ich könnte ein bisschen schlafen.«

»Du schläfst schlecht? Ich kann dir ein paar Schlaftabletten geben.«

Er stand wieder auf, ging ins Haus und kam mit einem Röhrchen Schlaftabletten zurück.

»Avoidant personality«, sagte er, »meiner Ansicht nach ist das ziemlicher Unsinn. Jeder hat zu gewissen Zeiten eine vermeidende Persönlichkeit. Jeder leidet unter Minderwertigkeitsgefühlen. Hat sie sich selbst so bezeichnet, sozusagen als Entschuldigung für ihr Verhalten?«

»Möglicherweise.«

»Wie kommt sie eigentlich darauf, dass sie eine vermeidende Persönlichkeit ist, wer hat ihr das weisgemacht?«

»Sie hat mit einem Psychiater zusammengewohnt, einem gewissen René Verlaat. Von dem hat sie sich auch noch längst nicht gelöst. Kennst du ihn vielleicht?«

»Den Namen habe ich schon mal gehört, aber ich kenne den Mann nicht. Wenn er seiner Freundin einredet, sie sei eine vermeidende Persönlichkeit, dann ist er ein Scharlatan. Hilft es dir denn zu wissen, dass sie eine vermeidende Persönlichkeit ist und was das bedeutet?«

»Nein.«

»Du siehst aus wie ein Vogel, der mit Karacho gegen eine Fensterscheibe geflogen ist und jetzt verdattert dasitzt. Sieh zu, dass du wieder besser schläfst. Iss regelmäßiger und sorge dafür, dass du in Bewegung bleibst. Leg dich nicht hin, denk dran! Solltest du trotzdem in einer Depression versinken, ruf mich an, unterschätz das Ganze nicht, notfalls nehme ich dich für ein paar Tage in der Klinik auf.«

Über meinem Kopf war die Fledermaus fast unsichtbar geworden. Es war beinahe so, als würde eine unsichtbare Hand mit etwas Schwarzem über den Himmel wischen.

36

Die Tage vergingen, ich lebte auf dem Bett. Joanna kehrte nach ihrer langen Tournee nach Hause zurück. Dadurch war ich gezwungen, tagsüber so zu tun, als sei alles in Ordnung. Bei allem, was passierte, musste ich unweigerlich an die Oper *Turandot* denken, die ich in einer modernen Inszenierung gesehen hatte. Vor die Bühne hatte man ein riesiges Gazetuch gespannt, sodass man vom Zuschauerraum aus die unnahbare Turandot und Ping, Pang und Pong verschwommen über die Bühne schreiten sah. So verschwommen kam mir jetzt auch mein eigenes Leben vor, und ich sah darauf hinab, als wäre ich die Fledermaus, die in Franks Garten ihre magischen Kreise gezogen hatte.

Joanna bekam das Angebot, in New York einzuspringen. Sie sagte: »Das kann ich dir nicht antun, schon wieder zu verreisen.«

»Fahr ruhig, ich würde sehr gern in aller Ruhe an einem Bläserquintett arbeiten, meinetwegen musst du wirklich nicht zu Hause bleiben.«

»Komm doch mit«, sagte sie.

»Nicht für Geld und gute Worte«, sagte ich.

»Wir unternehmen nie etwas zusammen.«

»Zum Glück nicht«, erwiderte ich, »denn sonst hätten wir uns schon längst getrennt.«

»Du bist immer so zynisch.«

Nach zwei Tagen des Zögerns nahm sie das Angebot an. Sie

besorgte sich ein Visum und reiste ab. Einen Tag später brachte der Postbote einen Brief von Frank. Er schrieb:

Lieber Alexander,

dieser Mann, der Ex Deiner Freundin, ist laut meinem Kollegen Kees, der ihn aus sogenannten Supervisionssituationen kennt (entschuldige das Wort »Situationen«), dieser Telaat oder Vermaat ist laut Kees ein »grenzdebiler Idiot«. Ich habe lange überlegt, ob ich Dir das schreibe, denn der »grenzdebile Idiot« kann bei Dir zweierlei bewirken. Entweder Du denkst, sie ist, nun ja, in ihrer Partnerwahl doch nicht so gut, oder aber Du hältst Dich für einen noch grenzdebileren Idioten, weil sie von ihm immerhin noch etwas will. Doch wie es aussieht, ist der vorgenannte Schwachkopf in den Besitz einer anderen Frau gelangt, eines Wesens mit einer Haartorte auf dem Kopf. Er bekommt also in jedem Fall das, was er verdient, und Du musst ihn nicht ermorden. Und Furcht davor, debil zu werden, ist in Deinem Fall wirklich überflüssig. Übrig bleibt: 1) Die Diagnose des Mannes taugt nicht, weil er selbst nichts taugt. 2) Du bist Deine Freundin los. Und diese Freundin rennt noch immer einem Dummkopf hinterher, der es vorzieht, mit einer Frau mit Haartorte zu verkehren. Überleg mal, was für ein Glück Du hast! 3) Ein Mann, der seine Freundin verliert, der feiert nicht, aber er stirbt auch nicht. Du bist ein starker Mann, alles an Dir strahlt Kraft und Jugendlichkeit aus, und Du bist durch und durch gesund. Ich meine, Du bist natürlich genauso wahnsinnig wie ich, aber tief drinnen bist Du der Stärkste und Gesündeste, glaub mir, und Du lass Dir nichts weismachen.

Frank

Bei dem Ausdruck »grenzdebiler Idiot« brach ich in Lachen aus. Diese beiden Worte munterten mich auf. Aber warum? Warum tröstete es mich, wenn der schwarze Erzengel als »grenzdebiler Idiot« bezeichnet wurde? Verstehen konnte ich das nicht. Dank Franks Brief schien es jedenfalls, als hätte ich das Schlimmste überstanden. Dennoch erschreckte mich die Passage »tief drinnen bist Du der Stärkste und Gesündeste«. Stimmte das? Wenn ich in der Nacht kurz einschlief und wieder aufwachte, pochte mein Herz mit unheilverkündender Unregelmäßigkeit. Es war, als würde mein Herz neue, unbekannte Rhythmen ausprobieren. Manchmal hatte ich das Gefühl, keine Luft mehr zu bekommen. Dann rülpste ich ein paarmal hintereinander und konnte wieder ein wenig atmen. »Der Stärkste und Gesündeste«? Seit Sylvia nicht mehr.

»Grenzdebiler Idiot« tröstete nicht nur, der Ausdruck brachte mich auch dazu, Hester wieder anzurufen. Ich wollte ihr den ermunternden Brief von Frank vorlesen.

»Warum höre ich nichts von dir, wieso rufst du nicht an?«, fragte ich sie.

»Weil ich die ganze Zeit denke: Der verbringt eine nette Zeit mit seiner Veterinärin.«

»Sie hat Schluss gemacht«, sagte ich.

»Ach, du armer Kerl.«

»Mir ist, als ob ich längst gestorben bin«, sagte ich.

»Ich habe aber keine Todesanzeige bekommen«, sagte sie.

»Ich habe ihren Exfreund gesehen«, sagte ich, »ihren Psychiater, ich bin zu seiner Wohnung gefahren, er stand am Fenster, er sieht aus wie ein schwarzer Erzengel, und heute Morgen habe ich einen Brief von Frank bekommen, du weißt schon, der Psychiater, auf dessen Hochzeit wir aufgetreten sind.«

»Ja natürlich, damals hast du mich über mannshohe Brennnesseln gehoben, und ich kam nicht wieder weg, weil ich keine

Strümpfe anhatte, und du hast gesagt, du würdest mir nur wieder raushelfen, wenn du einen Kuss von mir bekommst.«

»Ist das lange her!«

»Lange her ist nur, woran man sich schlecht erinnert. Aber sag mal, wie hat sie Schluss gemacht?«

»Sie meinte, andere Leute würden an ihrer Stelle nun sagen, dass es besser wäre, wenn wir einander nicht mehr sähen.«

»Oh, was für eine wunderbare Formulierung! Die werde ich auch verwenden! Schade, dass ich niemanden habe, mit dem ich Schluss machen könnte!«

»Sie hat mich danach noch einmal angerufen«, fuhr ich fort, »und gefragt, warum ich mich nicht mehr bei ihr melde. Sie meinte, dass alle anderen, mit denen sie Schluss gemacht hat, hinterher immer noch angerufen oder bei ihr vor der Tür gestanden hätten oder ihr sonstwie auf die Nerven gegangen wären.«

»Aha, das ist ja wirklich interessant! Sie ist so eine, die ...«

»Ich habe daraus geschlossen, dass sie das schon sehr oft erlebt hat. Offenbar verdreht sie ständig den Männern den Kopf, um ihnen dann nach zwei Monaten den Laufpass zu geben.«

»Ich dachte gleich, als ich sie gesehen habe: Das ist eine Männerverschlingerin.«

»Das glaub ich nicht, das sagst du jetzt, wo du weißt ...«

»Möglicherweise ist mir das Wort ›Männerverschlingerin‹ erst jetzt eingefallen, aber während des Mahler-Nachmittags habe ich wohl gedacht: Du hast ein sehr großes Herz mit sehr vielen Sitz- und Stehplätzen und vielleicht sogar mit einigen Liegeplätzen.«

Später an diesem Nachmittag rief Sylvia an.

»Hast du Samstagabend Zeit?«, fragte sie.

»Zeit wofür?«

»Zeit, um darüber zu reden. Mir macht es nichts aus, ich

mache das für dich, es hilft dir vielleicht, wenn wir darüber reden.«

»Ich kann am Samstagabend zu dir kommen«, schlug ich vor.

»Ich hol dich am Bahnhof ab. Wann kannst du da sein?«

»Um halb acht.«

»In Ordnung, wir treffen uns oben in der Bahnhofshalle, beim Zeitschriftenladen.«

Sie legte auf, und ich spielte den ganzen Abend Sonaten von Johann Ladislaus Dussek auf dem Klavier und wunderte mich darüber, dass seine Sonaten nicht so berühmt sind wie die von Beethoven. Dann ging ich zu Bett. Ab und zu schlummerte ich ein, um dann mit wild pochendem Herzen wieder aufzuwachen. Trotzdem träumte ich zu meiner eigenen Überraschung nicht mehr von Reklameflugzeugen.

37

Am 16. Mai hatte ich sie das letzte Mal gesehen, und am selben Nachmittag hatte sie mir dann am Telefon gesagt, dass andere Leute meinen würden, es sei besser, wenn wir einander nicht mehr sähen. Am Samstag, dem 2. Juni, sah ich sie wieder. Ich entdeckte sie, bevor sie mich bemerkte. Sie stand mit Petra vor dem Zeitschriftenladen. Die beiden unterhielten sich, und Sylvia wandte dabei ihren Rücken der riesigen Bahnhofshalle zu. Sofort nachdem ich auf der Rolltreppe oben angekommen war, sah ich sie dort stehen, und während ich langsam, sehr langsam zu ihr hinging, wunderte ich mich darüber, dass ich ihretwegen so viel Kummer hatte erdulden müssen. Sie stand da, sie war groß, sie trug eine Hose, sie hatte ihr Haar hochgesteckt, sie war eine der vielen schönen Frauen, die sich im Bahnhof aufhielten, und ich hätte ebenso gut wegen einer anderen so viel Kummer erduldet haben können. Warum sie? Und wie konnte es sein, wie war es möglich, dass ein einziger Mensch aus einer fröhlichen, glücklichen und aufgeräumten Person einen Grübler machte? War ein Mensch so viel Verzweiflung wert?

Je weiter ich auf sie zuging, umso mehr schien meine Verzweiflung, sofern man von Verzweiflung noch sprechen konnte, zu verdunsten. Jeder Schritt in ihre Richtung verfestigte ein wachsendes Gefühl der Erleichterung und ein ebenso stark wachsendes Gefühl des Unglaubens. So viel Kummer – ihretwegen? Das konnte doch nicht sein, da war etwas anderes, etwas, wovon ich nichts ahnte, das mich aber am Schlafen hinderte und mir Herzrhythmusstörungen verschaffte.

Petra bemerkte mich, grüßte, und Sylvia drehte sich um und machte ein paar rasche Schritte auf mich zu. Dadurch schien es, als könnte mein Gefühl der Erleichterung sich nicht zur Gänze entfalten. Dann küsste sie mich auf den Mund. Ich war erstaunt. Ging das noch, wenn es vorbei war?

Wir fuhren zu ihrer Wohnung. Es war ein schöner, warmer Sommerabend. Man hätte meinen können, dass alle Einwohner Utrechts durch die Straßen flanierten, und im Wald waren ebenso viele Jogger wie Bäume zu sehen.

Wir gingen die Treppe zu ihrem Apartment hinauf.

»Was möchtest du trinken?«, fragte sie.

»Hast du ein Glas Bier für mich?«, fragte ich und dachte: Wir können uns doch nicht unterhalten, wenn Petra dabei ist?

Sie stellte eine große Flasche Bier vor mich hin und sagte: »Du bist ja wunderbar braun. Hast du die ganze Zeit in der Sonne an der Pappel gearbeitet?«

»Ich bin nicht braun«, wollte ich sagen, »ich kann gar nicht braun sein, ich habe die letzten Wochen ständig auf meinem Bett gelegen«, aber sie fragte Petra: »Wann fährt dein Zug?«

»Um neun«, erwiderte diese.

Sylvia ging hinter mir vorbei und streichelte mit einem Finger über meinen Kopf, mit nur einem einzigen Finger, und trotzdem steckte in dieser Geste so unsagbar viel Zuneigung, dass mir die Tränen in die Augen schossen. Das alles war mir ein absolutes Rätsel, ich saß einfach nur da, schaute durchs Fenster auf das helle Sonnenlicht, das den ganzen Wald erglühen ließ, und hörte, wie Sylvia und Petra sich für ein Jazzfestival verabredeten.

Wir brachten Petra zum Bahnhof und fuhren anschließend wieder zurück. Als wir ausstiegen, meinte Sylvia: »Sollen wir einen kleinen Spaziergang durch den Wald machen?«

»Meinetwegen«, sagte ich, »beim Gehen kann man sich besser unterhalten.«

Wir gingen am Waldrand entlang. Im bäuerlichen Nutzwald war kein Zeichen von Leben zu bemerken.

»Sind die Leute noch da?«, fragte ich.

»Offenbar sind sie in Urlaub.«

»Sollten wir uns nicht unterhalten?«, fragte ich sie.

»Worüber?«

»Ich dachte …«

»Du solltest nicht so viel denken.«

Wir kamen an eine Stelle, wo sich die Wege kreuzten. Überall sah man Schatten von Joggern hinter den Buchen, nur auf der Kreuzung war es still. Langsam wandten unsere Körper sich einander zu, und weil ihre Schuhe recht hohe Absätze hatten, musste ich mich kaum bücken, um sie zu küssen. Ich wurde aus all dem nicht schlau. Wir wollten miteinander reden, und jetzt küssten wir uns. Sie küsste noch geduldiger und leidenschaftsloser, als ich es von ihr gewohnt war. Zwischen zwei Küssen fragte ich sie: »Ist es denn noch nicht aus und vorbei? Oder was … oder wie … ich verstehe … ich weiß nicht …«

»Du solltest nicht alles so genau wissen wollen«, unterbrach sie mich.

Wir gingen weiter, ich schaute hinauf in den Himmel, der sich hinter den schon dunklen Baumkronen wunderbar scharf abzeichnete. Auf der Grenze zwischen Himmel und Blätterdach schossen immer wieder kleine Gruppen von zwei, drei Fledermäusen hervor. Es sah so aus, als würden sie mit einem Katapult über die Wipfel geschossen. Sie taumelten durch die Luft. Sie juchzten, sie sangen, sie schnatterten, sie feierten, sie waren albern bis dorthinaus. Wie schade, dass ich sie nicht hören konnte.

Weiter entfernt im Wald sangen Rotkehlchen, die offenbar

lange aufbleiben durften. Und ich hörte Vogelgesang, den ich nicht einordnen konnte. Als er wieder zu hören war, fragte ich Sylvia: »Weißt du, welcher Vogel das ist?«

»Das könnte ein Kleiber sein«, antwortete sie, »die Nachbarn haben mir erzählt, dass es im Wald davon nur so wimmelt.«

Wir kehrten um und gingen zu ihrer Wohnung zurück. Sie sagte: »Ich bringe dich zum Bahnhof.«

Fast hätte ich gesagt: »Ich muss gar nicht nach Hause, Joanna ist sowieso nicht da, kann ich nicht bei dir übernachten?«, aber ich traute mich nicht. Angenommen, sie würde Nein sagen, was dann? So wie es jetzt war, war es doch gut? Einen Schritt weiter, und ich würde vielleicht wieder kaputt machen, was sich an diesem Abend ereignet hatte, inklusive jener unglaublichen Geste mit dem einen Finger.

Als ich im Zug saß, starrte ich auf die Lichter draußen. Sollte ich glücklich darüber sein, dass es offenbar doch noch nicht vorbei war? Es war, als hätte ich mich wieder ein wenig aufgerappelt, vor allem nach Franks Brief, und jetzt war ich wieder ebenso weit wie vor einem Monat, jetzt konnte sie erneut einen Schlussstrich ziehen, und ich wäre wieder zu einem vegetativen Dasein auf meinem Bett verurteilt. Oder würde es dieses Mal nicht so gehen? War ich jetzt einigermaßen geübt im Trinken von Wermut?

Als ich wieder zu Hause war, stellte ich die Noten zu *Jaro* von Josef Suk aufs Klavier. Ach, der arme Suk. Dvořák riet seiner Tochter Otilie davon ab, Suk zu heiraten. Otilie nahm Josef, und Josef war total glücklich. Suk, wer kennt sein Werk? Wer kennt seine Kompositionen für Klavier? Wer kannte schon Suk? Wer kannte seine Klaviermusik? Wer kennt *Jaro.* Ich spielte und spielte. Wenn ich doch nur einmal ein solches Stück komponieren dürfte! *Jaro,* das war die Musik der wirbelnden Fledermäuse in ihrem Wald. Als Suk diese Musik schrieb, war er bereits vier Jahre mit Otilie verheiratet. Wie unvorstellbar glücklich muss er mit ihr gewesen sein! Man konnte es hören in der Musik jener Zeit. Offenbar kann man mit einer Frau vollkommen glücklich sein. Und ich dachte daran, dass Otilie 1905 gestorben war und in was für eine tiefe Verzweiflung Suk gestürzt sein musste.

38

Sylvia rief mich regelmäßig an, und ich rief sie regelmäßig an, aber ich sah sie wochenlang nicht. Trotzdem schien es, als wäre noch nicht alles verloren, als würde nur die viele Arbeit in der Praxis ein Treffen unmöglich machen.

Mitten im Sommer wurde in Utrecht ein »Tag der Sprache« veranstaltet. Da wollte sie hin, und sie fragte mich, ob ich mitgehen wollte. Der »Tag der Sprache« interessierte mich überhaupt nicht, aber ich ging mit, weil ich mich dann mindestens sieben Stunden lang in ihrer Gesellschaft aufhalten konnte. Vier Vorträge musste ich mir dafür anhören, aber während dieser Vorträge konnte ich neben ihr sitzen und sie riechen. Die ganze Zeit würde ich ihren Duft einatmen.

Und ich saß neben ihr, und ich roch sie, und darum störte es mich auch nicht, dass die Vorträge ziemlich langweilig waren. Außerdem kann man bei einem solchen Vortrag sozusagen eine Schallplatte in seinem Kopf laufen lassen und sich zum Beispiel die *Sechste* von Bruckner anhören. Dabei stellt man dann oft fest, dass man ein solches Werk vollständig Takt für Takt im Kopf hat und dass man es sich Takt für Takt in Erinnerung rufen kann. Merkwürdigerweise kommt es einem beinahe befriedigender vor, eine solche Gedächtnisleistung zu vollbringen, als sich tatsächlich Bruckners *Sechste* anzuhören. Das Einzige, was mir bei dieser Symphonie immer Probleme bereitet, ist das zweite Thema des Adagios, das Thema, von dem Bruckner gesagt hat, es sei entstanden, nachdem er »einem

Mädchen zu tief in die Augen geschaut hatte«. Ein solches Thema, gütiger Himmel, es ist doch nicht zu glauben, dass einem Menschen so etwas einfällt. Das Gedächtnis weigert sich einfach, es zu reproduzieren. Weil es zu himmlisch ist? Oder zu kompliziert? Oder weil es eigentlich zwei wunderschöne Melodien sind, die gleichzeitig erklingen?

In der Mittagspause spazierten wir durch Utrecht. Wir gingen in eine Bäckerei. Sylvia kaufte ein halbes Brot und zwei Croissants, und ich summte die ganze Zeit das zweite Thema – »einem Mädchen zu tief in die Augen geschaut«. Das hatte ich auch gemacht, auf dem Plein, in Den Haag, und die Folge war, dass ich jetzt gemächlich und verkrampft neben ihr her ging, verkrampft deshalb, weil sie in Reichweite war und ich eigentlich hätte glücklich sein müssen. Doch bei jedem Schritt spürte ich, dass bei ihr von all dem, was in dem Blick auf dem Plein gelegen hatte, fast nichts mehr übrig war. Wie war das nur möglich? Irgendwann, ich wusste nicht mehr wo, hatte ich gelesen, dass zwei Menschen einander angesehen hatten »mit dem Blick zukünftiger Geschlechter«. So und nicht anders hatten wir uns doch damals auf dem Plein angesehen? Und nun verleugnete sie das, nun tat sie schon seit Monaten so, als hätten wir einander nicht auf diese Weise in die Augen gesehen. Fürchtete sie sich vor dem, was ein solcher Blick bedeutete? Aber wenn man einander so ansah, dann musste das doch nicht bedeuten, dass man sich wirklich fortpflanzte?

»Ein Stück weiter gibt es eine Zoohandlung mit schrecklich großen schwarzen Spinnen«, sagte sie.

Ich schreckte aus meinen Grübeleien auf.

»Spinnen?«, fragte ich

»Ja, riesige schwarze Spinnen. Zumindest gab es sie neulich noch. Ich traue mich nicht nachzusehen, aber geh du doch mal rüber und sieh nach, ob sie noch da sind.«

Mit großen Schritten ging ich zum Schaufenster der Zoohandlung. In einigen kleinen Terrarien saßen tatsächlich erstaunlich große kohlrabenschwarze Spinnen. Ich betrachtete sie staunend. Ihre großen behaarten Beine sahen beinahe aus wie riesige Zweiunddreißigstel, und wenn sie liefen, schien es fast, als komponierten sie, als produzierten sie Spinnenmusik. Wieder einmal machte es mich traurig, dass der Mensch so viele Geräusche in der Natur nicht hören kann.

Nach dem Ende des »Tags der Sprache« gingen wir durch die verlassenen Straßen Utrechts. »Sollen wir irgendwo etwas essen gehen?«, fragte ich sie.

»Gute Idee. Ich kenne ein gutes spanisches Restaurant.«

Wir gingen hin und kamen auf dem Weg an einem Möbelgeschäft vorbei. Sie blieb vor dem Schaufenster stehen und sagte: »René hat sich einen sauteuren Sessel gekauft.«

»Woher weißt du das?«

»Ich habe es von gemeinsamen Freunden gehört.«

»Ich habe gehört, dass er eine neue Freundin hat, eine Frau mit einer Haartorte auf dem Kopf.«

Sie sah mich an, als würde die Erde wackeln.

»Woher weißt du das?«, fragte sie erstaunt.

»Ich habe überall meine Spione«, sagte ich munter.

Schweigend gingen wir weiter. Die Sonne strahlte, großzügig goss sie ihr Licht über Straßen, Plätze und Dächer und gönnte den Häusern großmütig lange Schatten. Schließlich erreichten wir das Restaurant. Nachdem wir an einem Tisch Platz genommen und sich gleich danach eine Familie mit unübersichtlicher und lärmender Nachkommenschaft am Nebentisch niedergelassen hatte, sagte sie leise: »Wenn das meine Kinder wären, würde ich ihnen eine Ohrfeige verpassen.«

Während des Essens tauchte René immer wieder in unserem ansonsten mit häufigem Schweigen durchsetzten Gespräch auf. Nach dem Dessert sagte sie: »Er hat unglaublich viele Freundinnen für eine Nacht gehabt. Ich habe auch viele

Freunde für eine Nacht gehabt, aber er hat viel mehr One-Night-Stands gehabt als ich.«

»Ist das überhaupt schön, ein Partner für eine Nacht?«

»Man muss dabei keine Angst vor einer Bindung haben. Außerdem kann man mit dem anderen hemmungslosen Sex haben, du kannst dich vollkommen gehen lassen, du musst dich nicht zurückhalten, du musst auch nicht fürchten, Erwartungen zu wecken, die du dann nicht erfüllen kannst. Davor habe ich bei dir immer Angst.«

»Ach, nicht doch.«

»Wie fandest du übrigens die Frau, die den Vortrag über die Sprache der Tiere gehalten hat?«

»Ein bisschen steif«, erwiderte ich.

»Ja, das fand ich auch, das war so eine, bei der man sich die ganze Zeit fragt: Ob die wohl im Bett so richtig wild sein kann?«

Sie runzelte die Stirn, schüttelte ganz langsam den Kopf und sagte: »Sollen wir gehen?«

Ich bezahlte. Wieder gingen wir durch die verlassenen Straßen. Die Sonne gönnte den Häusern nun so lange Schatten, dass kaum noch Platz für Lichtflecke war. Nachdem wir Dutzende Schatten durchwandert hatten, erreichten wir das Parkhaus, das ganz in der Nähe des Bahnhofs lag. Ich hätte von dort aus direkt nach Hause fahren können. Aber es war noch früh, und vielleicht durfte ich ja mit zu ihr in das Herrenhaus, um noch eine Tasse Kaffee zu trinken oder …

Sie schloss die Autotüren auf, sagte jedoch nichts. Offenbar sollte ich einsteigen. Also nahm ich auf dem Beifahrersitz Platz, und wir verließen das Parkhaus. Es begann eine mühsame Fahrt von Ampel zu Ampel. Bei jeder Ampel war mir, als könnte ich nun leichter atmen, trotzdem pochte mein Herz noch wie in den Anfangstakten von *Tod und Verklärung* von Richard Strauss. Entfernten wir uns jetzt immer weiter vom

Bahnhof? Ich wusste es nicht, ich kannte die Stadt nicht gut genug, und ich wagte es nicht, sie zu fragen oder etwas zu sagen, weil ich fürchtete, ihr könnte dann bewusst werden, dass ich neben ihr saß und gemäß ihren eisernen Gesetzen zum Bahnhof gebracht werden musste. Angenommen, dachte ich, du sitzt in der Todeszelle, der Tag deiner Hinrichtung bricht an, und du wirst abgeholt: Würdest du noch mit denjenigen reden, die dich holen kommen? Dann dachte ich: Ich werde doch gar nicht zum Hinrichtungsplatz geführt, und außerdem: Vielleicht redeten die Delinquenten und die Bewacher pausenlos miteinander. Trotzdem war es, als herrschte im Wagen Schweigepflicht, die gleiche Schweigepflicht, die vielleicht auch herrscht, wenn man zur Hinrichtungsstätte geführt wird.

Schließlich kamen wir an eine Ampelkreuzung, die ich kannte. Bogen wir nach links ab, dann stand fest, dass sie zu ihrer Wohnung fahren würde, bogen wir nach rechts ab, dann wurde ich zum Bahnhof gebracht. Ich wagte kaum noch zu atmen, während die Ampel die ganze Zeit auf Rot stand. Es schien fast, als würden wir übersprungen, als würde das grüne Licht niemals aufleuchten. Zuerst setzte sich der Verkehr aus der entgegengesetzten Richtung in Bewegung, dann durften die Autos von rechts die Kreuzung überqueren. Anschließend waren die Autos von links an der Reihe. Danach sprangen die Fußgängerampeln auf Grün, und schließlich durften auch noch ein paar Fahrradfahrer die Kreuzung passieren. Dann, nach einer Ewigkeit, sprang unsere Ampel auf Grün, sie gab Gas, und es sah so aus, als wollte sie weder nach links noch nach rechts fahren, sondern geradeaus. Mitten auf der Kreuzung bog sie nach rechts ab und sagte ganz entspannt: »Ich wusste gar nicht, dass wir schon so nah beim Bahnhof sind.«

Sie wollte mich wieder in den Zug setzen, genau wie damals, in Rotterdam. Nun hatte ich die Wahl zwischen zügelloser

Wut, maßloser Trauer und tiefster Verzweiflung. Während wir die schräge Auffahrt zu den Taxistandplätzen hinauffuhren, von wo aus man bequem zu den Gleisen gelangen konnte, gewann zügellose Wut die Oberhand. Trotzdem schaffte ich es, mir nichts anmerken zu lassen. Sylvia stellte den Wagen ab und ging sogar mit zu dem Gleis, von dem mein Zug abfahren sollte. Wir saßen noch etwa zwanzig Minuten zusammen, und sie küsste mich sehr innig, und ich dachte: Ein Kuss als Almosen, ein Kuss als spärlicher Trost, ein Kuss als Abfindung. So wie die Sonne großmütig Schatten zugestanden hatte, so gestand sie mir großmütig zu, dass unsere Lippen sich berührten. Schließlich würde sie mich in absehbarer Zeit los sein. Dann konnte sie nach Hause gehen oder vielleicht in eine Kneipe oder eine Disco, um dort einen Freund für eine Nacht zu finden, mit dem sie hemmungslosen Sex haben konnte. Dann fielen mir die beiden Croissants ein, die sie in der Mittagspause gekauft hatte, bevor ich mir die Spinnen ansah, und im Zug dachte ich immer noch daran. Zwei Croissants. Zwei, wieso zwei? Für wen war das zweite Croissant gedacht? Oder würde sie selbst morgen früh zwei Croissants essen?

Es war ein langer Sommerabend. Draußen brannten noch keine Lampen. Am Himmel waren nur sehr große und hohe Wolken zu sehen, die sich nicht von der Stelle bewegten, ganz gleich, wie schnell der Zug fuhr. Dass einem so etwas passieren konnte, wenn man einem Mädchen zu tief in die Augen schaute, hatte Bruckner nie gewusst. In seiner Musik war schließlich nirgendwo etwas von dem zu hören, was ich jetzt erlitt und worauf ich überhaupt nicht vorbereitet gewesen war. Selbst Mahlers *Neunte* war noch zu fröhlich für so viel Schmerz. Andererseits: Es gab doch viel schlimmere Dinge auf dieser Welt. Man konnte ermordet werden oder misshandelt, oder man musste mitansehen, wie jemand, den man liebt, misshandelt wird, oder man konnte an Aids sterben. Das alles war doch sehr viel schlimmer? Worunter ich litt, war doch Luxuskummer? Das war doch belanglos? Das war so gewöhnlich, so alltäglich.

Ein ganzes Stück weiter, nachdem wir an automatischen Halbschranken vorübergefahren waren, die mit aller Macht läuteten, fiel mir ein: Wenn sie jetzt hier bei mir im Abteil wäre, mich in die Arme nehmen und sagen würde: Ich bin wieder in dich verliebt, wir ziehen zusammen, dann wäre mir das vollkommen gleichgültig, und ich würde mit Hiob sagen: »Warum ist das Licht gegeben dem Mühseligen und das Leben den betrübten Herzen?«

39

Die Hundstage. Eine Hitzewelle Anfang August. An einem dieser Tage ging ich »am leuchtenden Sommermorgen im Garten herum«. Anders als in dem Lied von Schumann sprachen und flüsterten die Blumen nicht, ich allerdings, ich wandelte stumm, und ich war wirklich ein »trauriger, blasser Mann«. Bei der Erlenhecke hörte ich ein merkwürdiges Geräusch, das aus dem Nachbargarten kam. Ich zog meine Holzschuhe aus, stellte mich darauf, und als ich über die Hecke spähte, bemerkte ich die Nachbarin, die schluchzend grüne Bohnen pflückte.

Sie schaute auf, bemerkte mich, legte die Hände vor die Augen und sagte: »Achte am besten nicht auf mich.«

»Was ist?«, fragte ich sie.

Sie stand auf und reichte mir ein Körbchen mit Bohnen: »Hier, bitte, eine Portion Bohnen.«

Mit großen Schritten eilte sie durch ihren Garten davon, und ich stand da, auf meinen Holzschuhen, mit meinen Bohnen. Was sollte ich mit Bohnen? Joanna hatte ein Engagement in Verona. Sollte ich jetzt für mich allein die Bohnen putzen und kochen?

Zwei Stunden später putzte ich die Bohnen dann doch, und zwar im Garten von Sylvias Chef. Der war im Urlaub; Sylvia wohnte währenddessen im Haus des Schnauzbarts-mit-Waffenschein und kümmerte sich allein um die Praxis. Sie saß mir gegenüber, sie trug Bermudas und eine karierte Bluse mit kurzen Ärmeln. Ihre unbedeckte Haut war dunkelbraun. Dadurch wirkten die hellen Härchen auf ihren Beinen beinahe gespenstisch.

Als ich mit den Bohnen fertig war, stand ich auf. Auch Sylvia erhob sich, sodass wir uns gegenüberstanden. Sie machte zwei Schritte nach vorn. »Fang mich auf«, sagte sie und ließ sich gegen mich fallen. Ich umarmte sie. Sie legte ihren Kopf auf meine Schulter. »Halt mich bitte fest, halte mich bitte sehr gut fest.« Dann standen wir da, und ich hielt sie in meinen Armen. Es war, als würde ihr schwer auf mir lastender Körper um Vergebung bitten. Aber wofür?

Bestimmt fünf Minuten lang umarmten wir uns wortlos. Dann nahm sie den Kopf von meiner Schulter und drückte ihre Lippen auf meine. Nun roch ich sie besser, und erneut kam es mir so vor, als wäre es dieser Duft, der mich an sie band. Wenn ich für sie ebenso duften würde wie sie für mich, dann würde sie mich ebenso lieben wie ich sie, dachte ich, und tief in mir spürte ich, dass sich wieder dieses hohle Gefühl, die Trommelsucht, breitmachte, und darum fragte ich sie etwas prosaisch: »Hast du Kartoffeln im Haus?«

Sie nickte.

»Wenn du noch ein Schnitzel besorgst«, sagte ich, »dann hast du heute Abend mal eine ordentliche Mahlzeit.«

Das Telefon klingelte. Sylvia sagte: »Bestimmt ein Notfall. Wie schade, ich wäre so gerne mit dir zu einem Lokal am Wasser gefahren, wo ich neulich gewesen bin. Da saß man so schön.«

Sie nahm den Hörer ab, nannte den Namen der Praxis, lauschte und sagte dann: »Ja, ist in Ordnung.« Sie legte den Hörer auf und knurrte: »Ein Bouvier. Ist todkrank. Waren schon überall, und jetzt kommen sie hierher.«

»Während du mit dem Bouvier beschäftigt bist, besorg ich dir schnell ein Schnitzel, und danach haben wir bestimmt noch genug Zeit, um in dein Lokal zu gehen.«

Bereits zehn Minuten später klingelte es. »Das ist der Bouvier«, sagte ich, »ich geh hin und sag den Leuten schon mal, dass du meinen Hund neulich eingeschläfert hast und dass das für ihren Bouvier auch das Beste ist.«

»Sag das bitte nicht«, sagte Sylvia.

Rasch ging ich durch den schmalen Flur zur Außentür. Im Wartezimmer urinierte ein riesiger Bouvier. Hilflos standen sein Herrchen und sein Frauchen da und schauten zu, wie sich ein rotbrauner Strom aus dem Tier auf die Fliesen ergoss. Es gab auf dem Boden praktisch keine trockene Stelle mehr. Nachher wellen sich die Fliesen noch, dachte ich. Als ich an den dreien vorbeiging, sah ich dem Bouvier in die Augen. Voller Todesangst schaute das Tier zurück.

Draußen auf der Straße ging mir der Blick nicht mehr aus dem Sinn. Noch nie hatte ich ein lebendes Wesen so ängstlich gucken gesehen. Ich kaufte ein Schnitzel und ging durch die sengende Hitze zurück.

Als ich am Wartezimmer vorbeikam, war es bereits wieder blitzblank geputzt. Ich fand Sylvia im Wohnzimmer: »War das Blut im Urin des Hundes?«

»Nein, Gallenfarbstoff.«

»Dass ein Tier eine solche Überschwemmung anrichten kann. Was hast du mit dem Hund gemacht?«

»Ich habe ihn eingeschläfert.«

Einen Moment lang dachte ich, sie spiele auf meinen schlechten Witz von vorhin an und würde jetzt auch einen Scherz machen, aber sie sagte: »Du kannst mir schnell ma' helfen, ihn wegzubringen.«

»Du hast ihn wirklich eingeschläfert?«, fragte ich verdattert.

»Ja, er war schon bei allen möglichen Ärzten gewesen, und seine Besitzer sahen auch keine Perspektive mehr. Vielleicht hätte man noch irgendetwas tun können, aber dann wäre ich Stunden beschäftigt gewesen, und ich möchte doch so gern noch ein wenig mit dir am Wasser sitzen. Also habe ich den Leuten geraten, ihn einzuschläfern. Ich habe damit kein Problem.«

Im Flur stand ein Müllsack.

»Da ist er drin«, sagte Sylvia. »Wenn wir ihn zusammen hochheben, können wir ihn vielleicht in den Container tun, und er wird heute noch ins Krematorium gebracht.«

Wir schleppten den Bouvier zu einem weißen Container. Ich sah immer noch die von Todesangst erfüllten Augen. Auch als wir in Sylvias Wagen am Wasser entlangfuhren, konnte ich den Blick einfach nicht vergessen. Erst als wir das rundum verglaste Café erreichten, zu dem sie mit mir wollte, gelang es mir für eine Weile, nicht mehr an das Tier zu denken.

Wir saßen an einem Tischchen am Fenster und schauten über den Fluss. Zwei Tassen Kaffee wurden achtlos vor uns auf den Tisch geknallt. Der Ober sagte kein Wort. Sylvia schimpfte: »Es ärgert mich dermaßen, wie man in den Niederlanden bedient wird«, und während sie das sagte, kam es mir so vor, als wollte sie eigentlich berichten, dass sie schon früher hier gewesen war, dass sie hier mit einem anderen Mann gesessen hatte, einem neuen Freund, jemandem, mit dem sie einen ebensolchen Blick gewechselt hatte wie mit mir auf dem Plein in Den Haag. Ich wunderte mich, dass ihr Geschimpfe, das kein Geschimpfe war, sondern ein Geständnis, so maßlos große Trauer in mir hervorrief, obwohl ich doch auch dort saß mit ihr und über den Fluss schaute. »Christ unser Herr zum Jordan kam.« In Gedanken summte ich all die großen Intervalle, und es schien, als könnten sie, zusammen mit meinen unter dem Tisch geballten Fäusten, die Trauer in Zaum halten. Bach, dachte ich, was hätte ich ohne dich machen sollen in diesem Leben, du hast mir immer wieder über alles hinweggeholfen, aber dem … dem … dem bist selbst du nicht gewachsen. Und dann sah ich das Wasser, die Wellen, das Sonnenlicht darauf, das leuchtende Sonnenlicht, und ich dachte an die vielen Tausend Jahre, die der Fluss hier schon geflossen war, und die vielen Tausend Jahre, die er hier noch fließen würde. Bach und Mozart würden längst vergessen sein, und immer noch würde der Fluss hier fließen, und aller Kummer wegen eines Menschen, der launisch über die Bedienung schimpfte, würde spurlos hinweggewischt sein, weshalb man ebenso gut glauben konnte, es habe diesen Kummer nie gegeben. Da saß sie also, Sylvia, sie war ganz nah, sie war so schön, ich hatte nie einen schöneren Menschen gesehen, und auch wenn ich sie längst verloren hatte, so hatte ich sie doch in meinen Armen halten dürfen, und für einen kurzen Moment hatte sie mich sogar geliebt, und ansonsten strömte der Fluss immer weiter, und alles, was geschah, hatte nichts zu bedeuten, in einhundert Jahren waren garantiert alle, die jetzt lebten, tot, und irgendwann würde selbst Mozart vergessen sein. Was spielte es also für eine Rolle, dass jede Zelle meines Körpers vor Schmerz schrie, was spielte es schon für eine Rolle, dass ich wahrscheinlich endgültig ein gebrochener Mann war, was spielte es für eine Rolle, dass ich mich von Hester entfremdet hatte, was spielte es für eine Rolle, dass ich nie das erreichen würde, wovon ich als Kind geträumt hatte?

Auf dem Fluss zog ein eifriger Schlepper zwei riesige Leichter. Das kleine Schiff, die Mars V, schaukelte hin und her, während die Leichter ruhig dahinglitten. Der Schlepper stieß riesige Rauchwolken aus, die auch rasch verwehten. An Deck rannte ein Hund. Er sah sehr gesund aus, und in Gedanken rief ich ihm zu: Du musst nicht zum Tierarzt, du nicht!

40

Ende Oktober, ein früher Sonntagmorgen. Nach den ersten Nachtfrösten fielen die Blätter massenhaft von den Bäumen. Sogar Eichenblätter taumelten zu Boden. Von meinem Flügel aus sah ich an diesem windstillen Oktobermorgen das Laub beständig herabschweben. Es sah fast so aus, als fiele schmutzig gelber Schnee. Ich spielte nicht, ich saß vor den Tasten und starrte auf den exzessiven Blätterschauer. Auf dem Weg am Wasser rannte ein Jogger in einem silbergrauen Trainingsanzug. Auf Höhe meiner Einfahrt bog er ab. Mit wedelnden Armen schlug er die fallenden Blätter beiseite. Fix kletterte er über die Pappel. In schnellem Trab näherte er sich meiner Haustür, wobei trotz seines Armgewedels immer mehr Laub auf seinem Trainingsanzug hängen blieb. Laut schallte die Klingel durchs Haus. Gemächlich begab ich mich in die Diele. Durch das Fenster in der Obertür sah ich ihn neugierig nach drinnen spähen. Immer noch bewegten sich seine Beine auf und ab, er joggte auf der Stelle. Noch ehe ich die Obertür ganz aufgemacht hatte, rief er fröhlich, wobei er mit Daumen und Zeigefinger Blätter von seiner Kleidung schnipste: »Nehmen Sie es mir bitte nicht übel, dass ich sozusagen weiterjogge. Wenn ich anhalte, komme ich aus dem Rhythmus.«

Er streckte mir die Hand entgegen und sagte munter: »Ich bin Pastor Waterreus, es tut mir leid, dass ich Sie so früh am Sonntagmorgen belästige, aber wir haben ein Problem. Unser Organist ist plötzlich krank geworden, und da wir gehört haben, dass Sie Orgel spielen können, wollten wir Sie fragen, ob Sie heute Morgen für ihn einspringen können?«

Erstaunt starrte ich auf den trippelnden Zwerg, der sich als Pastor Waterreus vorgestellt hatte. Lauter kleine Schweißtropfen glänzten auf seiner Stirn. Das nahm mich für ihn ein.

»Es wird ein schöner Morgengottesdienst«, sagte er, »eigentlich eine Morgenwache, es wird ein Gottesdienst des Wortes und des Abendmahls, Sie würden uns unglaublich helfen, wenn Sie …«

Während ich die Schweißtropfen beobachtete, die sich wie die Blätter abwärtsbewegten, sagte ich: »Sagen Sie mir, wo und wann …«

»Ich denke, es wäre am besten, wenn Sie gleich mitkommen. Joggen Sie vielleicht auch?«

»Nein.«

»Oh, das ist schade, ich kann es Ihnen nur empfehlen, ich jogge jeden Tag, und sonntagmorgens packe ich noch ein paar Kilometer drauf. Darum war es auch kein Problem, bis zu Ihnen zu joggen. Ich bin dann in Topform, wenn ich anschließend die Kanzel besteige. Sie sollten mal sehen, wie Sie spielen würden, wenn Sie vorher eine Stunde gejoggt wären. Jedenfalls, schade, dass Sie nicht joggen, wir hätten nämlich sonst zusammen laufen können.«

»Was ich vielleicht machen könnte, wäre, mit dem Fahrrad neben Ihnen her zu fahren.«

»Oh, das wäre wunderbar! Dann könnte ich, wenn Sie nicht zu schnell fahren, neben Ihnen her laufen und Ihnen das ein oder andere über unseren Gottesdienst erzählen.«

»Ich hole nur noch schnell ein paar Noten«, sagte ich.

Kurz danach waren wir auf dem Weg zur Kirche. Er trabte neben mir her, und es wunderte mich, dass er dabei nicht nur nicht in Atemnot geriet, sondern auch noch wie ein Wasserfall reden konnte. Er sagte: »Joggen ist phantastisch, ich wünschte, ich könnte alle dazu bekehren, ich empfehle es all meinen Gemeindemitgliedern, und einige habe ich auch schon zum Joggen gebracht, ich wünschte, ich könnte aus meiner Gemeinde eine joggende Kirche machen, es würde meine Gemeindemitglieder enorm im Glauben festigen.«

Er spuckte kurz aus, wedelte kurz mit den Armen und sagte dann fröhlich: »Neulich erst habe ich über 1 Korinther, 9, Vers 24 bis 26, gepredigt. Da vergleicht der Apostel das Heil mit einem Preis auf der Rennbahn, und er sagt: ›Laufet nun also, dass ihr es ergreifet.‹«

»Ja, aber in Prediger 9, Vers 11, steht, dass den Wettlauf nicht die Schnellsten gewinnen.«

Einen Moment sah es so aus, als wäre er ins Stolpern geraten. Erstaunt schaute er zur Seite, dann trabte er wieder, als sei nichts gewesen.

»Mein Gott, woher wissen Sie das so genau, kennen Sie die Bibel so gut?«, fragte er mich in einem Ton, als hätte er mich bei der Lektüre pornografischer Schriften ertappt.

»Das weiß ich zufällig«, erwiderte ich, »und ich weiß auch, dass irgendwo in den Sprüchen Salomons steht, dass Füße sich eilen, um zum Bösen zu rennen.«

Er wollte etwas sagen, ich fügte jedoch – einfach weil ich es hier mit einem jungen Burschen zu tun hatte, den ich ärgern konnte, und auch weil ich nach diesem elenden Sommer meine alte Spannkraft und Vitalität wiederkehren fühlte – stichelnd hinzu: »An diese Stelle muss ich jedes Mal denken, wenn ich Jogger sehe.«

»Jemand, der an Bibeltexte denkt«, rief er in großer Verzweiflung aus, »und das in dieser Zeit! Was mir auffällt, und zwar vor allem hier im Westen, ist, dass die Menschen vollkommen säkularisiert sind. Sie haben sich von der Heiligen Schrift entfremdet, sie kennen die Heilige Schrift nicht mehr. Würden sie die Heilige Schrift kennen, dann wüssten sie, dass ich recht habe, wenn ich ihnen sage, dass wir zum Heil joggen müssen. Ja, ja, steht nicht sogar drei Mal geschrieben, dass Gott unsere Füße gleich denen von Hirschen machen wird?«

»Psalm 18«, sagte ich.

»Ich fass es nicht«, rief er und blieb abrupt stehen, wedelte mit seinen Armen, als versuchte er sein Gleichgewicht zu halten. Ich fuhr ganz langsam weiter. Er lief wieder los, vorerst nur im Zuckeltrab. Als er wieder neben mir her lief, fragte er: »Und wissen Sie auch, wo diese Passage noch auftaucht?«

»Nein«, antwortete ich.

»Gott sei Dank«, sagte er. »Diese Formulierung findet sich auch in 2 Samuel 22, Vers 34, und Habakuk 3, 19. Vers.« Bei den Worten »neunzehnter Vers« bekam seine Stimme auf einmal etwas Hohles und Feierliches, und sein Schritt wurde unsicher.

»Bestimmt haben Sie mal über diese drei Texte gepredigt«, sagte ich.

»Stimmt.«

»Haben Sie denn auch schon über Sprüche 6 gepredigt? Da steht, dass Armut wie ein Läufer über einen kommt.«

Im Takt seiner eilenden Füße rief er: »Sie reißen das Zitat aus dem Zusammenhang, Sie reißen das Zitat vollkommen aus dem Zusammenhang, denn schließlich steht dort auch: ›Heiden, die dich nicht kennen, werden zu dir laufen.‹«

»Ja, aber das steht ganz woanders«, erwiderte ich, »das steht … das steht …«

»Aha«, rief er triumphierend, »das wissen Sie nicht!«

»Und Sie wissen es, denn Sie haben darüber gepredigt, weil Sie aus Ihrer Gemeinde eine joggende Kirche machen wollen«, sagte ich. »Aber warten Sie, steht es nicht … steht es nicht … ja, es steht bei Jesaja, irgendwo weiter hinten im Buch Jesaja, gleich hinter der Stelle mit dem Lamm, das zur Schlachtbank geführt wird.«

»Oh, oh«, stöhnte er und lief für einen Moment so, als hinkte er.

»Vielleicht sollten Sie mal über das Wort des Apostels Paulus predigen: ›Ihre Füße sind eilend, Blut zu vergießen.‹«

»Das werde ich«, sagte er, »natürlich, ja, auch der Jogger, selbst der Jogger kann sündigen, aber trotzdem bleibe ich dabei, dass die Heilige Schrift uns ermahnt, zum Heil zu joggen. Warum sollte sonst drei Mal darin erwähnt werden, dass Gott unsere Füße wie die von Hirschen machen wird?«

»Wenn Gott wollte, dass wir rennen sollten, warum hat er uns dann nicht gleich wie Hirsche geschaffen? Oder wie die Tiere, die wie der Blitz laufen können und darum Antilopen genannt werden?«

Pastor Waterreus ging darauf nicht ein. Er fiel ein wenig zurück, ich bremste, er schloss wieder auf und sagte grimmig: »Jemand, der joggt, kann nicht im selben Moment sündigen.«

»Kann er nicht? Wenn man läuft, kann man in seinem Herzen tausend Mal Ehebruch begehen, und laut Jesus macht es keinen Unterschied, ob man etwas wirklich tut oder nur im Herzen.«

»Das ist noch die Frage«, rief er, »aber beim Joggen Ehebruch begehen, das geht nicht, denn das ist es ja gerade: Beim Joggen kommt es zu einer Bewusstseinsverengung, in deren Folge man nur noch an das Erhabene denken kann. Sie haben nie gejoggt, sonst würden Sie wissen ...«

»Ich bin durchaus schon mal gelaufen«, sagte ich, »und wenn ich laufe, dann denke ich an das Duett aus der Kantate 78 von Bach. Das ist bestimmt Ihre Lieblingsmusik: ›Wir eilen mit schwachen, doch emsigen Schritten o Jesu, o Meister, zu helfen zu dir.‹«

»Bach? Schwere Kost! Viel zu schwere Kost!«

Wir überquerten eine Kreuzung. Zu gern hätte ich Pastor Waterreus noch ein wenig länger gepiesackt, aber leider hatte ich keine weiteren Bibelzitate über das Joggen zur Hand. Darum fragte ich ihn: »Wie ist die Orgel in Ihrer Kirche?«

»Sie spielt«, sagte er fröhlich.

»Ja, natürlich«, erwiderte ich gereizt.

»Mehr kann ich dazu nicht sagen«, meinte er, »ich weiß nur, dass sie funktioniert. Und dass man laut und leise spielen kann, verflixt laut sogar. Aber das lassen Sie lieber bleiben, spielen Sie einfach leise.«

Wir gelangten auf einen asphaltierten Weg, der Maaldrift hieß. Sonntagmorgenjogger kamen uns entgegen. Pastor Waterreus sagte: »Sie laufen leider in die falsche Richtung. Ach, könnte ich die ganzen Jogger doch nur einmal um mich scharen. Wenn sie doch nur wüssten, dass sie, indem sie joggen, fast von ganz allein schon dem Evangelium näherkommen.«

Er trabte, ich radelte, wir schwiegen. Wo Bäume standen, fielen unglaubliche Mengen Laub herab. Und obwohl es windstill, warm und sonnig war, war es zugleich auch ziemlich neblig. Schließlich kamen wir durch ein kleines Gässchen zur Dorfkirche. Sie war von einer Mauer umgeben. An der Nordseite erstreckte sich ein geheimnisvoller Kirchhof. Von Süden her näherten sich die Kirchgänger. Ein schwerfälliger Mann in einem schwarzen Jogginganzug trabte in Richtung Kirche. Begeistert griff Pastor Waterreus nach meinem Gepäckträger und zog daran, bis ich zum Stehen kam. Er deutete auf den keuchenden Jogger und rief: »Sehen Sie! Presbyter Holband! Der kommt joggend zur Kirche! Und dort, schauen Sie, Frau Wildzang, eine unserer Diakoninnen. Zugegeben, es sind bis jetzt nur wenige, aber ich bin hier auch noch nicht sehr lange, gerade einmal anderthalb Jahre. Warten Sie nur ab, wenn ich vier Jahre hier gewesen bin, dann ist es so weit, dann kommt die ganze Gemeinde joggend zur Morgenwache.«

In seiner Begleitung betrat ich die Kirche. Er winkte dem

Küster, der mich anschließend auf die Orgelbühne führte. Ich fragte ihn: »Joggen Sie auch?«

»Ich«, sagte der Mann zutiefst beleidigt, »ich und joggen? Ich habe eine Frau, zwei Kinder und vier Enkel. Was glauben Sie? Der Pastor ist ein ziemlich reinliches Bürschchen, und meine Frau und ich wischen zwei Mal pro Woche die Kirche. Glauben Sie, da hätte ich noch Zeit zum Joggen?«

»Aber wenn ich Pastor Waterreus auf dem Weg hierhin richtig verstanden habe, dann sollte Joggen doch eigentlich ein Teil des christlichen Lebenswandels sein?«

Der Küster, der vor mir her ging, blieb mitten auf der Treppe stehen, drehte sich um und tippte sich so kräftig an die Stirn, dass ich einen Moment fürchtete, er könnte ein Loch hineinstechen. Dann ging er weiter, wobei er bei jedem Schritt knurrte, und einmal meinte ich sogar, Zähneknirschen zu hören.

Es zeigte sich, dass die Orgel im Jahr 1974 von der Firma Metzler restauriert worden war. Der Küster schaltete den Motor ein und ging danach rasch. Das Gebläse rauschte. Im Rückpositiv zog ich Dulcian und Gemshorn. Während ich das letzte Register festhielt, erinnerte ich mich an den ersten Auftritt mit Hester in einer Kirche. Auch damals hatte ich ein Gemshorn gezogen, und Hester hatte ausgelassen gerufen: »Gemshorn? Und wo ist dann das Löwenschwänzchen?« Gedankenverloren ließ ich die Finger auf die Tasten sinken. Ich spielte. »Mild und leise« flüsterte das Rückpositiv unter dem Gewölbe.

Zwischen mir und der Orgel war es Liebe auf den ersten Ton. Kurze Zeit später spielte ich das große e-Moll-Präludium von Bach, und all mein Leid schien aus der Welt zu sein, obwohl doch die Musik, diese unvergängliche Musik, von nichts anderem zu sprechen schien. Wie verbittert die Musik auf einmal klang! Verbittert und voller Verzweiflung! Das

Werk erinnerte mich mit einem Mal an die Klage des Amfortas im *Parsifal*. Oder war dieser Eindruck nur eine Folge davon, dass ich mein Leben nicht mehr im Griff hatte?

Die Orgel, die laut und leise spielen konnte, erwies sich als ein selten schönes Instrument. Sie klang warm, tief und sonor. Sie hatte zweiundzwanzig ansprechende Stimmen. Das Pedalwerk verfügte nicht nur über einen Subbass, sondern auch über eine Trompete. Leider fehlte ein Vierfuß. Trotzdem stand für mich fest, dass ich nach dem Gottesdienst, auch ohne den Vierfuß, den ich eigentlich für die Choralstimme brauchte, »Christ unser Herr« spielen würde. Ich murmelte: »Wenn man mich hier mit den Noten sämtlicher Werke Bachs einschließen und mir nur ab und zu etwas zu essen bringen würde, dann könnte ich an dieser Orgel friedlich den Rest meines Lebens verbringen. Und vielleicht könnte ich dann auch Sylvia vergessen.«

Pastor Waterreus stieg auf die Kanzel. Ich hatte seit Jahren keinen Gottesdienst besucht. Das Tempo, das der Pfarrer vorlegte, erstaunte mich. Er joggte durch die Liturgie. In kürzester Zeit wurde auch das Abendmahl gefeiert. Winzige Portionen Brot und Wein befanden sich an den einzelnen Sitzplätzen, sodass die Gemeindemitglieder zusammen einen Happen essen und einen Schluck trinken konnten.

Es wurde viel, jedoch leise gesungen. Mit jedem Lied oder Psalm wurde der Gesang, der von unten aufstieg, sogar noch dünner. Dann kündigte Pastor Waterreus, der auf der Kanzel, wie ich vermutete, auf einem kleinen Schemel stand und unter seiner Toga immer noch den Jogginganzug trug, an, er werde über Psalm 147, Vers 3, predigen: »Er heilt, die gebrochenen Herzens sind.«

Leutselig begann Pastor Waterreus seine Predigt: »Liebe Gemeinde, was ist das, ein gebrochenes Herz? In der alten Übersetzung heißt es sogar: ›Er heilt, die zerbrochenen Herzens sind.‹ Kennen wir das heute noch, ein zerbrochenes Herz? Oder ist das nicht mehr zeitgemäß? Ist das etwas aus einer fernen Vergangenheit?«

So predigte er weiter. Jeden Satz, den er sagte, wiederholte er mit anderen Worten. Vollkommen verdutzt hörte ich ihm von der Orgelbühne aus zu. Warum predigte er ausgerechnet über diesen Vers? Dann entdeckte ich meine Nachbarin. Sie schaute nicht zu Pastor Waterreus, sondern blätterte nervös in ihrer Taschenbibel, als suchte sie nach Zitaten über schnelle Läufer. Von meinem Platz aus konnte ich ihr Gesicht leider nicht sehen. Wohl aber sah ich ihren Rücken, ihren gekrümmten Rücken, und ich wunderte mich, dass man am Rücken genau erkennen kann, wie viel Kummer ein Mensch gerade erleidet.

Ganz allmählich dämmerte mir, dass die Predigt ausschließlich für sie bestimmt war. »Fledermaus«, murmelte ich, »er war der Jogger mit dem roten Rücklicht, er hat der Nachbarin den Kopf verdreht, und nun erklärt er ihr, dass Gott ihren Schmerz erleichtern wird. Nein, nein, über die Köpfe der anderen hinweg macht er ihr weis, dass er nicht für das verantwortlich ist, was er angerichtet hat.«

»Brüder und Schwestern«, sagte der Pastor, der selbst auf der Kanzel hüpfte, »ist es nicht so, dass wir manchmal allzu empfänglich sind für die Aufmerksamkeiten der anderen? Hegen wir nicht manchmal allzu schnell Erwartungen, die der andere nicht erfüllen kann? Oder die der andere vielleicht gern erfüllen würde, aber dann ist er auch nur ein sündiger Mensch? Oder schlimmer noch: Dichten wir dem anderen nicht manchmal allzu leicht Absichten an, die er nie gehabt hat? Gewiss, liebe Gemeinde, wir sind ein Stück verantwortlich füreinander, aber worum es auch geht, ist, dass wir dem anderen ein Stück Verlässlichkeit entgegenbringen, und darum sollte man nicht viel mehr versprechen, als man selbst tragen oder verantworten kann. Es kommt darauf an, ein offenes Ohr und ein mitfühlendes Herz ...«

(Dann sah ich, dass in der Kirche noch zwei Damen saßen, die nervös in ihren Bibeln blätterten, und mir war sofort klar, dass außer meiner Nachbarin ihm noch andere zum Opfer gefallen waren, ihm, der mit seinem rabenschwarzen Haar ein Bruder des grenzdebilen Idioten hätte sein können.)

»... ja, liebe Gemeinde, ein offenes Ohr und ein mitfühlendes Herz, auf dass wir dem anderen ein Stück Fröhlichkeit entgegenbringen, ein Stück Deutlichkeit auch, ein Stück Humor. Jesus zeigt uns Wege für ein gebrochenes Herz auf. Wer für das Evangelium empfänglich ist, der weiß, dass es ein Stück Raum, ein Stück Orientierung bietet, auch dort, wo lauter Fußangeln und Fallen der Liebe uns bedrohen, auch und vor allem bei Liebeskummer. Gott, liebe Brüder und Schwestern, bietet ein Stück Freundschaft an, und ich bin nur derjenige – mehr bin auch ich nicht, wirklich –, der diese Freundschaft an andere weiterreichen darf. Amen.«

Es lag mir auf der Zunge, durch die Kirche zu rufen: »Ein Stück Freundschaft? Ich will nicht bloß ein Stück Freundschaft, ich will die ganze Freundschaft«, aber Pastor Waterreus sagte triumphierend: »Und nun singen wir Psalm 147, Vers 2.«

Während des Präludiums murmelte ich: »Fledermaus, wenn du mich fragst, dann ist der Organist gar nicht krank. Er hat mich nur hierhin geholt, weil er mich an jenem Abend, als er mit seinem roten Rücklicht auf Freiersfüßen herumlief, auf der Straße gesehen hat. Außer meiner Nachbarin will er auch mir en passant mitteilen, dass alles in bester Ordnung ist.«

Nach dem Gottesdienst spielte ich, leider ohne Vierfuß, »Christ, unser Herr, zum Jordan kam«, und mit den prächtigen Füllstimmen im Hauptwerk und der wunderschönen Flûte doux im Rückpositiv war es, als zögen Engel singend am Jordan entlang. Nie zuvor hatte ich das Stück schöner und klarer gespielt, und ich spielte und spielte, ich tat so, als stünde im Notenblatt mehr als ein Wiederholungszeichen; Sylvias Predigt über Psalm 147 allerdings konnte ich nicht wegspielen: »Du hast dir den Kopf verdrehen lassen.« Darum sagte ich schließlich: »Fledermaus, da könnte man genauso gut vor Gericht sagen: ›Euer Ehren, Sie können zwar behaupten, ich hätte ihn ermordet, aber ... aber ... wissen Sie, wie es sich verhält, er hat sich ermorden lassen.‹« Auch das half nicht. Ständig sah ich die nervös blätternden Damen vor mir, Anna, Elvira, Zerlina, und jedes Mal, wenn das Hauptthema mit dem Oktavsprung wiederkehrte, war es, als schämte ich mich dafür, zu denen zu gehören, denen im dritten Vers von Psalm 147 vorgegaukelt wurde, dass Gott sie heilen werde.

41

»Gott, ist das kalt«, sagte sie.

»Was willst du«, entgegnete ich, »es ist Dezember.«

»Aber du hast Geburtstag, es hätte ruhig ein wenig wärmer sein können.«

»An meinem Geburtstag ist es immer grau, frostig, neblig«, sagte ich.

Wir stiegen in ihr silbernes Auto.

Sie hatte mich am Abend zuvor angerufen und gesagt: »Kannst du ganz früh kommen? Sagen wir um halb neun?«

»Ist mir recht«, hatte ich erwidert. Offenbar wollte sie mich mit etwas überraschen, und darum musste ich so früh erscheinen, so früh wie zu Beginn.

Wir fuhren zur Stadt hinaus. Sie sagte: »Ich muss wirklich etwas in Sachen Fußboden unternehmen, und darum wollte ich mich heute Morgen nach einem neuen Teppichboden umsehen.«

Hatte sie mich nur deswegen so früh kommen lassen? Während der Fahrt betrachtete ich ihr Profil und dachte: Jetzt ist fast ein Jahr her, dass sie vor meiner Tür stand, unglaublich, fast ein Jahr, und es kommt mir so vor, als wäre es gestern gewesen. Alle Tage dieses Jahres, an denen ich sie nicht gesehen habe, sind ausgelöscht. Fast der ganze Herbst ist verschwunden, weil ich sie seit den Hundstagen nur noch ein paarmal getroffen habe. Und nur ein einziges Mal habe ich sie lächeln gesehen.

Wir besuchten drei Teppichläden. Sie konnte sich nicht entscheiden, und so fuhren wir wieder zurück in ihre Wohnung.

Als wir durch den Flur zu ihrem Zimmer gingen, kam ein großer junger Mann mit bereits schütterem Haar aus der Gemeinschaftsküche. Er trug einen braunen Hausmantel. Langsam ging er zu seinem Mansardenzimmer. In dem Moment, als Sylvia den Schlüssel in das Schloss ihrer Zimmertür steckte, sah ich mich zu ihm um. Er stand vor seiner Tür, schaute sich auch um und beobachtete, wie Sylvia ihren Schlüssel umdrehte. Er tat so, als würde ich nicht dastehen und zu ihm hinübersehen, es war, als sähe er nur Sylvia, und als sie ihre Wohnung betrat, wandte er sich um und steckte den Schlüssel in das Schloss seiner Tür.

Als wir nach einer knappen Stunde ihre Wohnung wieder verließen und durch den Flur gingen, tauchte er plötzlich auf. Während wir die Treppe hinuntergingen, hörte ich seine Schritte über den Holzfußboden des Flurs poltern.

Wir machten einen kurzen Spaziergang durch den Wald. Es war still dort, ich sah nur einen Jogger. Zwischen manchen Buchen hingen Nebelschwaden. Im Gutshaus schaute der junge Mann aus dem Fenster.

Um halb zwölf gingen wir zu Sylvias Wagen. Unvermittelt tauchte der junge Mann hinter den Buchen auf. Als Sylvia die Tür ihres Wagens öffnete, öffnete er die Tür seines Wagens. Es sah fast so aus, als wollte er sich vollkommen synchron mit ihr bewegen. Sie packte ihre Tasche in den Kofferraum. Er packte seine Tasche in den Kofferraum. Sie wischte ihre Frontscheibe sauber. Er wischte seine Frontscheibe sauber. Sie zog den Mantel aus, faltete ihn und legte ihn auf die Rückbank. Er zog den Mantel aus, faltete ihn und legte ihn auf den Beifahrersitz. Dann überlegte er es sich anders und legte den Mantel auch auf die Rückbank. Sylvia stieg ein, er stieg ein. Sylvia ließ den

Motor an, er ließ den Motor an. Rückwärts fuhr Sylvia vom Parkplatz. Er machte es ebenso, und während sie beide rückwärtsfuhren, winkte er Sylvia zu. Während er seine Hand hin und her bewegte, musste ich auf einmal an meine Klavierlehrerin denken. Die hatte immer zu mir gesagt: »Alles muss ganz locker sein, Handgelenke, Finger, Ellenbogen. Und weißt du, wie du alles locker machen kannst? Stell dir vor, du bist verliebt und du winkst deiner Freundin zu. Das machst du mit lockerem Handgelenk, denn du winkst dem Mädchen mit einer sich schnell hin und her bewegenden Hand zu. Achte mal darauf, wie Menschen, die verliebt sind, einander zuwinken. Locker, alles locker.«

So winkte Sylvia jetzt auch. Sie drehte sich halb zur Seite, schaute zu dem winkenden jungen Mann und lächelte. Es war ihr Lächeln der Anfangszeit, das Lächeln, das sich gleichsam von ihr löste, das Grinse-Katze-Lächeln.

»Wer war das?«, fragte ich beiläufig.

»Oh, ein Fotograf, der im Haus wohnt, er hat mal die Bühne ausgeleuchtet, als du mit deiner Hester aufgetreten bist.«

Sie hat mit ihm über mich gesprochen, dachte ich beruhigt.

Es hatte etwas Beruhigendes, dass nun ein Rivale, ein Nebenbuhler aus Fleisch und Blut, auf den Plan getreten war. Anders als bei den Ansichtskartenrivalen konnte ich mir jetzt zumindest vorstellen, dass ich ihm irgendwann auf einem Waldweg begegnen und ihn zu Boden schlagen würde. Zu Boden schlagen? Warum eigentlich? Schließlich erwartete ihn das gleiche Schicksal, wie ich es bereits erlitten hatte.

Er fuhr vor uns her über den Waldweg. Er existierte. Er war kein Geist wie die namenlosen, gespenstischen Erscheinungen, die ich in dem Lokal am Fluss zu sehen gemeint hatte, oder wie der etwas weniger gespenstische langhaarige junge Mann auf dem Strandfoto. Und ich fragte mich: Wie viele mochten es nun insgesamt sein? Drei, fünf, zehn? Es gibt einen

Richard, aber der wird auf Distanz gehalten. Auf einer der Ansichtskarten stand: »Alles Liebe, Frank«. Das war möglicherweise auch ein Kandidat. Dann waren da noch dieser Fotograf und ihr Freund auf Aruba. Augenblick, als wir einmal das Haus verließen und sie ihren Briefkasten leerte, fand sie einen ziemlich dicken Umschlag, den sie hastig vor mir zu verbergen versuchte, wobei ich gerade noch sehen konnte, dass auf der Rückseite »Amsterdam« stand. Und sie ist zu den Red Hot Chili Peppers gewesen, und zwar nicht allein, das steht fest. Auch zu den Rolling Stones – »wir hatten Karten fürs Spielfeld« – war sie nicht allein, und als ich sie einmal an einem Sonntag anrief, da stand draußen ein junger Mann, der ihren Namen rief. Außerdem ist sie irgendwann einmal ans Fenster getreten und hat draußen jemandem ein Zeichen gegeben.

Wir verließen den Wald. »Du bist so still«, sagte Sylvia, »das bin ich von dir gar nicht gewohnt.«

»Der Grund dafür ist«, antwortete ich, »dass Joanna mich gestern Abend angeschrien hat. Sie stand am Klavier und hat geübt, als ich ins Wohnzimmer kam, und da hat sie mich angebrüllt: ›Kann ich denn niemals in Ruhe üben. Musst du immer, wenn ich arbeite, so rüpelhaft hereinkommen? So wird das doch nie was, so werde ich mein Leben lang nur herumstümpern.‹«

»Ich verstehe nicht, warum du sie nicht verlässt.«

»Ach, meistens ist sie nicht da, sie ist in diesem Jahr insgesamt nur sechs Wochen zu Hause gewesen, glaube ich. Und wenn sie zu Hause ist, schläft sie. Es ist schwer, jemanden zu verlassen, der nie da ist. Aber es ist ziemlich seltsam, ausgeschimpft zu werden, wenn man ins eigene Wohnzimmer kommt. Ich denke, es ist das unveräußerliche Recht eines Menschen, zu jeder Tages- und Nachtzeit sein eigenes Wohnzimmer betreten zu dürfen.«

Wir hielten vor einer roten Ampel. Seit dem Abend, als sie

mich in Utrecht zum Bahnhof gebracht hatte, jagte mir jede rote Ampel Angst ein. Am Straßenrand standen Tramper, aber keiner wollte nach Hawaii, und noch einmal fragte ich mich: Wie viele mögen es sein? Wer hat sie damals in den Wald begleitet? Sie meint, ich wäre mit ihr dort gewesen, aber da irrt sie sich, sie muss mit einem ihrer anderen Freunde unterwegs gewesen sein.

Deutlich vor halb eins erreichten wir die Praxis, und ich erinnerte mich daran, dass wir am Beginn auf einer Uferstraße gestanden und uns geküsst hatten und dass dabei die Scheiben beschlagen waren. Ob die Scheiben auch beschlugen, wenn sie in ihrem Auto andere Männer küsste?

»Ich muss zu den Doelen«, sagte ich, »heute Nachmittag probt das Philharmonische Orchester Rotterdam meine *Sinfonietta,* und man hat mich gebeten, dabei zu sein. Heute Abend wird das Werk aufgeführt, so erlebt man zumindest mal was an seinem Geburtstag.«

»Soll ich dich nicht schnell zum Bahnhof bringen?«

»Nein, ich nehme um die Ecke die Straßenbahn, die bringt mich bis fast vor die Tür.«

Sie gab mir einen schnellen, flüchtigen Kuss auf den Mund.

»Tschüs«, sagte ich.

»Mach's gut«, sagte sie.

Rasch ging ich weg. Einmal drehte ich mich noch um und sah, dass sie winkte.

Sie winkte mit demselben lockeren Klavierhandgelenk, mit dem sie auch dem Fotografen zugewinkt hatte. Noch schien nicht alles verloren, noch schien sich alles noch zum Guten wenden zu können. Ich bog um die Ecke und ging schräg über die Straße. Plötzlich hörte ich lautes Gehupe, und ich spürte, dass mich eine Autostoßstange streifte.

»Blödmann«, schrie jemand, aber ich achtete nicht darauf und humpelte rasch weiter. Ich musste die Straßenbahn kriegen. Ich sah die Bahn über eine Brücke näher kommen und eilte, ein Bein nachziehend, zur Haltestelle. Dort angekommen, bemerkte ich, dass die Wartenden mich erstaunt ansahen. Blutete ich vielleicht? Ich tastete nach der Stelle, wo mich die Stoßstange getroffen hatte. War die Hose zerrissen? Starrten die Menschen mich deshalb so an? Ich sah nach. Der Cord meiner Hose war zwar einigermaßen in Mitleidenschaft gezogen worden, zeigte aber weder ein Loch noch einen Riss. Warum schauten die Leute mich dann so an? Was war los?

»Möchten Sie ein Papiertaschentuch haben?«, fragte mich ein mageres Mädchen.

Ich schüttelte den Kopf, und durch diese Bewegung spürte ich plötzlich, dass mir die Tränen über die Wangen rannen.

Die Menschen dachten, ich würde weinen, aber davon konnte überhaupt keine Rede sein. Es kullerten lediglich zwei geduldige Tränen über meine Wangen.

Erstaunt betrachtete ich die Leute, die nun, sich nach mir umsehend, in die Straßenbahn einstiegen. Es schien mir besser, nicht auch in eine Straßenbahn zu steigen, in der mich alle anstarrten, weil sie glaubten, ich würde heulen. Was hinderte mich daran, zu Fuß zu gehen? Die Probe begann erst um vier. Auf der Uhr an der Straßenbahnhaltestelle war es zwanzig vor eins.

Ohne Eile ging ich den Rotterdamer Dijk entlang, ich spazierte gemütlich den Schiedamseweg, die Vierhavenstraat, den Westzeedijk, die Vasteland und Boompjes entlang, und die ganze Zeit über kullerten zwei stille Tränen über meine Wangen. Als ich die Willemsbrücke erreichte, sagte ich: »Fledermaus, von den achtzig Prozent Wasser ist nicht viel mehr übrig als vierzig Prozent.« Ich ging über die Willemsbrücke, und als ich die Mitte erreicht hatte, dachte ich daran, dass Robert Schumann am Montag, dem 27. Februar 1854, in Düsseldorf von einer Brücke gesprungen war. »Aber das mach ich nicht,

Fledermaus«, sagte ich und hielt mich dabei an einem Gitterstab fest, »das mach ich nicht.« Ich schaute auf den Fluss und dachte daran, wie herrlich es sein müsste, gemächlich in Richtung Meer zu treiben.

42

»Dann hat man mir ein Tier mit einer unübersichtlichen Anzahl von Beinen gebrachr, und alles klatschnass natürlich. Und als ich die Leute gefragt habe, ob sie es kurz festhalten könnten, da haben sie sich nicht getraut. Ich halte das nicht mehr aus, ich habe noch Urlaubstage übrig, ich nehme mir zwei Wochen frei.«

»Du musst da weg«, sagte ich, »das ist nichts für dich, immer zu Diensten sein zu müssen, all die zartbesaiteten Leute mit ihren Hunden und Katzen, du könntest besser mit Bauern zusammenarbeiten, die sind weniger sentimental.«

»Große Haustiere, nein, das ist auch nichts für mich, da macht man den ganzen Tag nichts anderes als Eierstöcke abtasten. Aber ich will hier weg, ich muss hier raus. Hast du nicht Lust, mit mir in Urlaub zu fahren?«

»Ich mit dir?«, fragte ich erstaunt.

»Ja, wir beide. Vor Weihnachten los, und nach Neujahr wieder zurück. Dann musst du die ganzen blöden Feiertage auch nicht mit deiner Familie verbringen.«

»Das hatte ich sowieso nicht vor. Für den zweiten Weihnachtstag habe ich mich mit Hester verabredet, und Silvester wollten wir endlich mal wieder zusammen auftreten.«

»Dann sag die Verabredungen doch einfach ab? Es gibt genug Leute, die Klavier spielen können, und bestimmt findet sie jemand anderen, der sie begleitet.«

»Ja, bestimmt«, entgegnete ich, »aber Hester und ich, wir

sind ein so perfektes Duo, da kann kein anderer Pianist … o Gott, ist das blöd. Ich fände es so herrlich, mit dir in Urlaub zu fahren, und jetzt kann ich … jetzt passt es … Wohin willst du eigentlich reisen?«

»In die Sonne, ans Wasser, auf die Seychellen vielleicht.«

»Lass mich eine Nacht darüber schlafen.«

Nach diesem Telefongespräch lag ich wieder einmal die ganze Nacht wach. Woher kam auf einmal der Wunsch, mit mir in Urlaub zu fahren? Und warum mit mir? Warum nicht mit einem der unsichtbaren Nebenbuhler? Warum nicht mit dem winkenden Fotografen? War doch noch nicht alles aus und vorbei? Würde ich dann mit ihr am Strand spazieren gehen? Unter sich wiegenden Palmen? Mit Sand in den Schuhen? Und mit ständiger Trommelsucht im Bauch, weil ich die ganze Zeit spüren würde, dass bei ihr das anfängliche Strohfeuer erloschen war? Und zudem noch mit Schuldgefühlen Hester gegenüber?

Trotzdem wusste ich, dass ich Ja sagen würde, wenn sie wieder anrief, und darum überwand ich auch meine Scheu, Hester anzurufen.

»Sie will mit mir in Urlaub fahren«, sagte ich.

»So, so«, sagte Hester.

»Über Weihnachten, bis nach Neujahr.«

»There comes the fox out of his hole. Nun ja, wir leben in einem freien Land, du bist frei zu tun, was du willst, ich halte dich nicht zurück.«

»Ja, aber wir wollten doch …«

»… nach langer Zeit endlich mal wieder gemeinsam auftreten. Zwei Mal. Ein schönes Programm zudem. Und für sehr viel Geld. Na, dann eben nicht.«

»Aber du könntest doch vielleicht mit einem anderen …«

»Ganz ausgeschlossen. All die Jahre sind wir gemeinsam aufgetreten, und all die Jahre sind die Leute sowohl meinet- als auch deinetwegen ins Konzert gekommen. Und außerdem: Zusammen sind wir perfekt, ich kann nicht auf einmal mit einem anderen ... nein, nein, wir sagen ab, das ist doch nicht so schlimm. Dann ist eben einer von uns krank. Oder wir sind beide krank. Sehr schlimm krank, geh du ruhig mit deiner Tierärztin auf Reisen, ich rufe an und sage unsere Konzerte ab.«

Wir schwiegen; ich hörte sie ruhig atmen, ich wollte etwas sagen, aber Hester fragte: »Und wo will sie hin?«

»Sie sprach von Sonne und Wasser und von den Seychellen.«

Hester kicherte so ausgelassen, dass ich beinahe durchs Telefon hindurch die Lachtränen in ihren Augen sehen konnte. »Du auf die Seychellen«, lachte sie aus vollem Hals, »oh, ist das lustig, wie du dich amüsieren wirst, das ist genau das Richtige für dich, Strand und Sonnenöl ... und was sonst noch, Bikinis, Surfen, Schnorcheln, das wolltest du doch immer schon mal machen, das hast du mir schon so oft erzählt; Hester, hast du immer gesagt, ich würde so gern mal auf die Seychellen, sollen wir zusammen auf die Seychellen fliegen? Oder waren es die Bahamas?«

»Mit dir wäre es vielleicht schön, auf die Seychellen zu fliegen.«

»Mit ihr nicht?«, fragte Hester, immer noch leise kichernd.

»Ach, ich weiß nicht, sie will natürlich den ganzen Tag schnorcheln und tauchen, und vielleicht macht das ja Spaß.«

»Siehst du dich über einem Korallenriff schweben? Wenn man durchs Wasser geht, tritt man garantiert auf einen Seeigel, und man hat einen dieser Kalkstachel im Fuß.«

Als ich Sylvia am nächsten Tag anrief, kam es mir so vor, als spürte ich schon das Glühen eines solchen Kalkstachels in meinem Zeh. Sagte ich deshalb, gleich nachdem sie ihren Namen genannt hatte, schnell und mit großer Entschiedenheit: »Es tut mir sehr leid, aber am Jahresende kann ich wirklich nicht weg. Ich habe Hester versprochen, mit ihr aufzutreten, und das kann ich nicht rückgängig machen.«

»Mit dir kann man ja auch nichts anfangen«, sagte sie verärgert.

Später, im Bett, spukten diese acht Worte immer noch durch meinen Kopf. »Mit dir kann man ja auch nichts anfangen.« Acht vollkommen alltägliche Wörter. Zwei dieser acht Wörter schienen eine tiefere Bedeutung zu haben : »ja auch«. Durfte ich aus »ja auch« den Schluss ziehen, dass sie zunächst jemand anderen oder vielleicht sogar mehrere andere gefragt hatte, ob sie mit ihr in den Urlaub fuhren? Und hatte der andere beziehungsweise hatten die anderen ebenfalls abgelehnt? Sagte sie deshalb »ja auch«? Der andere konnte ebenso gut eine Freundin sein. »Ja auch« bedeutete nicht automatisch, dass sie zuerst einen meiner Nebenbuhler gefragt hatte.

Und das, kam es mir dann in den Sinn, ist noch das Schlimmste: dass man an nichts anderes mehr denken kann. Dass man jedes Wort des anderen auf die Goldwaage legt. Dass das ganzes Sein verengt wird, reduziert auf die Exegese der Texte einer einzigen Person. Und dass man trotz allem weiterhin hofft und immer noch glaubt, es könnte alles wieder ins Lot kommen.

Schlaflosigkeit. Aufstehen. Die halbe Nacht mit einem Kopfhörer zunächst Tubin und später *Tristan* hören. Wie immer war ich auch diesmal vom Schluss des *Tristan* tief beeindruckt. Doch selbst dieser Schluss half mir nicht, er tröstete mich nicht.

Und permanent, pausenlos, Reue, Zerknirschung. Reue, weil ich nicht einfach gesagt hatte: »Ja, wir fahren auf die Seychellen.« Zerknirschung, weil ich ihr misstraute. Wenn sie wirklich einen anderen Freund hatte, den Fotografen oder sonst wen, dann würde sie natürlich mit dem in Urlaub fahren.

Sie rief an und sagte: »Ich fahre mit einer Reisegesellschaft in die Sierra Nevada, hast du eine Idee, was für Schuhe ich da anziehen sollte?« Danach rief sie jeden Tag an und unterhielt sich mit mir über Schnürsenkel, Absätze und Sohlen. Als sie losflog, kam es mir so vor, als reiste sie vor allem in Begleitung von einem Paar Wanderschuhe in die Sierra Nevada.

43

Sie kehrte aus der Sierra Nevada zurück und rief mich an: »Vor einem Jahr bin ich zu dir gekommen. Das müssen wir feiern. Am Jahrestag kann ich leider nicht, aber am Tag darauf. Wie wär's?«

»Gut«, erwiderte ich. »Dann komm wieder zu mir, Joanna singt an dem Abend in Kopenhagen.«

Wie vor einem Jahr spaltete ich Holzklötze. Kein Buchenholz diesmal, sondern Pappelholz. Diesmal rannte in der grauen Nachmittagsdämmerung, als ich die Holzscheite ins Haus trug, ein Hase über den Gartenweg.

»Was machst du denn hier, Häschen?«, fragte ich ihn.

Hinter dem Hasen tauchte der Golden Retriever der Nachbarn auf.

»Oh, du wirst verfolgt«, sagte ich und stellte die Kiste mit den Holzscheiten ab, um beide Hände frei zu haben. Oben auf den Scheiten lag das Beil. Während Hase und Retriever näher kamen, wunderte ich mich darüber, dass der Hund seine Beute nur im leichten Trab verfolgte. Als der Hund mich sah, blieb er stehen und bellte. Das Geräusch klang dünn im Dämmerlicht, trotzdem schien der Hase zu erschrecken. Er machte einen Luftsprung, blieb dann regungslos auf dem Gartenweg sitzen und sah mich an. Ich ging zwei Schritte auf das Tier zu. Der Hase lief nicht weg, er bewegte nur die rechte Vorderpfote ein wenig. Verwundert betrachtete ich die Pfote. Es sah so aus, als fehlte das Fell. Ich beugte mich vor. Der Hase erschrak, blieb aber sitzen. Von seiner rechten Vorderpfote war tatsächlich das ganze Fell abgerissen. Ich sah ausgefranste, blutige Muskelbündel, durch die ein Knochen ragte.

»Hast du das getan?«, fragte ich den Retriever.

Der Hund bellte fröhlich und näherte sich. Ich sagte: »Liebes Häschen, mit der Pfote hast du keine Chance mehr. Nicht einmal ein Tierarzt kann dir noch helfen«, und bei dem Wort »Tierarzt« begann ich heftig zu beben. Ich nahm mein Beil und schlug zu. Der Hase unternahm keinen Versuch, dem Schlag auszuweichen, er blieb einfach sitzen. Der Hund bellte, als gäbe es etwas zu feiern, und als ich den Hasen traf, da kreischte der so zum Herzerbarmen, dass ich rief: »Sei still, sei bitte still!« Ich schlug erneut zu, der Hase schrie wie ein Kind, und dann war er tot. Der Hund sprang auf ihn, wedelte mit dem Schwanz und wollte ihn wegtragen.

»Verzieh dich«, schrie ich, »hau bloß ab!« Erstaunt wich der Hund zurück. Ich nahm den Hasen und sagte: »Du bekommst ein ehrliches Begräbnis.« Dann stand ich lange Zeit still, mit dem Hasen in der Hand, und ich sagte zu Himmel und Wind: »Verdammt, ich habe einen Hasen erschlagen, einen Hasen, der nichts dafürkonnte, ich habe ihn einfach erschlagen. Warum nur? Warum?« Ich streichelte den Rücken des Tieres, der Retriever kam schwanzwedelnd näher, und ich rief: »Hau ab!« Dann ging ich mit dem Hasen ins Haus. Ich suchte eine Dose, legte den Hasen hinein und murmelte dabei die ganze Zeit: »Häschen, nimm's mir nicht übel, nimm's mir nicht übel, ich war nicht Herr meiner selbst, ich weiß nicht, was in mich gefahren ist, warum bist du nicht weggerannt, warum bist du einfach da sitzen geblieben?«

Unter einer Linde hob ich eine Grube aus. Darin beerdigte ich den Hasen.

Sylvia kam, wir tranken den Chablis, den ich ein Jahr zuvor kaltgestellt hatte und den wir damals nicht angerührt hatten.

Wieder zeigte sie mir Urlaubsfotos. Diesmal waren sie nicht mit dem Selbstauslöser gemacht. Sylvia hatte sie selbst aufgenommen. Auf fast jedem Foto war eine große junge Frau mit schwarzem lockigem Haar zu sehen. Und während ich ständig an den Hasen denken musste und ihn in Gedanken immer wieder um Verzeihung bat, berichtete Sylvia ständig von Christien.

»Voriges Jahr hatte ich den Eindruck, dass du sehr schweigsam bist«, sagte ich, »aber du bist gar nicht schweigsam.«

»In deiner Gegenwart rede ich ziemlich viel«, sagte Sylvia.

»Du sprichst von nichts anderem als von Christien. Man könnte fast meinen, du bist ein bisschen verliebt in sie.«

»Daran habe ich auch schon gedacht.«

»Na, ich bin froh, dass sie eine Frau ist, wenn es sich um einen Mann handeln würde, dann wäre ich jetzt eifersüchtig«, sagte ich.

Wie ein Jahr zuvor lief es darauf hinaus, dass wir nebeneinander auf der Couch lagen. Sie blieb aber nicht zum Schlafen. Mitten in der Nacht fuhr sie zurück in ihren Wald, in ihr Herrenhaus, aber das störte mich nicht. Gut, sie ging, aber ich würde sie wiedersehen, und wir würden ab und zu nebeneinanderliegen, ich würde sie riechen und küssen, und vielleicht würde ich sie sogar lieben dürfen. Was Hester nach einem unserer beiden Auftritte gesagt hatte, war zweifellos wahr: »Sie will, dass es weitergeht, aber zu ihren Bedingungen.«

Darum wunderte es mich, dass sie nach jenem Januarabend nicht mehr anrief. Meldete ich mich bei ihr, war sie kurz angebunden und sagte, sie habe viel zu tun. Nach zwei Wochen fragte ich sie: »Was ist denn plötzlich? Was hab ich falsch gemacht?«

»Gut, dass du so direkt fragst. Etwas, was du neulich Abend zu mir gesagt hat, das ist mir nicht mehr aus dem Kopf gegangen, das hat mir ganz und gar nicht gefallen.«

»Was denn?«

»Du hast gesagt, du seist froh, dass ich mich offenbar in eine Frau verliebt hätte. Wenn es ein Mann gewesen wäre, dann wärest du eifersüchtig gewesen. Als ob ich mich nicht in einen Mann verlieben dürfte! Glaubst du, ich hätte mich im vergangenen Jahr mit keinem anderen Mann oder so getroffen?«

»Oh, das denke ich überhaupt nicht, ich weiß …«

»Und dann noch etwas«, sagte sie, »ich habe das Gefühl, dass ich dir nur Kummer bereite oder was auch immer, das gefällt mir auch ganz und gar nicht.«

»Ach, in letzter Zeit …«

»Das führt alles zu nichts«, sagte sie.

»Was führt zu nichts?«, wollte ich wissen.

»Das mit uns.«

»Warum sollte es zu etwas führen müssen? Du bist doch immer diejenige, die gar nicht will, dass es zu etwas führt, ich würde …«

»Ich hab keine Zeit, weiter darüber zu reden, ich muss noch in die Stadt.«

Sie legte den Hörer auf, ich legte den Hörer auf, und sogleich klingelte das Telefon wieder. Verdutzt nahm ich den Hörer ab, nannte meinen Namen und hörte dann: »Ich bin's, Hester.«

»Sehr seltsam«, sagte ich, »zuerst rufe ich Sylvia an, ich lege auf, dann klingelt das Telefon, ich geh ran, und dann bist du am Apparat.«

»Tja, ich bin nun mal paranormal begabt, ich wusste, dass du mich brauchst.«

»Ihre Stimme, du hättest ihre Stimme hören sollen, sie klang wie eine Kreissäge. Sylvia war wütend, weil ich gesagt hatte, ich sei froh, dass sie sich in der Sierra Nevada ein wenig in eine Mitreisende verliebt habe und nicht in einen Mitreisenden. Sie hat mir übel genommen, dass ich eifersüchtig gewesen wäre, wenn sie sich in einen Mann verliebt hätte. Und weißt du, was sie gesagt hat? Glaubst du, ich hätte mich im vergangenen Jahr mit keinem anderen Mann oder so getroffen.«

»Worauf mag sich dieses ›oder so‹ beziehen?«, fragte Hester. »Hat sie vielleicht von Berufs wegen auch noch einen Dobermannpinscher umarmt? Schick sie in die Wüste, mein Lieber, es ist besser, bestimmt, schick sie endlich in die Wüste.«

»Ich wünschte, ich würde das endlich hinbekommen, mir wird inzwischen elend zumute, wenn ich mich selbst reden höre. Diese Worte, ›verliebt‹, ›eifersüchtig‹, ›verliebt‹, ›eifersüchtig‹, es kommt mir fast so vor, als würde man durch den Gebrauch dieser Begriffe innerlich vollkommen verkümmern. Es ist, als wären die Wörter die Gitterstäbe einer Zelle, in der man gefangen ist. Und wenn ich dann daran denke, dass ich fast so alt bin wie Schumann, als er gestorben ist. Schumann hat, nachdem er sechsundvierzig geworden war, noch sieben Wochen und zwei Tage gelebt. Wenn man von meinem Geburtstag ausgeht, dann würde ich, wenn ich genauso alt werden würde wie Schumann, am 6. Februar sterben.«

»Darüber solltest du nicht so viel nachdenken«, sagte Hester.

»Als Schubert starb in meinem Leben … ich meine, als ich seit etwa zehn Monaten einunddreißig war, da war ich genauso alt wie Schubert, als er starb. Damals habe ich das genau ausgerechnet, und als Mozart in meinem Leben starb, auch, und Chopin, und Mendelssohn, ihre Sterbetage habe ich alle hinter mir gelassen. Das muss man sich mal vorstellen, vor allem wenn man bedenkt, was man selbst geleistet hat. Ich lebe einfach weiter, obwohl ich im Vergleich zu Schubert eine unglaubliche Null bin. Womit habe ich das verdient, dass ich weiterlebe, obwohl ich nichts, nichts leiste?«

»Du leistest nichts? Ach komm, nun stell doch dein Licht nicht unter den Scheffel.«

»Ich habe gar kein Licht, das ich unter irgendeinen Scheffel stellen könnte.«

»Wenn du so über dich denkst, was muss ich dann über mich denken: Deine Bearbeitungen haben dich weltberühmt gemacht, du hast komponiert, und hin und wieder wird eines deiner Werke aufgeführt. Aber ich, was bin ich ... eine fünftklassige Sängerin. Aus einer Joanna kannst du zehn Frauen meines Kalibers machen.«

»Lieber eine Hester als zehn Joannas.«

»Ja, ja, das mag sein, aber, mein Lieber, jetzt hör genau auf das, was ich dir sage: Es wird wirklich höchste Zeit, dass du diese Hundeärztin in die Wüste schickst, ein für allemal in die Wüste.«

44

Sie rief nicht mehr an, und immer wieder kam mir der Gedanke: Ich könnte sie ja auch anrufen. Aber dann dachte ich jedes Mal: Nein, das mach ich nicht, ich will mich nicht aufdrängen. Wenn sie noch was von mir will, dann muss sie anrufen. Es kostete mich mit jedem Tag mehr Mühe, nicht in die Nähe des Telefons zu kommen. Einkäufe erledigte ich in den frühen Morgenstunden, wenn keine Gefahr bestand, dass sie anrufen könnte. Wenn nachmittags nach drei die Sprechstunde zu Ende war, machte ich es mir in der Nähe des Telefons bequem und wartete auf das erlösende Klingelzeichen. Wenn es ertönte, nahm ich sofort den Hörer ab. Immer war es jemand anders, und dann sagte ich: »Darf ich am frühen Abend zurückrufen? Ich erwarte jeden Moment einen dringenden Anruf und habe daher keine Zeit für ein Gespräch.« Abends, wenn Sylvia wieder Sprechstunde hatte, rief ich dann alle Leute an, die mich nach drei hatten sprechen wollen.

Ende Januar hockte ich nach drei wieder beim Telefon. Um vier erklang der Mäuseschwanengesang. Hastig nahm ich ab und nannte meinen Namen.

»Ich bin's, Hester«, kam es aus der Muschel.

»Ach, du bist es«, sagte ich, »ich dachte, es wäre vielleicht Sylvia.«

»Wartest du darauf, dass sie anruft?«

»Ja.«

»Ach Gott, du Ärmster. Soll ich wieder auflegen?«

»Ja, mach das, ich ruf dich dann heute Abend zurück, wenn sie Sprechstunde hat.«

Am Abend wiederholte Hester, was sie bereits früher gesagt hatte: »Schick sie doch in die Wüste.« Und ich erwiderte: »Ich wünschte, ich würde das hinbekommen, ich wünschte, ich könnte sie vergessen, oder besser noch, ich hätte sie nie getroffen.« Aber tags darauf saß ich wieder neben dem Telefon, und es kam mir so vor, als wäre der Apparat ein hässliches Scheusal, ein Monster, das es auf mich abgesehen hatte.

All die grauen, kalten Januarnachmittage saß ich da. Joanna kam für ein paar Tage nach Hause, schlief nachmittags, gähnte trotzdem am Abend wieder, ging früh ins Bett, stand sehr spät auf und reiste wieder ab. Es wurde Februar, und es fror.

Mit jedem Tag wurde es kälter, und um mir die Wartezeit zu verkürzen, spielte ich nachmittags nach drei viel Klavier. Aber jedes Mal, wenn ich spielte, meinte ich das Telefon zu hören. Dann hörte ich sofort auf, manchmal mitten im Takt, und lauschte. Mit der Zeit konnte ich kein Stück mehr bis zum Ende spielen. Immer wieder hatte ich bereits nach wenigen Takten Geräuschhalluzinationen. Jedes Mal, wenn ich einen Akkord anschlug, für den ich mehr als drei Finger brauchte, kam es mir so vor, als hörte ich das elende Auf und Ab des Telefonsignals.

Dann kam der 6. Februar. »Heute ruft sie bestimmt an«, war ich überzeugt, als ich morgens aufstand, »schließlich bin ich heute genauso alt wie Schumann, als er gestorben ist. Das wäre doch verrückt, wenn sie heute nicht anruft.« Zum Gedenken daran, dass an diesem Tag sozusagen Schumanns Todestag war, spielte ich die *Kinderszenen,* die *Humoreske* und die wunderschöne erste Sonate. Außerdem wagte ich mich mal wieder an die *Kreisleriana* (eigentlich an der Grenze meines Könnens), ich spielte die *Sinfonischen Etüden* – was für herrliche Stücke, hätte ich doch die Technik, sie makellos spielen zu können! – und die *Fantasie* Opus 17. Zum Schluss intonierte ich die *Gesänge der Frühe,* fünf Klavierstücke aus seinen letzten Jahren. Wie dumm, dass noch immer so viele behaupten und glauben, Schumann sei wahnsinnig geworden. In diesen fünf Kompositionen war von Wahnsinn nichts zu spüren. Stattdessen war es der mutige Versuch, neue Wege einzuschlagen. Nein, Schumann ist nicht wahnsinnig geworden, er hatte sich verliebt und war dadurch vollkommen aus dem Tritt geraten. Fast kam es mir so vor, als wären mir alle Prüfungen der letzten beiden Jahre nur Schumann wegen auferlegt worden. Endlich konnte ich mich in ihn hineinversetzen, nachempfinden, begreifen, warum er auf so elende Weise gestorben war.

Nach drei spielte ich an diesem Tag nicht mehr. Weil ich fest davon überzeugt war, dass sie anrufen würde, blieb ich sitzen und wartete. Dadurch kam ich auch nicht dazu, etwas zu essen, und als es sieben wurde und sie sich noch immer nicht gemeldet hatte und sich aller Voraussicht nach auch nicht mehr melden würde, ging ich in den Garten. Es war bitterkalt. Das Außenthermometer zeigte minus acht Grad. Es wehte ein Polarwind. Welcher Tag war heute eigentlich? Donnerstag? Freitag? Ich wunderte mich, dass ich das nicht wusste. Ich ging ins Haus, um nachzusehen.

Eigentlich musste ich etwas essen, aber ich hatte überhaupt keinen Hunger. Vielleicht konnte ich einfach ein Glas Wein trinken, das füllte auch. Ich ging also in den Keller und holte eine Flasche weißen Burgunder.

Das erste Glas tat mir gut, es wärmte mich, und beim zweiten murmelte ich: »Wie dumm zu glauben, dass sie mich ausgerechnet heute anruft. Sie hat ja keine Ahnung, wann Schumanns Todestag ist, na ja, ich meine …« Ich goss mir ein drittes Glas ein, und danach kam mir alles nicht mehr so schlimm vor, und ich fühlte mich sogar so heiter, wie ich seit Wochen nicht mehr gewesen war.

Als ich die zweite Flasche Burgunder aufmachte, war ich tatsächlich gut gelaunt. »Ich bin gut gelaunt«, hörte ich mich selbst laut sagen, »ja, Fledermaus, ich bin gut gelaunt, ich bin so richtig gut gelaunt.« Ich trank wieder und hörte mich dann selbst sagen: »Weißt du, was sie gesagt hat, Fledermaus, weißt du, was sie gesagt hat? Sie hat gesagt: ›Deinetwegen habe ich den ganzen Schlussverkauf verpasst.‹ Als wenn ich auf sie zugegangen wäre. Als ob ich den Anfang gemacht hätte. ›Deinetwegen habe ich den ganzen Schlussverkauf verpasst.‹ Wie findest du das? Und dann diese Bemerkung: ›Du bist betrübt, und das ertrage ich nicht.‹ Als würde es überhaupt keine Rolle spielen, dass ich unter diesem Kummer litt. Ihr war mein Kummer lästig, und nur das störte sie. Und weißt du, was sie noch gesagt hat: ›Glaubst du, ich hätte mich im vergangenen Jahr mit keinem anderen Mann oder so getroffen?‹ Weißt du noch, Fledermaus, wie ich sie am Anfang irgendwann angerufen habe? Ihr ist der Schweiß ausgebrochen, das konnte man regelrecht hören. Schon damals hatte sie einen anderen. Schon damals! Findest du nicht auch, Fledermaus, dass die Liebe etwas Bedingungsloses sein sollte? Findest du das nicht auch? Wie dem auch sei, als es für sie vorbei war, da hatte sie meinetwegen das Recht ... aber damals, ganz zu Anfang ... als sie noch so verliebt war ... und trotzdem gab es damals schon einen anderen ... nicht einmal das ist mir vergönnt gewesen ... nicht einmal das ... sogar zu Beginn hatte sie schon einen anderen, o mein Gott, wie ist das alles bloß möglich, was für ein naiver Dummkopf ich gewesen bin, und ich denke die ganze Zeit, dass sie ... mit mir ... o mein Gott, ich ... ich bin für sie nur ein Wegwerfliebhaber gewesen, der Soundsovielte in einer langen Reihe, ich war sozusagen nur eine laufende Nummer ... ja ... ein Wegwerfliebhaber ...«

Angenehm betrunken fühlte ich mich, als ich die dritte Flasche öffnete. Ich hatte in meinem ganzen Leben noch nie so viel auf einmal getrunken. Beim ersten Glas der vierten Flasche hörte ich mich selbst mit ungewohnt schwerer Stimme sagen: »Ist doch egal, ist doch egal, ich hab sie sowieso verloren, es ist eh aus und vorbei, ist doch egal.«

Als ich das letzte Glas der vierten Flasche leerte, schaute ich nach draußen. Es schneite. Das wollte ich aus der Nähe sehen. Ich öffnete die Küchentür, schlüpfte in meine Holzschuhe und ging in den Garten. Der Schnee wehte mir ins Gesicht und blieb auf meinem Pullover hängen. Während ich langsam zur Erlenhecke ging, dachte ich: Wie mag es der Nachbarin gehen? Kommt Pastor Waterreus immer noch mit seinem roten Rücklicht am Jackenärmel vorbeigejoggt? Ich wunderte mich, dass mir nicht kalt war, obwohl der Wind mir den Schnee entgegenblies. Übermütig rief ich: »Fledermaus, mir ist überhaupt nicht kalt, im Gegenteil, ich glühe, mir ist viel zu warm. Ich werde meinen Pullover ausziehen, der ist ganz schwer vor lauter Schnee, und mir ist wirklich viel zu warm.«

An der Erlenecke angekommen, wollte ich meine Holzschuhe ausziehen. Ich wollte mich auf die Schuhe stellen, um das zerbrochene Herz meiner Nachbarin zu sehen, aber es gelang mir nicht: »Es geht nicht, Fledermaus«, sagte ich und versuchte, meine Holzschuhe wieder anzuziehen. Auch das gelang mir nicht, es war, als könnten meine Füße die Öffnungen des linken und rechten Holzschuhs nicht mehr finden. Was soll's, dachte ich, mir ist sowieso nicht kalt, mir ist viel zu warm, ich sollte außerdem meinen Pullover ausziehen, ich sehe ja aus wie ein Schneemann.

Als ich nach vielem Zerren und Ziehen endlich den Pullover ausgezogen hatte, sah ich den Mond für einen Moment hinter den Wolken hervorkommen. Sofort verschwand er wieder, und ich rief: »Mond, Mond, bleib hier, geh nicht wieder weg!« Ich streckte meine Arme aus und versuchte, die Wolken zur Seite zu schieben. Als mir das nicht gelang, sagte ich: »Fledermaus, ich setz mich besser kurz mal hin, ich setz mich kurz mal hin.« Ich ließ mich nieder, sprang aber sofort wieder auf. »Nein, nein, hier liegt der Hase begraben, nein, nein.« Kopfschüttelnd ging ich zu den Resten der Pappel, die ein Jahr zuvor umgeweht worden war. Ich setzte mich mit dem Rücken an den Stamm und dachte: Ich glaube, ich schlafe gleich ein, endlich schlafe ich ein, na, wird aber auch höchste Zeit, ich habe seit Wochen, was sage ich, seit Monaten nicht mehr richtig geschlafen. Und plötzlich fiel mir wieder ein – oder träumte ich das –, dass ich, als ich drei oder vier Jahre alt gewesen war, meine Mutter auf dem Rummel in Rotterdam verloren hatte und stundenlang leise weinend an den Marktständen entlanggegangen war, und ich sah all die flackernden Öllampen, die Öllampen, die Lichter, die Lichter ...

Maarten 't Hart
Der Schneeflockenbaum

Roman. Aus dem Niederländischen von Gregor Seferens. 416 Seiten. Piper Taschenbuch

Vom ersten Tag an war seine Mutter misstrauisch gewesen gegenüber der »dürren Missgeburt«, wie sie seinen Freund Jouri immer nannte. Als Sohn eines Kollaborateurs hatte Jouri in den Niederlanden der Fünfzigerjahre wahrhaftig nicht viel zu lachen, genauso wenig wie der Erzähler selbst, der mit seinem eigensinnigen Humor und seinen Darmwinden Mitschüler und Lehrer quälte. Als sich dann einmal die kleine Ria Dons tapfer an seine Seite stellt und ihm, gegen Bezahlung von fünf Cent, sogar erlaubt, sie zu küssen, ist das der Beginn einer schmerzlichen Erfahrung – denn Jouri zerreißt das zarte Band und spannt ihm ungerührt die Freundin aus. Voller funkelnder Lust am Erzählen ist »Der Schneeflockenbaum« ein Roman um verlorene Liebe, ein lebenslanges Missverständnis und eine unerklärliche Freundschaft.

Maarten 't Hart
Der Flieger

Roman. Aus dem Niederländischen von Gregor Seferens. 304 Seiten. Piper Taschenbuch

Als gewissenhafter protestantischer Grabmacher hat man es schwer: Erst soll man dieses lächerliche Kreuz aufstellen, dann wird man von den »Katholen« gebeten, tausend Tote umzubetten, und obendrein bekommt man den bauernschlauen Ginus zur Seite gestellt, der sich nichts als Feinde macht. Ebenso schwierig aber ist es, der Sohn dieses höchst eigensinnigen Totengräbers zu sein – vor allem wenn man unerwidert in ein Mädchen aus der Nachbarschaft verliebt ist ...

»Maarten 't Hart schreibt so wunderbar skurril, theologisch versiert und zutiefst menschlich über das calvinistisch geprägte Holland – und vor allem deshalb, weil es die Welt seines Vaters war.«
NDR Kultur

»Vergnüglich, klug, ein wenig boshaft und sehr schön erzählt.«
Buchkultur

Maarten 't Hart

Das Wüten der ganzen Welt

Roman. Aus dem Niederländischen von Marianne Holberg. 411 Seiten. Piper Taschenbuch

Alexander, Sohn des Lumpenhändlers im Hoofd und zwölf Jahre alt, lebt in der spießigen Enge der holländischen Provinz, in einer Welt voller Mißtrauen und strenger Rituale. Da wird der Junge Zeuge eines Mordes: Es ist ein naßkalter Dezembertag im Jahr 1956, Alexander spielt in der Scheune auf einem alten Klavier. In seiner unmittelbaren Nähe fällt ein Schuß, der Ortspolizist bricht leblos zusammen, Alexander aber hat den Schützen nicht erkennen können. Damit beginnt ein Trauma, das sein ganzes Leben bestimmen wird: Seine Jugend wird überschattet von der Angst, als Zeuge erschossen zu werden. In jahrzehntelanger Suche nach Motiven und Beweisen kommt er schließlich einem Drama von Schuld und Verrat auf die Spur.

Maarten 't Hart

Gott fährt Fahrrad

oder Die wunderliche Welt meines Vaters. Aus dem Niederländischen von Marianne Holberg. 314 Seiten. Piper Taschenbuch

Maarten 't Hart zeichnet voller Liebe das Porträt seines Vaters, eines wortkargen Mannes, der als Totengräber auf dem Friedhof seine Lebensaufgabe gefunden hat. Er ist ebenso fromm wie kauzig, ebenso bibelfest wie schlitzohrig. Die Allgegenwart des Todes prägte die Kindheit des Erzählers. Und so ist dieses heiter-melancholische Erinnerungsbuch ein befreiender und zugleich trauriger Versuch, einigen Wahrheiten auf den Grund zu kommen.

»Der Niederländer Maarten 't Hart ist ein phantastischer Erzähler. Was hat er uns nicht für Bücher geschenkt!«
Deutsches Allgemeines Sonntagsblatt